異形の維新史

野口武彦

JN196632

目次

はしがき

一人一人の人間は、ふだんは国家とか社会とか大きなものに包まれて、しかもそのことを意識せずに生活している。これを「大状況」と呼ぶならば、これに対して、個人個人が家族とか職場の同僚とか上司とか、ＰＴＡとか、日常卑俗な人間関係にかまけて生活している環境を「小状況」と名付けよう。たいがいの場合、「大状況」と「小状況」とはうまく調和していて、不協和音が生じることはない。よしんば不平不満があろうとも、日々の生活に支障をきたすような規模のものではありえない。普通は何となく解消されて解決してしまうような性質の問題で片付いてゆくのだ。

ところが、国家社会の「大きな変わり目」の場合にはそうはゆかない。「大状況」と「小状況」との間に食い違いが生じ、もう二度と修復のできない状態が出現する。国家社会の急激な方向転換が性急であればあるほど、「大状況」「小状況」の折り合いは悪くなり、亀裂の幅は広がるだろう。つまり自分と周囲の環境との不調子・不具合に苦しむ「異形《いぎょう》の人」が多く生まれることになる。

ここに『異形の維新史』と題した以下の短編小説集では、こういう「大状況」と「小状況」との裂け目に落ち込んだ人間の悲喜劇の七つのケースを取り上げている。どれも明治維新前後の、人々にストレスが強くかかった時代の説話である。現実の人間の歴史はどうしても割り切れない物事に満ちている。『異形の維新史』は、どれも理屈ではどうしようもない出来事に遭遇した人々の破天荒な物語である。

(1)「薔薇の武士」

条約とは国と国同士が約束を結ぶことであり、いったん結んだからにはその履行《りこう》には拘束力がある。こんなふうに辞書的にいえばいかにも奇麗事で済むけれども、実際には強大な国家が弱小国に自国の意向を押しつけることこそが条約の本質であり、しかもしばしば押しつける側は軍事力による威嚇《いかく》を背後にちらつかせているものである。

幕末の日米和親条約およびそれに続く日米修好通商条約がアメリカの「砲艦《ほうかん》外交」による外圧の結果、締結を余儀なくさせられたものであることはその実例だろう。

その程度のことなら、特にアンダーラインで強調しなくても歴史の教科書や「歴研」保証付きの標準歴史書、政府公認の歴史小説などにすでに書いてあることかもしれない。しかし条約締結が日程に上《のぼ》った段階で、予備折衝《せっしょう》とか事務的な準備とか実務作業に従事した現場の要員のことはあまり正面切った歴史の叙述には現れないし、ましてや、歴史の裏舞台の薄暗がりでうごめいた人種のことは全然表に出ることはないと思う。

一つの国策が行われれば必ず利権が生じる。攘夷《じょうい》もまた例外ではなかった。幕末の未曾有《みぞう》の危機に当たって、幕府が開国の方針を出したのに対して、攘夷を掲げたはずの京都朝廷の公卿《くぎょう》の中に、幕府には攘夷を待ってやるといって多くの利権を得たちゃっかりした連中がいたことは、隠れもない事実だ。

この小説は、公卿上層部のそうした腐敗に抵抗して押しつぶされた幕府旗本一家の悲劇を描く。エピグラフに引いたホフマンスタールの戯曲の台詞には、本作のタイトルの出所を明記している。

(2)「**軍師の奥方**」

明治維新のような激動期には、社会はいったん、底の底をさらうように掻《か》き回され、ひっくり返される。今までずっと社会の下積みであり、日常の法律も秩序も無視して生きてきたような人々までが、実社会の表面に躍り出る。

ヤクザ、遊び人、博奕《ばくち》打ち、ごろつき、無宿人、凶状《きょうじょう》持ち。ふだんの世の中だったら、とても大手を振って大道を歩けない連中が不意に肩で風を切って闊歩《かっぽ》しはじめる。世界中どこでも、過渡的な混乱期にはよく起こる現象である。

それればかりではない。明治維新のときには、幕府権力を打倒するのに急であった尊《そん》攘《じょう》派が、この勢力を即戦力として大いに利用したことがあった。利用される側も自分たちが権力を握ったような錯覚に陥り、だいぶ乱暴なことをした。こういう連中が美濃国《みののくに》のある旗本知行地《ちぎょうち》になだれこんだ「魔群の通過」みたいな乱暴狼藉《ろうぜき》の一夜が本編の山場である。

この作品に登場するのは全部実在の人物である。この夜男女の間に起きたことはもちろん想像の産物だが、この通りの事件がなかった保証はない。記録はただ幕府旗本の奥方が「気の毒な目」にあったと噂するだけで、真相に関してはみんな口を噤《つぐ》んでいる。

(3)「**犬死クラブ**」

世の中には、いったいどんな思想体系を背景にしているのか、同時代の誰と類縁関係があるのか、まるっきり見当がつかない孤独な著述があるものだ。しかも定まったタイトルもないので、幕末史の研究者の間ではかりに『英将秘訣《えいしょうひけつ》』と名付けられた小冊子がある。

政治思想の書物、というよりテロリズムの教理書で、読んでみると、ずいぶん過激なことも書いてある。「人を殺すのを恐れるな」「乞食《こじき》などで二、三人ためしておくべし」と物騒な言葉も吐かれている。

興味深いのは天皇についてきわめてドライな考え方を持っていることで、同時代の国学者グループのように天皇はアマツミオヤの子孫だから敬われるのだと言わず、わが国では「殺さない方がトクだから殺さない」慣わしになっているとだけ述べていることだ。天皇の歴史も勤王論もカンケイない。ただ権力奪取論にしか関心を示さない。

このように気味悪いほど独創的な思考を得たのは、どこの誰だったのだろうか。未だに謎である。本作はこの人物を想像力で復元してみて、無名でニヒルな、あまり剣術の腕も立たない、政治青年というよりは哲学青年タイプとして描いた。こういう「異形の人」がさまざまに棲息《せいそく》できた幕末は本当に面白い時代だったと思う。

(4)**「船中裁判」**

岩倉使節団というのは、明治維新後、国家の大綱もまだ定まっていない明治四年十一月十二日から明治六年九月十三日まで、日本からアメリカ合衆国、ヨーロッパ諸国に派遣された大使節団である。政府首脳陣や留学生を含む総勢百七名で構成されていたが、時の右大臣岩倉具視《ともみ》を正使としていたのでこう呼ばれる。

後生《こうせい》の評価ではこの使節団の派遣は、明治日本を「文明開化」のコースに乗せるために必要不可欠だったとされているが、当時の世論では、政府高官が大切な国費を使って物見遊山《ものみゆさん》をするとはケシカランとすこぶる評判が悪かった。

作中に出てくる模擬裁判はアメリカに渡る郵船の中で本当に行われたものである。故国日本ではまだ近代的裁判制度が存在していなかった。何しろ時代はまだ、この翌年司法卿《きよう》に就任する江藤新平がしゃかりきになって拙速《せっそく》なフランス模倣を恐れず、法制整備に励むようになる頃だったのだから。

この模擬裁判は、一見すると、せいぜい長い船旅の退屈をまぎらせる余興のようだが、じつはなかなか真剣にこころみられた法学演習だったといえる。明治初年当時の日本の国際的地位にいやしくも心を馳《は》せる為政者だったら、殊《こと》に「不平等条約」の撤廃を使命とする使節団ともあれば、日本の裁判制度を国際水準にまで持って行き、近代的罪刑法定主義を確立しようとする悲願は決して一通りではなかったと思う。

(5)「名器伝説」

刀だったら正宗の業物《わざもの》、琵琶《びわ》だったら玄象《げんじよう》、ヴァイオリンだったらストラディヴァリウス、女のあれなら高橋お伝《でん》。どうも男には、一生に一度でも、一世一代、名器とめぐりあって人間冥利《みようり》につきたいという願望に取り憑《つ》かれるようだ。

ご婦人の方だって、凡百《ぼんぴやく》のお道具を持ち合わせているにすぎない配偶者に気を使ってか、ふつう滅多にそんなはしたないことは口にしないものの、〽道鏡《どうきよう》は坐ると膝《ひざ》が三つでき、と川柳によまれたほどの巨根伝説の持ち主が目の前に現れたら心静かではいられないのではないか。現に孝謙女帝《こうけんによてい》は道鏡に迷ったではないか。

日常われわれの天空図では北空の頂点を探す目安に北極星がある。しかし、明治初年の一時期、男たちが振り仰ぐ観念の天空は南をめざしていた。南天には極となる星がぶら下がっていない。男たちは、その代わりに、宇宙的な凹《くぼ》みを幻視した。万物を呑吐《どんと》し、収斂《しゅうれん》し、孕《はら》み、胎生《たいしょう》する壮大な女陰を感知する宇宙感覚を持っていた。

でないと、たかが一介の女囚人の死刑が、一世のジャーナリズムを、医学界の重鎮を、伝え聞いた民衆をきりきり舞いさせた理由は理解できまい。その墓にはいまだ参詣人の香華《こうげ》が絶えないそうだ。

高橋お伝の解剖には、たんなる性的好奇心を超えた一種存在論的な探究心が働いていたのではないだろうか。

(6)「木像流血」

民衆は常に正しいという錯覚が広く信じられている。しかし、われわれの歴史にかんがみる限り、この信念は事実に反しているようだ。民衆は、特に集団心理で動く時など、とんでもなく愚劣なことをしでかすものだ。その好例が、明治の初頭、日本全土の神社仏閣に未曾有の大混乱をもたらした「廃仏毀釈《はいぶつきしゃく》(仏像を廃棄し、釈迦の教えをぶっつぶす)」の運動だった。

それはただ仏教を潰すだけではなく、その後を全部神道《しんとう》で置き換えろという突拍子もない運動だったのだが、どうしてそのような騒ぎが起こったのか。明治維新を実現した勢力の一部には、神道、それも平田篤胤《ひらたあつたね》の教義であるいわゆる平田派国学を信奉して祭政一致を唱える一派がおり、新政府部内でも力を持っていた。

こうした面々の主導で始まった廃仏毀釈運動は、日本中ほとんどがそうだった神仏混淆《こんこう》の社寺から仏教色を払拭《ふっしょく》し、神仏習合の廃止、寺院の統廃合、僧侶の神職への強制転向、仏像・仏具の売却・破壊などが行われた。日本の民衆は、嬉々《きき》として、あるいは不本意ながら大勢に順応して、この明治の「文化革命」に動員されたのだった。

本作では、この狂騒的な騒ぎにまきこまれ、まるで生き身同然に、民衆から迫害される高僧の受難を描いた。それに、サツマイモを生涯食い続けて周囲を悩ませた奇人など「異形の人」たる資格充分ではないか。

(7)「赤毛の人魚」

この小説の元になった話は、江戸時代の怪談小説集『万世百物語《ばんせいひやくものがたり》』中の一篇である。ある武士が自分につくしてくれる天女の愛が信じ切れず、疑いを発して斬り殺してしまうという筋。筆者の頭には、それからずっと《天女を斬った武士》というテーマがこびりついて離れなかった。

また一方、「うつろ舟」伝説は日本中に分布している説話のモチーフである。生国《しょうごく》不明の不思議な美女が密室状態に密封された小舟に乗せられて海を漂ってくる話。滝沢馬琴《ばきん》の『兎園《とえん》小説』にも収められている。

これらの話の種子を幕末の北辺日本に蒔《ま》いて芽生えさせたのが本作である。この時代の蝦夷《えぞち》地にはいくつもあったに違いないが、これはどこまでも架空の物語だ。

本書を通読していただければ、少なくとも気に入ったタイトルの作品だけでも読んでもらえれば、従来の維新本がまともに取り上げて来なかった維新の現実の姿が見えてくるに違いない。本当の事は、しばしば異形の人間によってこそ語られる。

異形の維新史

薔薇の武士

奥方のお許しさえあれば、
婚約の銀のばらをここへ持ってこさせよう。
側仕えに命じていますぐに。
（ホフマンスタール『ばらの騎士』第一幕　内垣啓一訳）

一

戦国時代の甲州の名将武田信玄が、決して武辺一辺倒の野人でなく、和歌や連歌の道にも造詣《ぞうけい》の深い文化人であったことは最近よく知られるようになった。時代は足利政権の末期の末期、名のみの将軍が有力大名の庇護《ひご》を求めて地方を転々とし、また地方大名もこれをツテに中央進出のきっかけを摑もうとする動静常なき流動期であった。

地方大名は室町将軍がこなしていた文化的パトロンの役職も果たさなくてはならなかった。事実、多数の中央文化人も地方に移住した。たとえば、歌学の宗家冷泉家《れいぜいけ》の当主冷泉為和《ためかず》は、あまり駿河国《するがこく》（現静岡県中央部）の守護大名今川義元から優遇されたので、世人《せじん》が「今川為和」と称したほどだったが、この為和を中心に駿河・遠江《とおとうみ》（現静岡県西部、義元が守護を兼任）・甲州の文化的交流も盛んだった。しかも信玄は義元と義兄弟の関係だったのである。

いつの頃かわからないが、武田信玄が今川義元から今川家で代々秘蔵していた藤原定家《ていか》自筆の『伊勢物語』写本を奪い取った事件があったようである。この話は『甲陽軍鑑』品《ぼん》第三十四、永禄《えいろく》十一年（一五六八）中の条に見えるが、強奪のこと自体ではない。この年、信玄が駿河の今川氏真《うじざね》（義元の子）に使を送り、今川領の東三河《みかわ》を自分によこせと要求したことを記しているのである。その言い分たるやかなり氏真を見下したもので、「①最近徳川家康なる者が出現して三河国（現愛知県東部）を大部分切り従えているそうだ。どうせ家康に取られるくらいなら、この信玄にくれた方がマシだろう。②領地をくれたなら、今後は義元の弔い合戦に必ず加勢する」というものであった。

氏真が憤然これを断ったことはいうまでもない。氏真がいうには、「信玄にうっかり東三河を渡したりしたら、遠州まで取られてしまうに違いないよ。信玄というやつは、そりゃひどい男でね」と。じつは『伊勢物語』強奪の話はここで言及されるのである。まだ義元が在世中のある時のこと、信玄は姉婿にあたる義元が大切に棚に飾ってあった定家自筆本を所望し、ためらっていると見ると、酔ったふりをして無理矢理持って帰ってしまった。それ以来、父義元は信玄のことを「殊《こと》の他、調義《ちょうぎ》（策略）のおそろしき人」であると警戒したくらいである。その後、氏真は信玄と姻戚関係を解消して、文書の取り交わしも無益であるとした。

このエピソードは必ずしも信玄が古典文芸に興味が深かったことを意味していない。

信玄にとっての『伊勢物語』は、たんなるモノ、茶道で「名物《めいぶつ》」といわれる由緒《ゆいしょ》のある、あるいは美術的に価値のある物品・器物のたぐいの感覚だったろう。和睦《わぼく》の印や恩賞の証しに与えられる引出物などに用いられる財宝の一種なのである。

この話には後日譚《たん》がある。もともとこの定家自筆本は、書誌学会で「天福本《てんぷくぼん》」と呼ばれる写本の系統の原本であり、長く三条西実隆《さんじょうにしさねたか》に秘蔵されていたが、おそらくは永正《えいしょう》・大永《だいえい》の交《こう》（一五二〇頃）今川義元の父氏親《うじちか》に贈られたという来歴がある。その氏親は後北条氏の祖北条早雲《そううん》の甥であったから、この贈与の背景にも戦国時代特有の政略と外交交渉の機微が潜んでいたように案じられるが、ともかくこうして強引に武田信玄の物にされた定家自筆本は、その後、経緯は不明だが一時加賀藩前田家の手に入り、万治元年（一六五八）徳川将軍家（四代将軍家綱）に贈られたという。そして五代綱吉から寵臣柳沢吉保《やなぎさわよしやす》に与えられ、「甲斐《かい》源氏」を称した柳沢家に大きく箔《はく》を付けたが、残念ながら元禄十五年（一七〇二）、柳沢家の火災で焼けてしまったそうだ（池田亀鑑《きかん》『伊勢物語に就きての研究2 研究篇』）。

このように文化人としての顔も持ち、風流の道も解したと思われる武田信玄のことだから、薔薇の栽培に趣味を示したとしても別に不思議はない。

論より証拠。『甲陽軍鑑』品第十九に信玄作の詩十七編を集めた詩巻《しかん》が収められており、万年葉巣《まんねんようそう》なる禅僧が序を書いている。詩の出来栄えが「漢晋唐宋に浸潤《しんじゅん》たり（漢・

晋・唐・宋の詩の域をひたす)」などと褒めちぎっているのはどうかと思われるし、この葉巣のように地方へ下ってきた京都五山あたりの学問僧の推敲が入っていることは明白であるが、信玄の漢詩はまんざら捨てたものでもない。その中に「薔薇」と題する詩が二首収められているのである。この漢字は「しょうび」と読むべきかもしれない。

庭下春を留む、暁露《ぎょうろ》濃し。
浅《せん》紅染め出だす、また深紅《しんこう》。
清香は昆明国《こんみょうこく》より薔薇院《しょうびいん》の
落風《らくふう》を吹き送るかと疑わる。

(庭に立って、行く春を惜しむ。朝露にしとど濡れて、
薄い紅や深い紅の色が浮かび出る。
その清い香りはまるでかの昆明《こんみょう》国——中国雲南省——の薔薇園から
強い風を吹き送って来るようだ)

又

満院薔薇の香、露新たなり。
雨余の紅色、別に春を留む。

風流の謝伝《しやでん》、今猶《な》お在《あ》り。
花は似たり、東山縹渺《ひょうびょう》の人。
（庭中が薔薇の香りに包まれ、朝露がみずみずしい。
雨上がりの紅の色は、また春を惜しませる。
薔薇はあの風流人、東晋《とうしん》の謝安《しやあん》の伝記のようだ。
人に見つからないように東の山に身を隠したあの謝安に）

謝安というのは、中国の三国時代の後、統一王朝を樹立した東晋の宰相である。国難に遭遇したとき、自分の能力を包み隠すために風流に身を託して東山に身を逃れたりしたが、きちんとやるべきことはやって宰相の責務を果たしたという故事が伝わっている。この故事を踏まえて、謝安を今自分が賞玩《しようがん》している薔薇になぞらえるところなど、信玄もけっこうあけすけに自己の野心を語っていると見るべきだろう。

自分は今、甲州――「甲斐《かい》」の語源は「峡《かい》」、やまかいの國である――でくすぶり、おとなしく薔薇などいじっているけれども、いつか時を得て京都に討って出、天下統一の大業に乗り出す身だぞというメッセージを行間に潜ませているのである。

この詩作の時、信玄が賞玩していた薔薇がいかなる品種のものであったかはよくわからない。

　現在バラといえば主として西洋渡来の輸入園芸種をいうことが多いが、「薔薇」という漢字は古くから使われている。たとえば平安時代中期に編纂された辞書『倭名《わみょう》類聚抄《るいじゅしょう》』では「薔薇」を「しょうび」と読ませて訓を「ムバラノミ（ムバラの果実）」としている。イバラのことで棘《とげ》のある草木を指したらしい。野性のイバラと並行して、ある時代からは中国から園芸栽培用の薔薇も輸入されたらしい。五山の詩僧たちもこの花をよく愛玩した。「長春花《ちょうしゅんか》」の異名もあるコウシンバラだ。信玄が見ていたのがそうだとは断定できないが、基本種は一重咲きであった。おそらく信玄は宋代の新種を取り寄せて自分の庭に植えさせ、趣味を満足させて悦に入《い》っていたのだろう。

　しょせんはいつか時来たらば京を制覇して獅子吼《ししく》するまでの消閑《しょうかん》のひととき、薔薇三昧《ざんまい》の日々であった。しかし、その雄志《ゆうし》も空しく、信玄は道半ばにして途絶したことは人も知る通りである。

　元亀三年（一五七二）、前年に相模《さがみ》（神奈川県）の北条氏と同盟を結んで北方の宿敵上杉謙信への備えを固めていた信玄は、足利将軍義昭《よしあき》の命を奉じて西上《さいじょう》の大軍を発する。その途上で阻《はば》む徳川家康軍を遠江の三方原《みかたがはら》で破ったのが十二月二十二日。しかしその後間もなく宿痾《しゅくあ》（胃癌だったといわれる）が悪化した信玄は、いざこれから京都へ雄飛しようとしたその折も折、翌元亀四年四月十二日、伊那《いな》の駒場《こまんば》（長野県下伊那《しもいな》郡阿智《あち》村）で死去した。この時、武田家の版図《はんと》は最大の規模に達し、本拠地の甲斐（山梨県）から、東は西上野《こうずけ》（群馬県西部）、北は信濃《しなの》（長野県）、西は飛騨・東美濃（岐阜県）、南は駿河（静岡県中央部）にまで広がっていた。その事実上の武田王国は次の勝頼《かつより》の代に滅亡する。信玄の強烈なカリスマに牽引《けんいん》され維持されていた国人《こくじん》衆《しゅう》の結束は乱れ、離反も起きるようになって、ついに天正十年（一五八二）三月、天《てん》目山《もくざん》の合戦で織田・徳川連合軍に敗れた武田勝頼は自害する。

さしも多かった武田家臣団もこれで散り散りになり、思い思いに再生の途をたどることになった。しかし、本篇は武田家遺臣のその後の運命を探求するのが目的ではない。筆者の関心事は、むしろ、信玄その人に玩賞《がんしょう》された事実が『甲陽軍鑑』の記載から明らかである薔薇の花が後にどうなったかに向けられている。もちろん、薔薇の一輪々々の寿命は短い。だが信玄遺愛の薔薇とあれば、株分けやら実生《みしょう》やら秘伝は園芸の家にいろいろ伝わっているであろうが、遺愛の根株《ねかぶ》の末裔は必ずや後世に保存されて、持ち伝えられているに違いないのである。

二

物語はいきなり幕末の時代に移る。

徳川幕府には「禁裏付《きんりづき》」という大事な役職があった。定員は二名であり、月番で勤務を交替する。江戸時代を通じて、京都朝廷における幕府の出張所というべく、配下の与力十騎、同心四十人を使って、①皇居の警備、②公家衆の監察、③宮中の諸用度《ようど》の管轄などの業務をすべて司《つかさど》った。皇室経費も禁裏付を通して支給され、堂上《どうじょう》家との交際もあるから、普通の収入の役人にはとうてい務まらず、俸禄が二、三千石を下らない旗本から選ばれ、諸大夫《しょだいぶ》（官職五位相当）・芙蓉《ふよう》の間席《ませき》（寺社・勘定・町奉行など実力者が詰める席）でなければならなかった。御役高は千石高、御役料は千五百俵とかなりの好待遇である。

ふだんは定められた業務をソツなくこなしてさえいれば大過なく役目はこなせた。ややこしい事柄は京都所司代に相談すれば、適当に指導してくれて特に問題は生じなかった。だが時代が幕末ともなると、多少様子が違ってきた。尊王攘夷思想なるものが盛んに行われ、京都朝廷と徳川幕府の間がぎくしゃくしてくると、禁裏付の職務はだんだん楽でなくなった。とかく気苦労の多い役目になってきたのである。

幕末の安政二年（一八五五）五月二十二日に下田奉行から転じて来、同五年（一八五八）三月十八日に急死するまでの二年と十一ヶ月にわたって禁裏付のポストにあった都築《つづき》駿河《するが》守《のかみ》峯重《みねしげ》という男がいた。

禁裏付の定員は二人いる、とさっき書いた。たしかにこの時期禁裏付の同僚としては、大久保大隅守《おおすみのかみ》（彦左衛門）忠良《ただよし》（在任嘉永七年～文久元年）という人物がいるにはいるのだが、なにしろ峯重関係の史料で名前が出て来るのは安政五年三月十八日、峯重が急病で倒れた朝、「本日参内《さんだい》致しがたき旨を同僚大久保大隅守に告げ」（虚心堂「都築駿河守病死の顛末」『旧幕府』第一号所収）とあるのが唯一の例であるくらい稀であって、日頃の、疎遠とはいわないまでも事務的な接触にとどまった冷やかな間柄を示しているように思われる。

この大隅守は「彦左衛門」という通称からもわかるように、徳川直参旗本の中でも特別由緒のあるあの大久保彦左衛門忠教《ただたか》の直系の子孫である。代々、先祖譲りの直《ちょく》情径行《じょうけいこう》（自分の感情の赴くままに行動する）の気質を売物にしてきた家系とあって、当人も強情我慢、曲がったことは死んでも嫌いという性格だったから、他の史料を見るとよく周囲と衝突している。まわりの空気が読めないのは生まれつきといった人物だったようである。

それでも嘉永七年（一八五四）から文久元年（一八六一）まで足かけ八年も禁裏付の職に留まったのだから、硬骨漢は硬骨漢なりにこの仕事に役に立ったということなのだろうが、その反面、機に応じては敏感に柔軟になることを要求される禁裏付の仕事の裏の顔には不向きであったと考えられる。

今「裏の顔」といったのは、朝幕関係にはどうしても公然と表には出せない、隠された側面が不可避的につきまとったからである。それはそもそも朝幕関係――というよりも幕朝関係――が実質的に支配／被支配の関係であるにもかかわらず、うわべは、両者が対等、もしくは朝廷が伝統的な権威の源泉であるかのように振舞わねばならないことであった。要点的にいうなら、朝廷は財用を全部幕府におんぶしていた。

江戸時代、幕府が朝廷に与えていた財用はわずか十万石にすぎない。うち約三万石が皇室経費で、残り七万石がすべての公卿《くぎょう》に配分される。配分は家格に応じて不均等である。摂家《せっけ》では近衛《このえ》家二千八百六十石、鷹司《たかつかさ》家千五百石。三条・西園寺《さいおんじ》・徳大寺など清華家《せいがけ》では高低があって、千六百石台から三百石まで。大臣家《だいじんけ》はだいたい五百石。下層公卿の窮迫は半端でなく、楊枝を削ったり花札の絵を描いたりの手内職で生計を助けているような日常を送っていた。中山忠能《ただやす》は明治天皇の外祖父だというのにわずか二百石だ。三条実美《さねとみ》（四百六十九石）や岩倉具視《ともみ》（百五十石）などが邸《やしき》をこっそり博奕場《ばくちば》に貸し、寺銭《てらせん》を収入源にしていたというのは、決して大きな声ではいえないが、周知の秘密だった。

それよりも身分の低い下層公卿の困窮は甚だしく、生活不如意《ふにょい》から素行不良になる公卿の子弟も多く、遊興費に窮して良民に言いがかりを付け、脅し・ユスリ・タカリなどを働く不心得者も大勢いた。実情はひどいものだ。たとえば「文箱割り《ふばこ》」。公卿の使が菊の御紋章の付いた文箱を持って道を走り、わざと人に突き当たって落として割る。「これを割ったらお屋敷に帰れない。帰ったらお手討ちになるから旅に出る」といって旅費をせびり取るのである。年が越せないから自分の邸に火を付けると風下の町家を脅し、百両の金をカツアゲした話もある。

まさかと思われるかもしれないが、これには確かな証言がある。

まだ安政二年（一八五五）五月のこと、当時武家伝奏《てんそう》――武家の奏請《そうせい》を朝廷に取り次ぐ役目――だった三条実万《さねつむ》（実美の父）が、極秘のうちに禁裏付都築駿河守峯重の前任者長谷川肥前守清福《きよとみ》に示した内達《ないたつ》が『堀田正睦《ほったまさよし》外交文書』に残っている（自五十一号至六十号のうち）。安政五年の今、なぜこんな古証文を持ち出したかというと、目下の情勢で再び重要な意味を持っていると峯重が判断したからである。実万は書中で「小禄の堂上公卿、地下《じげ》の官人、公卿侍の困窮が甚だしく、今日を凌《しの》ぎかねている。自然に身持ちも悪くなり、不祥事も起こすに至っている。やむを得ず処罰はするが根本的な救済にならないので、邪癖の心も改めがたく、取締りもむずかしい」と窮状を訴える。つまり「年に三千両でよいからお手当をいただけないか」と婉曲に要求したのである。そうすれば「主上《しゆじよう》も御満悦になられ、衆人《しゆうじん》も関東の御恩恵を仰ぎ見て公武いよいよ御長久《ちようきゆう》の基《もとい》。このままでは人心の帰服《きふく》は薄い」と思わせぶりなことをいっている。この内達は時の老中阿部正弘に伝わったが、何の処置も講じられずにいるうちに阿部は他界し、懸案が塩漬けにされているさなか、新たな事態が朝幕間の難問として浮上してきたのである。

条約勅許《ちよつきよ》という大問題であった。

日本を開国貿易に踏み切らせるために米国領事ハリスが下田に常駐し、日米修好通商条約の調印を迫っていた。安政二年十月九日、阿部正弘に替わって老中首座となった堀田備中守正篤《びっちゅうのかみまさひろ》（のち正睦）は開国は不可避という見地に立ち、調印やむなしの決意を固めていた。正睦は外国掛老中も兼ねており、配下には川路聖謨《かわじとしあきら》（勘定奉行）・井上清直《きよなお》（下田奉行）・岩瀬忠震《ただなり》（目付《めつけ》）などの人材を擁していたので、幕府の見通しでは調印は何の支障もなく、スムーズに運ぶ手筈だったのである。

ところが、思いがけない障害が生じた。京都朝廷の抵抗である。大の夷狄《いてき》嫌いだった孝明《こうめい》天皇が「皇祖皇神の御代から受け継いでいる皇国を朕《ちん》（天皇の自称）の代に夷狄に踏みにじらせるわけにはゆかない」といって調印を勅許（天皇の許可）するのを拒絶したのである。

天皇は、国際問題に対してまるで免疫がなかった。情報からずっと隔離されていたのである。皇国をアンタッチャブルに保っておかなければならないという使命感はいよいよ天皇の眉宇《びう》に決意をみなぎらせた。こうなったらもうテコでも動かない強情さが孝明天皇にはあった。以前から反幕府的だった公卿社会にこれで火が付いた。

堀田正睦はじめ幕府側の当事者は、京都方のこうした反応を多少甘く見ていたふしがある。安政五年（一八五八）二月五日、正睦が上京して本能寺に宿した時もなお楽観的であった。

この日から始まる正睦在京の約二ヶ月間は、《条約許すまじ》の一念に燃えた孝明天皇が幕末政治史の表舞台に迫り上がる重要な日々であった。天皇は心ならずも九重《ここのえ》の雲の上から、下界のリアルポリティクスの泥沼に足を踏み入れたのである。話題がぐっと下世話になるのは、政治にカネがからんで来るからに他ならない。

天皇は堂上公卿の空気を敏感に察知していたのか、一月十七日、関白九条尚忠《ひさただ》に宸翰《しんかん》を下し、こう釘を刺している。

備中守（堀田正睦）が今度上京し、何か献物をする噂があると過日尊公からお話があった。先頃も申し入れた通り、右の献物がいかほどの大金であろうとも、それに眼がくらんでは天下の災害の基《もとい》になると考える。人欲はとかく黄白《こうはく》（金銀）に心の迷うものだ。心迷いも事によってはその限りで済むけれども、今度の儀は、心が迷ったら本当に騒動になるのは間違いない。私に関してはどんなことがあっても受け取るつもりはない。（『孝明天皇紀』巻七十四）

二月九日、正睦は参内して小御所で天盃を賜《たまわ》る。御機嫌伺いだけのたんなる儀礼だが、堀田の入京は、反幕勢力が手ぐすね引いて待ち構えるトラップにのそのそ入り込んだようなものだった。さっそく悪評が飛んだ。肥満体で丸顔、唇が厚く、眼は小さくて丸い上に団子っ鼻で、だいいち衣冠姿《いかん》（宮中の礼装）がまるでサマにならないのである。

拝謁場所の小御所には、上・中・下の三間がある。いずれも十八畳の広さであった。下段の間で平伏していると、「中段の間」の襖《ふすま》が引き開けられる。正面に現れるのは富士山を描いたみごとな襖絵だ。それが引き開けられると御簾《みす》。それがするすると巻き上げられるとそこが玉座《ぎょくざ》だ。四季の風景を描いた屏風《びょうぶ》を背に孝明天皇が出御《しゅつぎょ》している。振り仰ぐようにして竜顔《りゅうがん》を拝する。退去するまで緊張が続いて血圧は上がりずめだ。

この日、徳川将軍から朝廷へ香木《こうぼく》・綸子《りんず》・黄金五十枚が献納された。大判一枚の価格は額面では七両二分と定められていたが時価で変動し、天保大判は三十五両ぐらいに騰貴《とうき》していたという説もある。だとすれば千七百五十両に相当するが、裏で使われたと噂される金額に比べれば安いものだ。他に太閤・関白に銀百枚（約七十両）ずつ、両伝奏に銀五十枚ずつ、女官を取り仕切る勾当内侍《こうとうのないし》に銀三十枚が贈られた。もちろんすべて公式の贈与だ。ホンメイは裏で動く賄賂《わいろ》である。

公武対決は今にも火を吹かんばかりになっていたが、天皇も堀田もそんなことは口に出さない。談合の窓口は両伝奏に委ねられる。そしてそれ以上に、政局の焦点は水面下で繰り広げられていた。同じ二月九日、福井藩主松平慶永《よしなが》の命を帯びた橋本左内《はしもとさない》が三条実万を訪問していた。裏でばらまかれた賄賂の総額も実万の口からわかった。「関東からは今回の一件で、主上へ一万両、鷹司太閤へ一万両、伝奏（広橋光成《みつしげ》・東坊《ひがしぼう》城《じょう》聡長《ときなが》）へ一万両ずつを進呈すると内輪の申し出があったそうですよ。両伝奏は少々もらった由。太閤は事が済むまで預っておくといわれた由。主上は『売国の賊だ！』とお怒り遊ばされた由。このニュースは堀田以下の名前をたいへん汚しました。それ以前はといえば、堀田はさんざんだったが、川路・岩瀬の二人は一所懸命やっているとむしろ好感を持たれていたのですよ。ところがこの一件が噂になってからは大の不評判で、『今度の事を首尾よく仕遂げたら、堀田はきっと一万石の加増だろう。川路・岩瀬は大名になるに違いない。彼らのために神州を犠牲にはできない』と、宮廷中に正論が湧き上がっている有様です」（『橋本景岳《けいがく》全集』）。

巨額の賄賂がばらまかれたことは間違いない。話題に上っているだけ四万両。ごく控え目に一両＝四万円で計算しても、十六億円というカネが裏で動いたのである。特定個人への賄賂としては、何兆円という数字に馴れている現代の読者もびっくりする金額だろう。これがどんなに甘い誘惑だったかは、当時の皇室財産の規模を見れば納得していただけると思う。そして京都の政治地図は「主上は関白に御左袒《ごさたん》のこと。太閤（前《さきの》関白鷹司政通《まさみち》）は近来お不出来。殊に関東の賂《まいない》を受けられ候こと」という構図になっているとわかった。

二月十一日、伝奏の広橋光成・東坊城聡長、議奏《ぎそう》——天皇の口勅《こうちょく》を幕府に伝える役職——の久我建通《こがたけみち》・万里小路正房《までのこうじなおふさ》・徳大寺公純《きんいと》が堀田の宿舎本能寺へ出向いて来た。「広橋は両端観望《りょうたんかんぼう》（どっちつかず）、東坊城は関東に籠絡《ろうらく》されている」というので、議奏三人が目付役で加わったのである。

堀田は公卿一行に「米使対話書」八冊、条約草稿演説書二冊を渡して関白の内覧を乞い、併せて堀田の意見書一通を奏上した。「当今万国の形勢一変し、漢土春秋列国の時、本邦足利氏の末年に似て大なるものなり」、すなわち今や世界中が《戦国乱世》の状態にあると説き起こし、開国を拒絶すれば戦争になって生民《せいみん》に塗炭《とたん》の苦しみをもたらすこと、貿易はむしろ海外進出の途であることを説き来たり、「この千載一遇の機会に何とぞ外国交際の儀を速かに勅許して下さるようお願いする」と結んだ堂々たる名文である。筆者は岩瀬忠震であった。

だが、聞く耳を持たぬ者にはどんな熱弁も通じない。伝奏・議奏たちはチクチクと堀田をいじめる。こんな調子であった。

堀田「このたび通商互市《ごし》の儀が成就したら、開闢《かいびゃく》以来の美事と存ずる」

徳大寺「これは異《い》な事をいわはる。やむをえぬと申されるのならともかく、喜ばれるのはいかがなものか。大和魂が足りぬのと違いまっしゃろか」

堀田「諸卿はハリスを悪人のようにいわれるが、なかなか才幹《さいかん》のある者でござる」

徳大寺「日本にもせめてその半分ぐらい知恵のある者がいて応接していたら、ここまでの不始末はなかったろうにノウ」

東坊城「もしも先方の言い分通り和議交易になったら、百年の後はどうなりましゃろか。これから先百年ぐらいは無事でっしゃろか」

堀田「さよう。私の一生の間は無難かと存じまする」

万里小路「では、あと五年ぐらいかノウ」

堀田「…………」

機転が利かないものだから、とっさに言い返せず、アーウーと絶句する。相手は平安の昔から佞弁《ねいべん》にたけ、舌戦はお手のものだ。アアいえばコウいう連中である。口べたの堀田はすっかり愚弄されて面目を失った。

堀田が京都へ連れて行った実務家の役人たちは交渉事に熟練していた。殊に勘定奉行を長く勤めてきた川路聖謨は、潤滑油としての金銭の効き目に確信を持っていた。それがかえって裏目に出た嫌いがある。賄賂作戦は逆効果になったようだ。朝廷内部で勅許拒絶の火種を掻《か》き起してしまったのである。

三

京都の町の中心には広さ約三万四千坪（十一万平方メートル余）の京都御所があり、維新前までは、その周囲に「御築地内《おついじない》」あるいは「公家町《くげまち》」と呼ばれる広大な邸宅街があった。北は今出川通、南は丸太町通、東は寺町通、西は烏丸通に区切られる総面積約二十七万坪（約九十万平方メートル余）の地域が広がって禁裏の外郭《がいかく》をなしていた。現代の京都御苑である。

この御築地内の南のはずれは丸太町通。京都御所正面から丸太町通に向かってまっすぐに下る道が堺町筋である。太閤鷹司政通邸はその東側にあり、西側にはそれに向かい合って現関白九条尚忠邸があった。政通はいち早く関東の賄賂を懐《ふところ》に入れたと噂され、これに対して尚忠は、まだこの時点では調印に異議を唱え、どうにか天皇の信頼を保っていたのである。

賄賂の噂が広まると、そこは口の悪い京雀《きょうすずめ》、さっそく京都御所外郭の築地塀にこんな落首《らくしゅ》や川柳が張り出された。

〽世の中は欲と忠義の堺町東はあづま西は九重《ここのえ》

〽三万で逆《さか》だつうろこ撫でられず

東側の鷹司邸は関東贔屓《びいき》で、西側の九条邸は朝廷方だというのである。次の川柳は、中国の戦国時代の書物『韓非子《かんぴし》』に、龍の顎《あご》の下には逆さに生えたウロコがあり、そこに触れられると激怒するという故事を踏まえている。転じて帝王の怒りをいう言葉だ。大枚三万両でも天子の逆鱗《げきりん》をなだめられなかったという風刺も痛烈だ。日頃から血統が自慢で、「主上よりもわしの方が血筋がよい。自分は東山天皇の血胤《けついん》を受けているから藤原ではない」と称して威張っていた傲慢《ごうまん》な太閤もさすがにこの落首にはネを上げたそうだ。

前記『堀田正睦外交文書』に、日付は記載されていないが、正睦が江戸の同役たちに京都での窮境《きゅうきょう》を綿々と訴えた手紙がある（自一号至三十号のうち）。

当地（京都）御用向長引き候段、くれ〴〵恐れ入り候えども、何分むつかしく、いまだいっこう万国形勢等の儀お分かりに相成らず、討論かい（甲斐）もこれなく、度々行向《たびたびゆくむき》（出かける先）もこれあり候えども、推し（押し）通りかね、問答も詰り、その席限りのように相成り、加うるに、堂上方数人その外騒ぎ立ち候に、両奏（伝奏・議奏）もほとんど当惑の様子にこれあり。なにぶん埒明《らちあ》き申さず、この上幾度説破《せっぱ》致し候とも、とても会得《えとく》はこれあるまじく存じ候。

右の書中、「堂上方数人その外騒ぎ立ち」とあるのは、攘夷《じょうい》派の公卿が鷹司政通に反抗して結束した事実を指していると見て間違いなかろう。宮中は蜂《はち》の巣をついたような有様になり、いくら説得しても聞き入れず、埒が明きそうもないと、正睦は早くも悲観的になっている。

朝廷世論は条約不許可の方向に傾きつつあった。残る障害は鷹司太閤だけであった。天皇は一月十六日に左大臣近衛忠熙《ただひろ》へ下した密勅で、「太閤は関白と相談せず、独断で武家伝奏と連絡を取り、私が関知しないことを勝手に進めているらしい」と心配している。また同日、九条関白へも同趣旨の宸翰を送っている。

どうして政通の意向が朝廷世論を左右するほど重大だったのだろうか。まず第一に、政通は前関白の時から、東山天皇の血統という家系を鼻にかけて、孝明天皇に対してあたかも父親のように振舞ってきた個人的人間関係があった。そしてもう一つ、宮廷社会内部での関白（そしていわば《名誉関白》たる太閤）の特別の重要性を考えておかなければならない。

関白になると毎日巳刻《みのこく》（午前十時頃）に参内して八ッ時（午後二時頃）に退出する。今の時刻に直せば、午前十時出勤午後三時退庁で、八景間《はっけいのま》を詰所《つめしょ》とし、議奏や武家伝奏と相談して御所の政治を掌《つかさど》るのですから、苦労もあれば、多忙でもある、関白はたいてい五年か十年で辞職されます。鷹司政通公は三十六年間関白でおられましたが、かような例は滅多にありませぬ。（下橋敬長《しもはしゆきおさ》『幕末の宮廷』）

このように、関白の権限は多大だった。しかも、天皇の命令伝達である「宣旨《せんじ》」またそれを下達《かたつ》する「宣下《せんげ》」は、最終的には「関白さんは、天子と向かい同士におなり遊ばして、（中略）扇の要《かなめ》にて、印《しるし》を関白さんがおつけになると、その側へ御上《おかみ》（天子）が親指の御爪点《つまてん》を遊ばします。即ちそれが宣下になる」（同前書）という規定があった。つまり朝旨《ちょうし》はいつも天皇と関白のサシムカイで決定されたのである。

朝議にかけられる議題が官位の申請とか昇退任とか公卿社会内部の事柄であるうちはこれで済んでいた。ところが、幕末には条約を勅許するか否かという国家的大問題が俎上《そじょう》にのぼるようになった。関白の握る決定権の比重がとてつもなく大きくなっていたのである。

国事を動かすためには、関白および関白クラスの公卿を抱え込まなければならない。政界の裏で大枚のカネが動いた。貰った方もそのウマミがだんだんわかってきた。《攘夷利権》が発生したのである。

そのさなか二月二十一日に開かれた朝議は、堀田に対して「条約締結は神国の重大事であるから諸大名がもう一度衆議《しゅうぎ》談合せよ」と回答すると定まった。ところが翌二十二日、太閤が参内してきてしゃしゃりで、「和親貿易の儀は決定されてしかるべし」と奏上したので白紙に戻ってしまった。攘夷に目覚めた天皇は引っ込まず、その日のうちにまた巻き返した。

その二十二日、何者のしたことか、太閤・関白・伝奏・議奏の邸《やしき》に油紙に包んだ投文《なげぶみ》が放り込まれた。「尊公らは堀田備中守から賄賂を取り、幕府の言いなりになっている風聞がある。たとえ三公（関白・左大臣・右大臣）・公卿であろうと国賊と同腹《どうふく》の輩《やから》は、間もなく有志の士が参上して天罰を加えるであろう」という脅迫状である。鷹司太閤もこれには動揺した。

明けて二月二十三日、広橋・東坊城・久我・徳大寺が本能寺を訪れる。伝奏・議奏も板挟みで苦しみ、ひたすら泣き落としを図る。堀田は仕方なく朝旨を江戸に急送し、老中たちに奉答《ほうとう》を求める。

その返事が来るまで、公式日程には東の間の猶予《ゆうよ》期間が出現した。もちろん誰も休まない。舞台裏ではいろいろな策謀が入り乱れた。賄賂攻勢も盛んに行われた。

三月一日、堀田はハリスに一報を送った。非常に書きにくい事柄である上にあまり内情を打ち明けるわけにもゆかないので、ひどく弁解じみた文面だった。

そこもと（ハリス）へ委任の者（岩瀬）と共に、最初から交渉の模様はもちろん、内外の形勢を巨細にわたって奏聞しておりますので、かねて達していた日限までには江戸に戻れそうもありません。この段一応申し述べておきます。以後はそれほど日数が掛かるとは思いません。委細の儀は井上信濃守から申し上げます。（『文明公御事蹟』）

三月五日、江戸から老中連署による奉答書が到着した。「叡慮《えいりよ》の趣はご尤《もつと》もの御事と存じますが、人心鎮静の方は関東でお引き受け致しますので、どうか叡慮を安んじられますように」という返事だった。

どちらも譲らない。どちらの側にとっても正念場であった。鷹司太閤の影響を断ち切って自分の意志を通せるようになった天皇は、九条関白のネジを巻いて条約不許可の方針で朝廷を一致させ、後は勅裁を下すばかりだった。ところが、この決定的な段階で、最重要ポストの関白が怪しくなったのである。

それまで開港反対のポーズを取って天皇の支柱になっていた九条関白が逆方向にぐらついた。橋本左内は早くから「関白には二つの顔がある。関東に対しては融和的なことをいい、御所に対しては勇壮な言辞を吐いている」と見抜いていたが、とうとうその首鼠両端《しゆそりようたん》（双方にいい顔をする）が維持できなくなったのである。

勅答を下さなければならない期限が迫っていた。孝明天皇の焦慮《しゅうりょ》は募るばかりだ。関白の挙動はずっと不審だ。三月七日に青蓮院宮《しょうれんいんのみや》・近衛忠熙・三条実万の参内を遠慮させ、何やら一人で画策している様子。これまで関白が万事を束ねていた宮中の命令系統は完全に混乱してしまった。

そして三月九日、関白が示した勅答案は、国家の重大事であるから今一度将軍から諸大名の赤心《せきしん》を書き出させるようにとあって従来とあまり変わらないが、文末に「叡慮を悩まされ候あいだ、何とも御返答の遊ばされ方これなく、この上は関東において御勘考《かんこう》あるべきようお頼み遊ばされ候こと」という文言が付けられていた。

これでは、まるで幕府にゲタを預けるにひとしいではないか！

若手の公卿が騒ぎ出した。『岩倉公実記』の記すところでは、関白の勅答案を見て驚いた天皇が近習の富小路敬直《とみのこうじひろなお》を通じて密翰を久我建通に送り、何としてでもこれを阻止せよと緊急指令を下したのである。久我はさっそく硬派の岩倉具視と大原重徳《しげとみ》らを呼び、「大勢の人数を集め、一同が列参して伝奏と関白に勅答案の書き直しを求めよう」と提案する。みんな「妙案だ。すぐに方々へ回状《かいじょう》を回そう」と衆議一決した。リーダーシップのある岩倉具視が実行委員になって飛び回り、宮中の三番所に詰めている若手の公卿に動員を掛ける。日頃鬱屈している連中が張り切って駆け付け、人数はたちまち膨れ上がる。八十八人が連判状に名前を自署し、三月十二日の正午を期して列参した。ターゲットは武家伝奏だ。口々に「東坊城を出せ」「関東のイヌをぶっ殺せ」と叫んで、盛んに気勢を上げる。恐れをなした関白は病と称して参内してこない。

夕方まで待ってあたりが薄暗くなった頃、八十八人は隊伍《たいご》を組んで九条関白邸にどっと押し寄せた。日頃は関白の威勢にオドオドしていた下級公卿が今日ばかりは人格が変わったみたいに居丈高になっている。玄関からズカズカ上がり込んで燭台《しょくだい》も火鉢もひっくり返して坐り込む。

「関白出て来ーい」

「返事をもらうまでは帰らへんで」

「居間に押し掛けたろか」

多少ガラの悪いのも混じっている。《攘夷》の大義のもとに行動するのだから怖いもの知らずだ。そのうちにもっと下っ端の供侍《ともざむらい》も駆け付けてきて門内に入り込み、数百人が充満する勢いになった。提灯の数も増えて、数百張が一斉に点《とも》されている光景は九条邸の人々を慄え上がらせた。

恐れをなした関白は、この圧力で勅答案を書き直すと約束させられ、やっと一同を退散させた。ぞろぞろ引き揚げるデモの集団は、堺町筋を挟んで向かい合う鷹司太閤邸へも威圧感を与えるのに充分だった。三月十六日、議奏久我建通が辞任を申し出たが慰留された。十八日、伝奏東坊城聡長が辞表を出し、こちらは誰も止めなかった。同日、禁裏付都築峯重が便所で卒中に倒れ、死去した。世間では、自分が窓口になった賄賂が不調に終わった責任を取ったとする切腹説も囁《ささや》かれた。この出来事の真相が、じつは本篇が物語る薔薇の武士の悲劇なのである。

朝廷で孤軍奮戦していた孝明天皇は、この示威運動に百万の味方を得たにひとしかった。それまで天皇は強度のストレスに晒《さら》されて体調を崩し、「過日以来主上御不例《ふれい》。追々およろしくあらせられ候えども、来る十六日・十七日には御手水《おちょうず》も遊ばされかね候」（『一条忠香日記抄』）という容態だったのである。天皇は毎朝起きると、御手水の間でうがい・洗顔・理髪などの儀を行わなければならない。一時はそれもできないほど心神耗弱《こうじやく》が激しかったのである。その不調が公卿列参で吹っ飛び、天皇は勢いに乗って強気の勅答に突っ走る。

三月二十日、堀田が参内して小御所で勅答を下された。とはいっても、天皇の出御はない。簾の奥は空っぽのまま、公卿列座《れつざ》の中で左大臣近衛忠熙が折り紙を渡すだけである。堀田は、緊張の余り心ここにない風情で、唐門《からもん》を入るとき沓《くつ》が脱げてしまって見苦しい有様を晒《さら》し、宮中では堂上や供侍から「アメリカが来た、アメリカが来た」と嘲《あざけ》られるのにじっと耐えた。中段の間へ進み出て勅答を拝受する時、堀田は額から大粒の汗を流していたそうだ。下段の間まで退《すさ》ってぶるぶる慄えながら勅答を拝見し、苦悶にも似た困惑の表情を浮かべて、お請けにはしばらく猶予をいただきたいといって控えの間に下った。

堀田がガックリするのは無理もなかった。この日示されたいわゆる「三月二十日勅答」は以下のような内容だったのである。

アメリカとの条約は日本の大難、国家の安危《あんき》に関わる重大問題である。伊勢神宮を始め歴代天皇に恐れ多く思《おぼ》され、家康以来の鎖国という良法を改めることは、全国の民心を多年にわたって不安に陥れるのではないかと深く叡慮を悩まされておいでである。そもそも下田条約（日米和親条約）さえ不賛成の上に、今度また新しい条約を結んだのでは国威《こくい》が立たないとの思召である。また諸臣の群議でも、今般の条約は特に国体に拘《かか》わり、後難《こうなん》が恐ろしい旨の答申があった。もう一度、将軍から御三家・諸大名に衆議の結果を言上《ごんじょう》するように下命されたし。（『尚忠公記』二）

堀田にしてみれば最大の不首尾《ふしゅび》であった。この日までのひと月半にわたる京都滞在も、嘲弄《ちょうろう》に耐え忍び、口を酸っぱくして説得に努めた苦心がすべて水の泡になったのである。

三月二十二日、堀田は本能寺に伝奏・議奏の来訪を求め、改まった語調の伺書を提出した。

「墨夷《ぼくい》（アメリカ人）との掛け合いは日限が詰まっております。万一事態が縺《もつ》れた場合、その機に臨んで片時も延期ができない仕儀《しぎ》に至るかもしれません。その節は和戦どちらか一方を決行してよろしいでしょうか。英夷が渡来してきた場合も同様の計らいでよろしいか。非常事態はいつ起こるか予想できませんので、余儀なく御意向を伺って関東へ申し遣わしたいと存じます。早々の御沙汰をお待ちしております」

言外に、戦争になっても構いませんかという脅しを籠めている。こうなったら売り言葉に買い言葉だ。三月二十四日、右の伺書に対して下された勅答はびっくりするほど感情的な文面だった。

天皇は、今度の条約はどうしても許容できないとのお考えである。交渉中にもし縺れが生じたら、前回の勅答の趣意を含んで精一杯取り鎮められたい。先方から異変に及んだ（戦端を開いた）場合は仕方がないと考えておいでである。（同前書）

念には念を入れて、次の四ヶ条を記した切紙《きりがみ》も手交された。

①永世《えいせい》安全に叡慮を安んぜられるべき事。
②国体に拘わり、後患《こうかん》を生じることがないように方略を立てるべき事。
③下田条約以外に御許容がない場合、もしかしたら異変に及ぶことも予想されるので、防禦《ぼうぎょ》の処置をお聞きになりたい事。
④右の条々について衆議言上の上、なおも叡慮を決しがたい時は、伊勢神宮へ神慮を伺うこともあるべき事。

拝読した堀田は、「戦争になってもやむを得ないといわれるのか」と驚き呆れた。最後の伊勢神宮云々《うんぬん》には「もしオミクジが『戦』と出たら甚だもって恐ろしい結果になるから、神慮伺いの件はどうかお見合わせ下さい」と真顔でいったそうだ。

堀田の上京は失敗に終わった。三月二十七日、江戸の老中へ書き送った一文には、やるかたない無念さがひしひしと滲《にじ》み出ている。――「実に堂上方ら正気の沙汰とは存ぜられず、歎息《たんそく》つかまつり候」（堂上公卿の皆さんはとても正気だとは思えません。嘆かわしいことです）。四月二十日、堀田が江戸に帰ってみると、留守の間に井伊直弼《いいなおすけ》が大老になることに決まっていた。後は孝明天皇を赫怒《かくど》させた「違勅調印」までまっしぐらだ。

四

禁裏付の役宅は二ヶ所あった。上（北）の御附（禁裏付の朝廷側の呼び名）は、相《しよう》国寺《こくじ》門前町（臨済宗相国寺の北）。下の御附は寺町荒神口《こうじんぐち》（現鴨沂《おうき》高校）。都築峯重の役宅は荒神口の方であった。

禁裏付役人のトップは任期を完了すると江戸に戻り、後任者と交替するが、下役の与力（禁裏付一人につき十騎）・同心（同四十人）は京都常駐である。そのうち案内同心という京都のことに通暁《つうぎよう》したエキスパートが新任者を先導して御所勤務に粗漏《そろう》がないように取り計らう。毎日、御所の御台所門から入って武家玄関から詰所の祗候《しこう》の間《ま》へ通される。禁裏付は有位の官人であるから、たとえば「伝奏を呼んでこい」式に正三位大納言クラスの公卿を詰所に呼び付けるほどの見識（気位《きぐらい》）があるのである。

しかし、そんな気分に浸っていられたのは徳川様の御威光がものを言った時代までだった。尊王攘夷運動が盛んになり、朝廷が幕府と対等に意見を主張するようになった幕末には、禁裏付の職務は非常に気骨《きぼね》の折れる仕事に変わった。たとえばの話、禁裏付が駕篭に乗って路上でお公卿さんの乗輿《じようよ》とすれ違う時など、どちらが先に駕篭を停めて礼をするかに微妙な問題が出て来る。肌で感じる待遇の違いはなかなか神経にこたえた。

今回のような臨時の「御進献物《ごしんけんもつ》」の場合でも、禁裏付に要求される神経の使い方といったら並大抵のことではなかった。何しろ例年行われる金銭授受とは違うルートを使うしかなかったし、それも話の持って行きよう一つでは相手に大変失礼になりかねない事柄なので、人一倍こまかな気配りが必要とされるのだ。

備中守の手紙には、「関白殿委細お聞き為され候」とあるから、尚忠は一度はこの工作を蔭で取り仕切ると約束したらしい（『堀田正睦外交文書』自一号至三十号のうち）。だが同書はすぐ続けて「しかしながら、もし人の口にも相拘わり候ては穏やかならず、かえりて公武の御為にも相成らず候」と世間に悪評が広まることをひどく心配しており、事を極秘裏に運ばねばならなかった事情を想像させる。事実、関白尚忠への風当たりは厳しかった。関白家に出入りする人間には全員監視の目が光っているような状態だったのである。

このストレスは当然、禁裏付にも応分にのしかかった。いくら何でも備中守が尚忠にゲンナマを手づかみで渡すわけにはいかない。川路聖謨や岩瀬忠震らも同様だった。いきおい、負担は公卿社会に多少の人脈がある禁裏付に回ってくる。関白家その外にたくみに出入りして賄賂を手渡しする機会を探らされる。しかも負担は主として都築峯重にかぶせられた。もう一人の禁裏付、大久保忠良の方は、多分に自己目的的に曲がったことを嫌いにしている性分なのでこういう役割には向かず、したがって大した出番も与えられなかった。というのは、条約勅許の獲得という大任を負って京都に派遣された正睦は、よせばよいのに、幕府の在京出先機関の全役人に踏絵を踏ませるような目に遭わせた。もし朝廷から勅許が得られなかった場合でも、幕府吏員は調印することを決議したのである（「都築駿河守病死の顚末」）。峯重もその決議書に調印した。が、内心どこか釈然とせぬところがありげだったと伝えられる。大久保忠良が調印などしなかったことは無論である。

ちょうどこの時期、やがて堀田の失敗の後大老職に就任することになる井伊直弼は、腹心の長野主膳《ながのしゅぜん》を京都に送り込んで熱心に工作していた。直弼の主要な関心事はむしろ次期将軍候補の人選にあったが、その利害関係を調整するために尚忠に手を回す必要があったのである。すでに一月二十六日の初対面の頃から、主膳から尚忠に一万両を下らぬ金額が手渡されていた。

その事実は堀田正睦も禁裏方も知らない。橋本左内が評したように朝廷・幕府の双方に「二つの顔」を使い分けるこの老獪《ろうかい》きわまる人物は、多くの人々を操る糸、というより金蔓《かねづる》を自分の手中に握っていて、なかなか尻尾を摑ませなかった。ましてや律義な禁裏付を動かすことはお手の内であった。

峯重を当主とする都築家は古い家柄だ。『寛政重修諸家譜《かんせいちょうしゅうしょかふ》』には、都築氏は十流見えており、その十番目の都築家に安永年間（一七七二～八一）ようやく「峯尾」「峯久」と「峯」字を諱《いみな》の通字《とおりじ》（歴代共通に使用する一字）にした人物が現れる。これと都築峯重の名を載せる『安政三年武鑑』との間にはだいぶ空白があるのが残念であるが、峯尾がじつは都築峯久の養子だとある記載を手がかりに系図をさかのぼると、どうも家祖として都築雅楽助秀景《うたのすけひでかげ》に行き着くようである。

　秀景は永禄年間（一五五八～七〇）の人で、遠江国の住人。今川氏真（義元の子）に仕えた。その子秀綱《ひでつな》も氏真に仕え、今川家の滅亡の後は徳川家康の麾下《きか》に入り、本多平八郎忠勝の手に属し、姉川の合戦（一五七〇）・三方原の合戦（一五七二）で戦功を挙げ、徳川家に必須の家臣となる。武田家との数度の戦いに従軍し、と経歴にある通り、都築家は、今川・武田という有数の戦国大名家がやがて天下を統一する徳川家の覇業に併合されてゆく歴史の波浪を激しく身にかぶった一族なのだった。おそらく、今川・武田二家に両属（二重帰属）した時期もあったに違いない。

　その後歴史の変動を経《へ》、徳川家に仕え、幕末に至って、禁裏付という職務を拝命した都築家には、代々不思議な申し送りがあった。「望蜀《ぼうしょく》」と銘打った武田信玄手植えの薔薇を各代当主が必ず守り伝え、決して枯らさずに子々孫々持ち伝えよという家訓である。都築家では代々この教えを忠実に守り、峯重は京都に移住してからも、荒神口の役宅の狭い庭の日当たりのよい地面にその薔薇の株を植え、水やりの、葉の剪定《せんてい》のと、感心なことに丹誠おさおさ怠りなかった。都築家にはまた手擦《てず》れしてぼろぼろになった反故《はご》同然の綴じ本も伝えられていて、これが由緒書《ゆいしょがき》になっていた。武田信玄遺愛の薔薇なることの《血統書》のようなものだ。

都築峯重は当年五十六歳で鍾愛《しょうあい》する一人娘の八重垣を持っていた。峯重が情愛を傾けることは並大抵でなく、雨と降る縁談を端から断って、婿を取るにも仲人まかせでなく、父親自身がゆくゆく自分のメガネでお気に入りの婿がねを選び、三国一の嫁《よめ》御寮《ごりょう》として嫁がせるのだと、峯重は日頃から豪語していた。芳紀《ほうき》まさに十八歳。美貌の評判は高かったが、父親が人前に出すのを好まなかったので、まわりでも滅多に娘の顔を拝んだ者はなく、こりゃ三国一の嫁どころか、悪くするとあたら婚期を逸することになりかねないぞと余計な心配をする輩もいるほどだった。

峯重には外にもう一人、妾腹《めかけばら》の男子があり、一緒に京都へ連れて来ていた。年令は十七歳で、愛娘の八重垣とは一つしか違わず、事実この二人は江戸の屋敷で共に育てられていたのだが、そこは嫡庶《ちゃくしょ》の別の厳しい旗本直参の家のこと、育てられた環境には天と地ほどの開きがあり、八重垣が深窓の姫君として蝶よ花よと愛でられている間も、この庶腹の少年は家僕《かぼく》同然に待遇され、十七歳になった今は、屋敷の庭の花作りの仕事をあてがわれていた。名前は箕作《みのさく》と付けられていた。

本人もそれが性に合っているのか楽しそうに庭仕事をこなしていた。家に伝わる信玄の薔薇の面倒は当然この少年が見た。京都風の庭には、「前栽《せんざい》」と呼ばれる長方形の地面がある。その一隅にくだんの薔薇を植えて、「薔薇前栽」とでもいえそうな区画を作り、今年も芽をふかせようと一心不乱だった。

箕作は八重垣の異母弟だから当たり前といえば当たり前だが、顔形は瓜二つといえるほどそっくりで、身なりこそ粗末だったが、屋敷中の女が騒ぐくらいの美少年だった。

禁裏付が関白と直接出会う機会はそう多くない。幕府と朝廷が調整する必要のある用件は、おおむね武家伝奏と話し合うだけで事足りたからである。

しかし、峯重が禁裏付になってからというもの、峯重が関白九条尚忠と面談することは比較的多かった。もちろん公式ルートではない。関白はなるほど多忙をきわめる身であるが、毎日八ツ刻《どき》（午後二時頃）以後は閑暇《かんか》の時、いわば自由時間である。この時間帯を利用して関白は多方面の人々に会っていた。

九条関白が峯重と会うのは、非公式の接触を通じて朝幕間に発生する微妙な問題の数々をあらかじめ承知しておく必要があったからでもあるし、また、堀田老中一行の京都到着以降は例の臨時の「御進献物」をどう受け渡しするかの打ち合わせなど用件はいろいろであったが、それとはまた別に内緒事があったに違いないと、口さがない京雀たちが噂話のエサにしたことがあった。

九条関白はどうやら禁裏付の娘にぞっこん思召があるようだという噂が人々の口の

端《は》にのぼりはじめたのである。

　さなきだに京都の公卿の色好みは定評のあるところであるが、尚忠もまた人後《じんご》に落ちず、女癖の悪さには種々の風評があった。もとよりこんな話題が生々しく対話の座にのぼるようなことはない。いきなり「貴殿の御息女を所望したい」というような露骨な切り出し方はしないのである。まず婉曲に、暗示的に屋敷で堂上家流の行儀見習をさせたいといった具合にほのめかしておいて、あと細かなことは家令《かれい》どもに詰めさせるというのが、これまでの場合の常套《じょうとう》であった。

　そしてこれまではまず、こんな段取りでうまくゆかなかった例はなかった。関白の手が付いたと知れても、親から苦情が出る気遣いはなかった。京都の社会では、堂上公卿の、しかも摂家《せっけ》（摂政関白を出す家柄）の血筋のおタネを授かることは、何かと将来有利になることはあっても、決して不名誉ではなかったからである。尚忠の女癖も京雀から風評の的にはなっても、社会問題にならなかったのもそんなところに理由があった。

　尚忠も尚忠なりにけっこう周囲に配慮したつもりであった。いくら何でも幕府役人の子女をいきなり邸へ寄越せといったのでは世間の目がうるさい。九条家ではかねてから武田家ゆかりの薔薇の苗木が所望であった。このたびそれを献納するにあたって都築家の息女が九条邸へ出向くという風に外形を整えようとまで工夫を凝らしたのである。

しかし、いくら水を向けても峯重はさっぱり反応しない。今度ばかりはかなり勝手が違うのである。尚忠にはちょっとしたショックだった。

こいつ、無神経なのか。尚忠はいらいらした。生まれてこのかた、天皇以外に人に逆らわれたことのない御仁《ごじん》である。自分が言い出したことに人が反対する理由がまるで理解できなかった。まさか、峯重が娘を差し出すことに不承知だとは信じられなかった。

そのまさかがどうやら本気らしいと気づいた時、尚忠はむしろキョトンとした。と同時に、ちょっぴり傷ついた自尊心をいつもの文化的優越主義で癒やそうとした。「東国武士の山猿めがナマイキに逆らいよる」と、これを軽んじてかかったのである。

だがその一方で、いかにも宮廷政治家らしく、打てる布石は抜け目なく打っておくのを忘れなかった。堀田備中守正睦を動かしたのである。どんな人間のルートが中間《なか》に介在したか正確なところはわからない。もしかしたら、黒幕法親王といわれた中川《がわのみや》宮や川路聖謨のような大物が間に立ったのもあり得ることだ。尚忠の意向が伝言に伝言を重ねてゆくうちに、「魚心《うおごころ》あれば水心《みずごころ》、な？　魚心あれば水心じゃぞ」というような言葉になり、回り回って正睦の口から峯重に伝えられたことがあったかもしれない。

何気なく洩《も》らしたこの一言が峯重を窮地に追い込んだとは、どちらかといえば神経の太い鈍感と評する人もいた――正睦はあまり深刻には感じていないようだった。

こんな裏工作が行われていたのは、安政五年三月中旬の頃だった。ちょうど条約調印の諾否《だくひ》をめぐって情勢は微妙をきわめていた。孝明天皇は、この時期心中ひそかに、日米開戦もやむなしと覚悟を決めた「三月二十日勅答」を用意していたと思われるが、その旨を宣下するには九条関白の副署――正確には、両者の連印――が不可欠である。その意味では、尚忠関白がキャスティングボートを握っているのだった。

この段階では調印に対する関白の態度はまだ不鮮明だった。むしろ、真意を押し隠してどちらとも取れるポーズを取っていたように思われる。どちら側にも、関白は最終的にはこちらの味方だと思い込ませることこそ《攘夷利権》の相場を吊り上げる秘訣だった。

だから、正睦が関白の内意の又聞きとして峯重に伝えた「魚心あれば水心」云々の言葉も、正睦は、賄賂の増額を要求されたとカンチガイして受け取り、もっと機敏に動けと峯重を叱責したつもりだったのである。

しかし、峯重は直感的に関白の伝言に籠められた言外《げんがい》の意味を読み取った。関白の底意は明らかだった。「娘を人身御供《ひとみごくう》にして差し出せ。そうすれば条約調印について色よい返事をしないでもないぞ」というメッセージに紛《まぎ》れなかった。

律義な峯重は、この謎かけを真剣に受け止め、生真面目に悩み抜いた。が、どうしても自分の娘を犠牲にすることはできなかった。花も恥じらう乙女ざかりの愛娘の純潔を六十歳の狒々《ひひ》オヤジの毒牙《どくが》にかけるなんて父親としてできることではなかった。しかし、事は国事に関わっている。私情で片付けるにはあまりにも重大な問題だ。責任を感じる。身が引き裂かれる思いだった。

三月十七日の夜、九条関白の邸に招かれた峯重は、奥まった座敷に通されたきり、いつまで待っても出て来て会おうとしない相手に対するいらだちの気持を抑えかねてじりじりしていた。今日こそ、日米修好通商条約への調印をめぐって、関白が諾否いずれの態度を取るかの決着を付ける日だった。

もちろんすべては孝明天皇の意向次第だったが、宮廷政治の慣例上、勅諚は関白の副署がなければ正式のものとは認められない。調印可否を決めるキャスティングボートは関白の手に握られていた。

なるほど九条関白は、峯重に対してはただ「その方のよきように取り計らう」という言葉だけを繰り返し、調印に反対するという言質《げんち》を峯重に取らせなかった。しかし一貫して、俗にいう「いい顔」をし続けていたのである。その表情はすなわち条約勅許への一縷《いちる》の希望であり、それに望みを託すればこそ、これまでの峯重らの努力もあったのだ。九条関白が「いい顔」をして見せる度に《攘夷利権》は吊り上がったといえる。

だから、今夜、九条邸へ乗り込んだ峯重はただならぬ顔色をしていた。奥の座敷で型通りに酒肴《しゆこう》のもてなしも受けたが、いっさい手を付けなかった。

九条関白はなかなか出て来ようとしなかった。居留守を使っているのはわかっていたが、峯重は無理押しせず放っておいた。出て来て会う気持にならないところを見ると、もしかしたら不首尾かもしれない。不吉な予感がこみあげてくる。しかし、これまでさんざん用立ててきた諸便宜に対して、関白は知らぬ顔の半兵衛で通すわけにはゆかないはずだった。せめて「済まなかった」の一言ぐらいはあってしかるべきだった。

夜遅くなってからようやく座敷に出て来た関白は、酒気を帯びている気配だった。が、それ以上に峯重を不愉快にしたのは、相手のえらく磊落《らいらく》ぶった応対ぶりだった。こちらが地位も体面もかなぐり捨てて無理に金子《きんす》を用立て、生みの娘の貞操を要求されてまで事を成就しようとしているのに、関白にはまるで意に介している様子がなかったことだった。

「以前からその方に頼まれておった事じゃがのう」と、関白はふと思い出したふりをしていった。

「主上《おかみ》はお伊勢様に願を掛けられてのう。そのご神託に調印はならぬとあったそうじや。主上も相手がお伊勢様とあってはとても逆らえぬ」

あまりあっけない結果に呆れて口も利けずにいるこちらに向かって、重苦しさから逃れるようにいった。

「何せ日本は神国の事じゃとてのう」

畳に平伏している峯重の拳がわなないて白くなり、無言でうつむいている顔が一瞬紅潮し、やがてすぐ青ざめた。

その夜遅くに家に帰った峯重は、話を一言も娘には洩らさず、誰にも相談せずに思い悩んだ。

安政五年三月十八日の朝、いつものように家族揃って朝餉《あさげ》を済ませ、峯重は習慣通り厠《かわや》に立っていったが、それきり戻って来ない。家人が心配して厠の前へ行ってみると、中から苦しそうな唸《うな》り声がする。あわてて戸を開けて見たら、峯重は厠でうつ伏せのまま起き上がれなくなっていた。すぐに居間に運び、寝床に横臥《おうが》させたが、もうその時は左の半面が引きつり上がって口も利けなくなっていた。

家族がまずしたのは同僚大久保忠良に急使を送って、本日参内できない旨を届け出たことであった。堀田正睦の医師、三宅艮齋《ごんさい》も診察に来る。岩瀬忠震、高橋平作（和貫《かずつら》、当時勘定組頭）、平山謙二郎（敬忠《よしただ》、当時徒目付《かちめつけ》）など正睦と共に入京した人々もやってきた。が、手の施しようもなく、峯重は正午少し前に絶息《ぜっそく》した。

奇怪なことには、峯重の死を検分に来た幕府役人はみな、岩瀬も高橋も――徳川慶喜の腹心、原市之進《いちのしん》までがやって来ていた――誰もが異口同音に「駿河守殿は切腹して死なれたのか？」と尋ねた。正睦の随員一同は全員峯重が抗議の自殺をしたものと信じているようだった。

無理もなかった。家族の目から見ても二、三日前から峯重は顔色に生気がなく、言いたいことも言えず、臣下たる者、無理な君命にも従うべきかなどと日頃口にしたことのない愚痴をこぼすようになっていた。また、正睦が幕府吏員に違勅調印も辞せずという決議に連署させたことにも内心不承知だったことも知られていた。疑う者は厠に血痕はないか、机辺《きへん》に毒薬はないかまでを調べて回ったが、何の痕跡もなかった。書置もなかった。死因は明々白々に卒中《そつちゆう》（脳出血）の発作であった（「都築駿河守病死の顚末」）。

それからしばらく、八重垣は家族と共に、峯重の遺骸の枕元で泣き明かした。しかしそのうちにぴたりと泣き止むと、胸中深く何かを思いつめた様子で、目に異様な力を帯びて見る見る立ち直った。それはもしかしたら、この数年間峯重の下役として禁裏付与力を務め、峯重の廉直《れんちよく》ぶりに心服していた一武士が見るに見かねて真相を明かしたせいかもしれなかった。この与力は、京都常住のこととて公卿社会の裏表に通暁し、それゆえ九条関白公の私行にもかねがね義憤を感じていたことから、もはや黙ってはいられない気持になって、尚忠の邪恋のいきさつを逐一《ちくいち》八重垣の耳に入れたのである。

「お父上はあなた様をお守りして生命をお捨てになりました。そのためには君命も関白の御威光も物の数ではありませんでした。誰にも苦衷《くちゆう》を明かすことができない、そのご心痛がお父上の生命を縮めたのです。いや、九条関白こそがお父上の敵《かたき》と申し上げてよいくらいだ」

ぶるぶる震える拳を両膝に据えて語る忠義な家来の悲憤の言葉を一語も洩らすまいと聞き入っているのは、もう八重垣姫一人ではなかった。傍らには濃い眉根《まゆね》の頼もしげな凛々《りり》しい少年がいた。現在の緊急事に嫡庶の隔ても取り払われた美貌が瓜二つの異母弟、箕作の姿であった。

前記の通り、調印を断乎拒否するという勅答が示されたのは三月二十日である。九条関白が堀田正睦に一歩でも譲歩した、少なくとも表現を緩和するために努力した形跡はまるでなかった。尚忠が嘘を吐いたとはいえまい。尚忠は国難を回避する代償に娘の貞操を要求し、峯重は頑としてそれをはねつけた。交渉は不成立であったわけであるから。

しかし、峯重が沈黙を守ったまま、上の方で国運を動かしている人々の犠牲になったことには間違いなかった。

三月二十一日に鞍馬口《くらまぐち》の天寧寺《てんねいじ》で淋しい葬儀が執り行われ、荒神口の役宅も後任者のために空けておく必要があったので、都築一家は屋敷を明け渡さなくてはならなかった。

八重垣だけは禁裏付与力たちの間にツテを求めて、京都の町に居残った。今は一心同体の運命になった箕作は、不思議なことに、ふっつりと姿を消し、杳《よう》として行方が知れなかった。

四月になった。京都御所を取り巻く御築地内のあちこちの公卿屋敷の築地塀からとりどりに花を付けた桜の梢《こずえ》が頭を覗かせはじめた。ある日の朝、堺町筋西側の九条関白邸を一台の女車《おんなぐるま》がしめやかに訪れ、台所門から邸内へ引き込まれていった。

車に乗っていたのは、髪形衣装は宮廷女房風に改められていたが、顔貌《かおかたち》やしこなしを見れば、知る人ぞ知る、故都築峯重の忘れ形見八重垣姫に違いなかった。九条邸訪問にあたっての約束事を了解したしるしか一輪の薔薇の蕾《つぼみ》を大切そうに捧げ持っていた。蕾はまだ固かったが、やがて大輪に開くであろう予感を幾重にも折り畳まれた未生《みしょう》の花弁が封印していた。蕾の色は深紅だった。中から人が出迎え、八重垣を邸の奥の方にある上﨟《じょうろう》の詰所へ案内した。それから昼いっぱい髪梳《す》きだの入浴だの着付けだのに時間が費やされる。

その日、いつものように天皇と膝突き合わせる執務時間から解放された関白は、申《さる》の上刻《じょうこく》（午後四時頃）には帰邸した。家令が待ち受けていて、関白に近づくと何か囁いた。関白は鷹揚《おうよう》にうなずく。新参者が参りましたと報告を受けるのは珍しいことではない。

「相わかった。今宵、夜伽《よとぎ》をさせい」と、関白は平静を装って言った。

お公卿さんの夜は早い。その晩、尚忠の閨房《けいぼう》はふだんにもまして寝《ね》仕度が早かった。戌《いぬ》の上刻（午後八時頃）ぐらいから早々と床をしつらえ、枕元の灯台はいつでも吹き消せる手頃な距離に用意され、尚忠は先刻から人待ち顔をして、じれったそうに、分厚い衾《ふすま》をかぶって寝返りばかり打っていた。

亥《い》の上刻（午後十時頃）、待ちかねた女がやっとやって来た。無言のまま、衾の中に辷《すべ》り入って横たわる。ぷーんと、いつも嗅ぎ馴れた薫香《くんこう》とは異なるもっと刺激的な匂いが鼻を撲《う》った。

「来たか、来たか。もそっと側へ寄りやれ。ちいとも怖いことはないさかい」

こう言いながら八重垣のおとがいを抓《つま》んで顔をこちらに振り向けさせた関白は、相手のあまりの美しさに息を呑んだ。閨房の八重垣は想像していたような武家娘ではなく、まったく宮廷女官のいでたちに粧《よそお》っていた。昼間見れば、平額《ひらびたい》と呼ばれる髪飾り・釵子《さいし》と呼ばれる独特な簪《かんざし》・櫛などで美々《びび》しく飾られる黒髪が、今は無造作なお垂髪《すべらかし》にされて肩のあたりでうねり、眉墨《まゆずみ》黒々とえもいわれぬ曲線を描く作り眉の下方で、一対の黒眼勝ちの明眸《めいぼう》が、怨《えん》ずるがごとく、挑むがごとく、無抵抗なごとくきらめいていた。

その身体をどんな衣装が包んでいたのか、正直いって関白はあまり気にしなかった。袿《うちき》を何枚か重ね着いていたことはたしかなのだが、その色目が何色なのかには関心がないのだ。どんな裳を付けていたかも二の次である。思うに、この時関白は八重垣の着ている物よりも、それを脱がせることの方にヨリ多くの関心を注いでいたのではないだろうか。目が合うと、八重垣は目をつぶり、唇を差し出すようにしていやいやをして見せた。

「ん？　おお、そうか、そうか」

関白は相手の仕草を一人合点に解釈し、八重垣が明るいままで事を行うのを厭《いや》がっているのだと思い、枕元の灯台を吹き消した。不意に訪れた閨房の暗がりでは、相手は驚くほど大胆で敏捷《びんしょう》だった。関白は闇の中で手早く相手が着衣をすっぽりと脱ぎ捨て、自分も裸にされて、相手の裸身の上に重なっているのを感じた。初めての経験だった。これまでの大概の女は、関白に多少手こずらせながら渋々のようなふりをして男に脱がせるのが常套だった。ところがこの女はどういう秘術を弄するのか、関白は相手の言いなりにされてけっこう満足させられているのだった。

「これが東国風とでもいうのか」

頭の中でぼんやり考えながら、それでも関白は、明るい光にわが身の六十歳の素肌、最近とみに色つやが衰え、なんだか出っ張ってきた下腹を晒さずに済んだことを有り難く思った。相手は寸秒も無駄にしなかった。相手の身体の上に乗って、しばしためらっている関白のたるみの出た唇を下からこじ開けて、強い力で口を吸った。と、同時に、関白は相手のすべっこい太腿が自分のいきり立った一物を挟み、繊細な手指の動きもそれを助けて、女の深奥《しんおう》部へ導いてゆくのを感じた。

達しそうになる。すると、その気配を感じた八重垣はするりと身を翻《ひるがえ》し、おお何のつもりか、身を横ざまに投げ出し、花のかんばせを関白の下腹部に近づけると、無造作に、関白の濡れた一物を口中に含むではないか。「ん？　おお、おお、そうするのか、そうしてくれるのか」

関白は快感のあまりほとんど有頂天だった。暗がりで見えなかったが、下方では八重垣があの形のよい眉を寄せて、頬を膨らませ、巧みに舌を這わせてくれているに違いなかった。亀頭が咽喉に吸い込まれそうになり、八重垣も息を詰まらせて苦しそうだ。が、その分だけ着実に関白の快感は律動的に高まっていった。

「ん？　ん？　ん？　ああ、もうすぐだ、もうすぐだ」

まっしぐらに、関白の下腹がしゃくり上げてきて、今まさに失禁しようとした瞬間、突然すさまじい痛みが関白の陰茎を襲った。

「ギャアーッ」

女の顔を股間から引き剝がして突き放す。が、時はすでに遅く、関白の血まみれの陰茎は女の口中に残り、唇を溢れる血で真っ赤に染めて、勝ち誇った笑みを浮かべて見上げているのは、女の顔ではなく、八重垣に生き写しの箕作の復讐に酔った顔だった。

「曲者《くせもの》じゃ、狼藉者《ろうぜきもの》じゃ。者ども、出会え、出会え」という関白の叫びが響き、うろたえて邸中から閨房に駆け付けた男女の「きゃーっ」「たいへんな血だ」「医者を呼べ」と騒ぎ立てる声々が入り乱れ、邸内は上を下への大混乱になった。

九条邸のすべての門は閉め切られ、厳重な捜索が行われた結果、寝殿の目立たぬ一隅で美しく女装した、あるいは八重垣姫に扮した花作りの箕作がその衣装のままみごとに割腹して死んでいた。八重垣その人の姿はどこを探しても見つからなかった。

九条邸に呼ばれた医者は外科だという噂が飛び交ったが、いつのまにか治まった。関白の一物は噛みちぎられたきりだとも、必死の治療でくっついたとも、いや、くっついたけれども傷口が膿《う》んで癒らず、とうとう取れてしまったなどといろいろ論評されたが、真相は誰にもわからなかった。宮廷の慣わしでは血穢《けつえ》の禁忌がやかましい。邸内で箕作の死体が発見されたからには、尚忠は一定期間参内してはならないはずだ。しかし、尚忠の関白勤務はその後も中断なく続けられている。

そうはいっても、その事件のあった日から以降、九条関白の政治手腕には以前の切れ味が悪くなったというのがもっぱらの取沙汰であった。

堀田正睦が京都工作に失敗して江戸に帰って間もなく、井伊大老が権力を握り、六月十九日に違勅調印が決行された。震怒《しんど》して譲位の意向を洩らした孝明天皇は、七月二十七日、九条関白の態度が無礼だったので、逆鱗のあまり関白を折檻《せっかん》した。手にした中啓《ちゅうけい》（末広の扇）で関白の頭を二、三回打擲《ちょうちゃく》したそうだ。

孝明天皇と九条尚忠との間柄はすっかり冷却し、特に安政七年（一八六〇）の井伊大老暗殺以後の尚忠は、幕府との協調路線を推進した人物として尊攘過激派から総スカンを食って、文久二年（一八六二）に謹慎を命じられるに至る。そうした一連の不遇をもたらした原因が噂されたような身体的欠損であったかどうかはついに真相不明である。

都築家の遺族は峯重を葬って江戸に帰り、峯重の親族源七郎峯暉《みねてる》が家を相続して神奈川奉行になった。武田信玄ゆかりの薔薇の根株はその後どうなったか話は伝わらない。

軍師の奥方

一

東へ東へ、夥《おびただ》しい人波が途切れなく動いていた。

まず先頭に大きな「菊章旗《きくしょうき》」をひるがえした官軍の行列。新式の施条砲《しじょうほう》二門、臼砲《きゅうほう》一門、弾薬車が威圧的に進み、ミニエー銃四十挺、ゲベール銃三十挺を肩に担いだ歩兵たちが行軍隊形でそれに続く。いろいろな藩兵の寄せ集めらしく、別に制服を着用しているわけではなく服装もまちまちだった。

沿道の町や村では、人々は西から進軍してくる官軍を敵か味方か判断するのにまだ逡巡《しゅんじゅん》しているらしく、民家は固く門戸を閉ざし、家財道具を戸外に持ち出して落ち着かなかった。それでも新しい事象に対する好奇心は盛んで、官軍が新しい宿場に着くと、決まって見物人が集まって黒山の人だかりができるのであった。

慶応四年（一八六八）の一月二十三日。ここは中山道《なかせんどう》五十三番目の宿場加納《かのう》（現岐阜市）である。

この年の初め、鳥羽伏見の戦いに敗れた徳川慶喜は江戸に遁走《とんそう》した。その後今になっても京都の新政府に対して降伏するのか抵抗するのかはっきり態度を決めていない。それどころか、佐幕派の勢力の強い東日本を根城にして、徹底抗戦をする気配は濃厚と見えた。新政府が「慶喜討伐」の勅命を奉じてその本拠江戸に向かって軍勢を進めたのは当然の成り行きであった。

征東軍は、東山道《とうさんどう》（中山道）・東海道・北陸道の三つに分かれ、それぞれ二月初旬には東進を開始した。本作の舞台になるのは、そのうち中山道の一宿場加納の近辺であり、起きた事柄は歴史の変動期に特有の悲喜劇である。

慶応四年一月九日、新政府は岩倉具定《ともさだ》を東山道鎮撫総督《ちんぶそうとく》に、同具経《ともつね》を同副総督に任命した。具定・具経は王政復古以来政界の中心人物にのし上がった岩倉具視《ともみ》の第二子・第三子である。具視自身は京都の中央にいて辣腕《らつわん》を揮《ふる》い、重要な現場ポストを一族で押さえたといえよう。

東山道総督府がまず手を着けたのは、沿道の諸藩の向背《きょうはい》をはっきりさせ、これを味方に付けてゆく仕事だった。最初は大垣《おおがき》藩十万石。この藩は譜代大名の戸田家が領有し、当代の藩主は氏共《うじたか》である。鳥羽伏見の戦いでは徳川方に属して官軍と戦ったが、機を見るに敏で官軍勝利と見るやすばやく藩論を新政府への恭順の方針に切り換えた。その変わり身の早さに総督府も苦慮したが、けっきょく、氏共の入京を禁じる一方で、大垣藩兵を東山道先鋒《せんぽう》として動員し、功を立てさせてみずから贖《あがな》わせることとした。

慶喜追討の軍勢を東進させるといっても、それは未開の原野へ開拓団を注ぎ込むようなものだった。道筋に蟠踞《ばんきょ》する大小諸藩はまだ本心がわからないし、中には佐幕派家臣団の勢力が強い藩もあった。たとえば、中山道からはだいぶ北に外れるが、美濃《みの》（現岐阜県）中央部の郡上《ぐじょう》藩（現郡上市）四万八千石。譜代大名青山氏の領地であり、この藩もいちはやく新政府に恭順する意志を示し、無抵抗で鎮撫使を迎えたが、江戸藩邸には頑固な佐幕派がいて凌霜隊《りょうそうたい》を組織し、会津若松城で戦うに至っているほどだ。

ともかくこうして大垣藩は一月十三日、郡上藩は同二十日に埒《らち》を明けておいて、いよいよ一月二十一日に東山道鎮撫総督・副総督がみずから出馬する運びになった。道々、沿道の群小《ぐんしょう》諸藩に圧力をかけ、藩主あるいは代理の家臣を総督府本部に呼び付けて藩情を説明させた。大溝《おおみぞ》藩（現高島市勝野）、西大路《にしおおじ》（仁正寺《にしょうじ》）藩（現滋賀県蒲生《がもう》郡日野町）、山上《やまかみ》藩（現東近江《おうみ》市）、三上《みかみ》藩（現野洲《やす》市）などである。要するに、新政府への忠誠を誓わせたのである。三上藩・宮川《みやがわ》藩（現長浜市宮司《みやし》町）などは藩主がなお佐幕的立場を捨てなかったので領地を没収された。やがてこのやり方は諸藩に「勤王証書」を提出させて忠誠の《踏絵》にするという方式に統一される。但し、東山道方面でこの言葉が使われるのは二月四日をもって最初とする。

こうして官軍は向かうところ敵なしの勢いで進んでいった。朝廷への忠誠を誓った

「勤王」藩は、軍用金か兵員かを供給する。追討の軍勢は、道中雪だるまのように膨れていった。とはいっても、正規の軍装を整えているのは薩摩・長州・鳥取・彦根・大垣といった西洋軍制を採用している諸藩ぐらいなもので、それらを核にして官軍新参の諸藩から掻《か》き集めた雑多な兵隊の集団にすぎなかった。

ところで、この軍勢には、当初から右の正規軍とはかなり異質の徒党が混じり込んでいた。「東山道先鋒隊」と銘打ったもう一つの軍団である。

徳川慶喜追討のために急拵《ごしら》えで関東に派遣された官軍は、予想された徳川方の抵抗力に対してだいぶ過小評価されていたふしがある。もっとも、この見方は実際に生じた慶喜の戦意喪失を勘定に入れずに算定された嫌いはあるのだけれども。ともかく官軍の戦力に不安を感じた新政府首脳は、官軍の補助戦力を育成することに熱心だったのである。

そこで各地に散らばっている勤王派の浪士、郷士、豪農、豪商、学者、神官、農民などが自主的に結成した有志隊の組織が、浪士隊・草莽《そうもう》隊・義勇隊といった形で動員されることになった。この種のボランティア集団は幕末維新期に雨後のタケノコのごとく結成され、官軍に雁行《がんこう》して進み、事前工作・側面支援・後方攪乱《かくらん》、時には過激なゲリラ活動などを展開した。一番有名なのはすぐ後述する赤報《せきほう》隊であるが、もちろん幕末諸隊はこれに限るものではない。その数は全国で四十余りに及んでいる。

とりわけ岩倉具視には官軍の兵力不足に対する不安感が強く、そのため各地に「先鋒隊」を派遣する元締めだったことは、慶喜追討の兵を関東に送り出した時、赤報隊の落合直亮《なおあき》に向かって、こう語ったといわれることでもわかる。「今日の所ではまず旧幕府を朝敵として征伐というものが始まっている。この大業をなすに、朝廷にそれに向ける人数も軍器も兵粮《ひょうろう》も用金もないのである。この中でなさるについては勤王諸藩の力を仮（借）らねばならぬ。そこで勤王諸藩の力をもってこの大業をなそうというのである」（『史談会速記録』第十三輯）

だから、東征の官軍を派遣するにあたって、岩倉具視はいくつもの半私設軍団を「先鋒隊」の名目で前線に送り出した。必要以上に、という方が正確かもしれない。というのは、官軍が予定した行程の半分も進まないうちに「先鋒隊」は邪魔者扱いされたという事実があるからである。

慶応四年一月二十一日、『東山道戦記』には、京都の公卿の滋野井《しげのい》公寿《きんひさ》侍従と綾小路《あやのこうじ》俊実《としざね》前侍従とが、義勇兵を召集して東征の陣営に馳せ参じ、東海道鎮撫総督に所属させられるということがあった。この二人はいずれも幕末から倒幕急進派の公卿として知られていたが、この年一月六日、京都を脱走し、翌七日に比叡山麓の坂本に集合した。この公卿勤皇派の傘下に近江水口《みなくち》藩の脱藩浪士油川錬三郎らのグループが参加し、相楽総三《さがらそうぞう》組（西郷隆盛の使令で江戸攪乱工作を実行してきたグループ）と、鈴木三樹《みき》三郎《さぶろう》組（新選組内の勤王派で御陵衛士《ごりようえじ》と呼ばれたグループ）の都合三つの浪士隊が加わり、勢揃いした一行は近江国愛知《えち》郡松尾山の金剛輪寺《こんごうりんじ》をめざし、そこで「赤報隊」と名のる一隊を旗揚げした。

　これにさっそく目を付けて、官軍先鋒隊として召集したのが岩倉具視だったのである。滋野井と綾小路は早々に活動を開始した。滋野井公寿は宮川藩主堀田正養《ほったまさやす》が京都朝廷に臣従の礼を取らないことを責めて、兵器および金穀《きんこく》を徴収した。また、綾小路俊実の方は、加納藩主永井《ながい》尚服《なおこと》が旧幕府の若年寄に列していたことを口実に城と領地を召し上げた。加納藩の老臣たちは連署して、尚服を隠居させ、どうにかして処分を和らげようと苦心していた。

　こうした「先鋒隊」の活動は、まだ道中に残存している佐幕派勢力の力を陰に陽に削《そ》ぐことに役立った。その限りではたしかに総督軍の補助兵力として有効だったのである。しかし、赤報隊はだんだん官軍にとって異質な要素に転化していった。当初のうち、必須の兵力として期待していたのとは違う面が目立って来たのである。これは岩倉たち首脳部の思惑からも大きく外れていた。

　赤報隊の一行は中山道を早足で東進する。『赤報記』（赤報隊の慶応三年十一月二十五日～同四年三月三日の日記）の宿陣記録に見える通り、一月十五日、高宮。十六日、番場。十七日、柏原《かしわばら》。この日に近江（現滋賀県）を出て十八日には美濃に入り、竹中丹後守重固《しげかた》（陸軍奉行、若年寄並）の旧領地だった岩手村を無血制圧した。このとき別働隊で竹中陣屋に乗り込んだのは博徒《ばくと》の親分水野弥三郎《みずのやさぶろう》（侠客・黒駒《くろごま》の勝蔵《かつぞう》の盟友）に率いられたヤクザ七十人である（すぐ後述）。一月二十日、赤坂。二十一日は加納宿陣。加納藩永井肥前守尚服《なおこと》三万二千石の城下町である。藩の重役が応対したが、無礼であり、また不審の筋もあるので捕縛した。『東山道戦記』は、前述のように、滋野井隊・綾小路隊の功績として特筆大書《とくひつたいしょ》している。たしかに、この勢いに恐れをなしたのか、沿道の諸藩はこれ以後順番を競うかのように東山道総督府に協力を申し出てくる。先鋒隊の面目躍如であり、主たる使い途もそこにあった。かつまた、急速に使い捨てられてゆく潮目の変わりばなでもあった。

二

慶応四年一月二十三日、加納宿陣中の赤報隊の身辺で起きたことは、後々の出来事から思い合わせるとすこぶる予兆的であった。

後ろから高松隊の一行が急いでやって来て赤報隊を追い越していった。高松隊というのは、尊攘激派公卿の高松実村《さねむら》（左兵衛権佐《さひょうえのごんのすけ》、現地では皇太后宮少進《こうたいごうぐうしょうしん》とも称している）を奉じて挙兵したもう一つの草莽隊である。三条実美がバックにあり、おそらくは岩倉具視が自分の子弟を東山道総督府に入れたことへの対抗意識もあって、これも「官軍鎮撫隊」という触れ込みで猩々緋《しょうじょうひ》（鮮やかな深紅色）や紫縮緬《むらさきぢりめん》の旗を先頭にひるがえし、勅使と称して諸藩を帰順させ、軍資金を拠出させたり、旧幕領の朝廷御領化・年貢半減などを公布したりしながらどんどん進軍してゆく。

赤報隊に先行してからは、下諏訪《しもすわ》で中山道から甲州道中に入る。その途次、飯田藩（信州一万五千石）・諏訪藩（高島藩、信州三万石）・高遠《たかとう》藩（信州三万三千石）などからも藩兵を徴募し、やがて二月十日、制圧目標の甲府に着いたときは二千人ばかりに膨れ上がっていた。

その勢いたるや、意気天を衝《つ》かんばかりであって、そのメンバーだった岡崎繁実《おかざきしげみ》が後にこう豪語しているくらいだ。

兵は声言《せんげん》が大事であるから声言せねばならぬといって、まず信州大名の方へ「戦わんと欲《ほっ》せば戦え。降《くだ》らんと欲せば降れ。弾薬兵器無くんばこれを貸与《たいよ》せん。原野にて戦うべし。不辜《ふこ》の民《たみ》をして兵燹《へいせん》に罹《かか》らしむることなかれ（戦う気があるなら戦え。降参したいなら降参せよ。武器や弾薬がなかったら貸してやる。野原で戦おう。罪のない民衆を兵火に罹らせないようにしよう）」と言ってやったものでありますから、戦うどころではなく、いずれも震いがありました（慄え上がった）ゆえ、無人の野を行くようなものでございました。（『史談会速記録』第十五輯）

こんな居丈高な調子に出て連戦不戦勝。信州諸藩を次々に圧倒し、二月を迎えて甲府勤番に降服を要求して談判している最中に、思いがけず東山道総督府から高松隊を「偽勅使《にせ》」と見なす通達が廻されてくる。同隊がいよいよ突っ走り、横浜に攻め入って攘夷挙兵を決行する姿勢を示したのに京都がびっくり仰天したからである。高松実村は無頼《ぶらい》の徒党に担ぎ上げられた「幼稚の公達《きんだち》」と見なされて京都に召喚《しょうかん》され、側近を固めていた主謀者は現地で処刑される。

東山道総督府には赤報隊に対しても警戒心が生まれた。赤報隊が鵜沼《うぬま》宿（現各務原《かかみがはら》市）まで進んだ一月二十四日、綾小路卿に京都から召喚命令が届いた。京都の首脳部は、第一に公卿勤王派が主導する活動が新政府の国是を超えた攘夷挙兵にまで逸脱することに一方《ひとかた》ならぬ危惧を抱いたのである。

赤報隊に高村隊が陥ったようなワダチを踏ませてはならなかった。

そしてそれ以上に、これは高松隊とも共通するが、「先鋒隊」の成員の多くを占める人的要素の問題である。幕末維新のこの変動期、日本社会は従来の支配構造が根本から揺さぶられ、転覆される事態に直面していた。今まで社会の裏面に隠れていて、歴史の表面に現れたことのない階層が舞台に登場してきた。日頃、日常社会では正業《せいぎょう》に就かず、《裏社会》に疎外されている遊び人・ごろつき・博奕打《ばくち》ちといった連中である。

通常の時代には、こうしたアウトロー集団は村役人・代官所手代・関東取締出役《しゅつやく》など権力機構の末端からいつも睨《にら》まれ、目の敵にされ、潜在的犯罪者として扱われてきた。それが社会の変動によって突然、在来の支配機構が溶解し、アウトロー的な所業を取り締まる権威が消失したので、にわかに嬉々《きき》として存在を主張し始めたのである。

美濃国岐阜に、水野弥三郎という博徒の大親分がいた。文化二年（一八〇五）に岐阜の医者の子に生まれるが、医業を嫌って剣術を修行、めきめき腕を上げたが、医家からは破門され、博徒となって「美濃の三人衆」と称される大親分になったという変わり種である（高橋敏『博徒の幕末維新』）。

その弥三郎が赤報隊の別働隊として歴史に登場するのである。加納宿の問屋兼年寄の熊田助右衛門の「御用日記」には、慶応四年一月十六日の条にこんな記載がある。助右衛門は様子を探るために関ヶ原まで出かけ、本陣でいやな情報を得た。

今昼後、綾小路様御内《みうち》と申る《ママ》四人御越しに相成り、内々承り候えば、岐阜のかねて悪者の頭《かしら》という弥三郎へ、右の手下およそ五百人ばかりこれありと申す事につき、右二、三百人内々頼みに遣わされ候と申すこと。右にては、博奕打ちいずれ参り候と存ぜられ候。

（今日の午後、綾小路家の御家中と名のるお方が四人おいでになり、そっと教えてくれたことによれば、かねて「悪者の頭目」と悪名の高い岐阜の弥三郎には手下が五百人ほどいる。そのうち二、三百人を赤報隊の支援に来るように内々のご依頼があったということだ。この分では、いずれ博奕打ちどもがやってくることは避けられないと思います）（『岐阜市史』史料篇　近代一）

一読して明らかなように、助右衛門は弥三郎とその子分たちをひどく嫌悪している。博奕打ちどもという呼称がおのずと語っているように、この言い方には日頃公序良俗を乱し、良民をおびやかす《裏社会》の面々にたいする蔑視と恐怖感をないまぜにした不快感がこもっている。しかし、実際にそういう面々が大手を振ってまかり通る現実が翌十七日には出現しているのだ。

昼後、岐阜弥三郎の手下の同勢七十人余り、抜き身の槍にて、岩手へ綾小路様より御用として、宿役人に迎えに出候ようと申し聞け、問屋場《といやば》（会所）にてまことにいばり、宿々なんとも嘆かしく候えども、致し方これなく、無念には候えども、一同歯を食い縛り通し申し候。

（午後、岐阜弥三郎の手下が七十人余り、手に手に抜き身の槍を持って加納宿へ押し掛け、綾小路様の御用で岩手へ行くから宿役人が出迎えに出ろと言い付け、会所でも一通りでなく威張り散らした。宿々では痛歎《つうたん》の極みだったがどうしようもなく、無念の思いに歯を食い縛って我慢し、一行を通した）

文中、岩手とあるのは、当時の地名。中山道の少し北方にある。かつて岐阜県不破《ふわ》郡に存在した村で、現在はその区域の一部が垂井《たるい》町西部、一部は関ケ原町。加納宿からは西にあたる。戦国時代の武将竹中重治《しげはる》の出生地であり、その子孫の竹中氏に代々世襲された。物語中の慶応四年には当代竹中重固《しげかた》の領地であり、赤報隊の一隊綾小路隊はその接収《せっしゅう》に出動したのである。

そして十八日。助右衛門他の宿役人が集まって気を揉《も》んでいるところへ、中山道の西の方から知らせが来た。それによると――

岩手　竹中様へ綾小路様の先鋒として、その内へ弥三郎同勢多くまじり候て、六、七十人竹中様御陣屋へ入り込み候て、岩手御陣屋に御家中四軒ばかりに男の御方にて、あと御家中は女中ばかりの由。これによって、男の御方逃げ行きなされ候御方もこれあり。または召し捕られ候方もこれあり。竹中様の奥様・娘も他女中皆々も、一人も他行を出《いだ》さず、同勢より番をして外へは出さざる由。右の御方々を勝手向きへ御膳をたかせ、営《いとなみ》し致させ、まことにお気の毒の次第に、たしかに風聞つかまつり候。

（岩手の竹中様の所へ綾小路隊の先鋒として押し掛けた中に、弥三郎の一党が大勢まじっていて、六、七十人が竹中陣屋へ入り込みました。陣屋には御家中の人々が住んでいましたが、男がいるのは四軒だけで、残りは女だけだそうです。男には逃げて行った方もあり、召し捕られてしまった方もあり、女の方は、竹中様の奥方様・お嬢様をはじめその他の方々も一人として外へ出るのを許されないそうです。右の女性たちは台所で食事の用意をさせられ、「営《いとなみ》し致させ」られ、たいへんお気の毒な目に遭ったと風聞されているとたしかに聞きました）

弥三郎の子分たちはとうとう竹中陣屋へ闖入《ちんにゅう》した。東山道総督府の先遣隊の権限で、竹中陣屋を敵性資産として接収したのである。綾小路隊の先遣隊という名分があったから、やり方は強引かつ横暴であった。陣屋を守っていた家臣たちは抵抗すると捕縛されたし、形勢不利と見て逃げ出す者もいて、けっきょくは女たちしか残っていなかった。

博奕打ちたちは、女を全部陣屋内にとどめて一人も外へ出さなかった。重固の奥方も娘も例外ではなかった。それどころか全員を台所に集めて食事の用意をさせたり、給仕をさせたり、いろいろなサービスをさせた。日記筆者が「営し致させ」と苦しい婉曲語法《ユーフェニズム》で表現していることの真相は何であったかは、のちにつぶさに吟味することにしよう。

日記はさらに二十一日のことに続く。

　綾小路様先鋒としておよそ人数二百人ほど加納へ御入り込みに相成り、その中に岐阜弥三郎手下の者数多く、七分ばかりこれあり。……風聞候には、岐阜弥三郎儀は綾小路様に高《たか》二万石のお墨付き頂戴つかまつり候事と申す風聞にて、これによりいずれ当加納お城へ悪者の頭弥三郎在城致すべき風聞つかまつり候につき、右につき同夜嘆かわしきと存じ奉り候ゆえ、一同手をしぼり居り申し候ところ。

（綾小路隊の先鋒として全部で二百人ほどの人数が加納へ入り込んだが、その七十パーセントは岐阜の弥三郎の手下の者どもであった。……噂では、なんと弥三郎が綾小路卿から二万石を与えるというお墨付きを頂戴したという風聞である。だとすれば、いずれここ加納のお城の殿様は岐阜の弥三郎になることになる。あってはならないことだ。宿役人一同で切歯扼腕《せっしやくわん》しているところだ）

加納藩永井家三万二千石の所領は、藩主尚服が幕府若年寄だったのを理由に、すでに収公《しゅうこう》（官府による没収）されていた。そのうち二万石が弥三郎に与えられるという噂が飛び交ったのである。徳川幕府の支配体系に亀裂が走り、大名領地には権力者不在の状態が訪れた。新しい時代が来ようとしていた。が、新しい国家制度はまだ模索中だったから――廃藩置県は三年半後の明治四年（一八七一）七月のことだ――変革とはさしあたり殿様を取り替えることでしかなかった。岐阜の弥三郎が新しい殿様になる、つまり博奕打ちの天下になるようなことが本当に起こるかもしれなかった。

そんな社会転覆の予感を湛えて、加納宿は上を下への大混乱だった。東本陣には、後に「偽《にせ》官軍」の汚名を着せられて処刑され、「赤報隊」の代名詞とされた先鋒隊長の一人、相楽総三が逗留《とうりゅう》していた。西本陣には、講談や浪曲にもなった清水の次郎長との出入りで名高い黒駒の勝蔵が逗留。そして本陣には弥三郎一家が泊まり込んで、加納の町は、あたかもヤクザが戒厳令を敷いたような緊張感に張りつめていた。

毎日々々ニワトリまたはブタなどとつり込み候て、井戸ばたにて料理、その他口上にては申し上げがたく候次第、もっともおよそ綾小路様の右悪たれ人数二百七十人余、加納へ入り込み居り申し候ゆえ、毎日々々町郷とも今にもいず方より合戦相始まり候やと（中略）諸道具の儀九分通り、一里の余も皆々預け置き居り候。

（旅宿に逗留中のヤクザたちは毎日々々ニワトリやブタを持ち込んでさばき、井戸端で料理したり、その他とても口では言えないような傍若無人《ぼうじやくぶじん》な行為をしています。綾小路様配下の悪たれどもは全部で二百七十人ばかり、加納宿に入り込んでいますので、今にもどこかで一合戦始まるのではないかと町でも郷でも戦々兢々《せんせんきようきよう》、家財道具を九分通り、一里（四キロ）以上も離れた所に預けたりした）

そして綾小路本隊は一月二十三日に同勢二百人余りを連れて乗り込んで来た。先頭には猩々緋の布地に「鎮撫隊」の文字を大書した旗と浅黄《あさぎ》色の吹き流しが青竹の竿の天辺でひるがえり、白地に「官軍」と墨書した幟《のぼり》が幾流れも後に続いた。その日、それまで逗留していた先鋒隊二百七十人ほどは加納から東の方へ出立して町からいなくなった。相楽総三は宿駅の馬を押し借りして乗って行ってしまった。永井の殿様は江戸へ行ったきり消息は杳《よう》として知れなかった。

東山道鎮撫総督の岩倉具定は一月晦日《みそか》に大垣（中山道では加納宿から西へ四番目の垂井宿から二里半（十キロ））へ到着することになっていたが、それまでの期間は、綾小路卿が領主不在の加納藩の主人顔をし、独裁者然と振舞っていたらしい。「御用日記」に「極内《ごくうち》承り候には、綾小路様御同勢の儀は○印にて如何様《いかよう》とも枠も廻り候（カネしだいでどうともなる）と存じ奉り候につき、岩倉様御同勢の御義はなかなか賄賂沙汰紙一枚も通り申さずと申す噂に承り……」という記載があることからも、綾小路隊では金銭次第でかなりユウヅウが付き、袖の下も利いたようである。それにひきかえ、岩倉本隊となるとさすがに規律は厳正で、鼻紙一枚も受け取ろうとしなかった。

総督府には宇田栗園《うだりつえん》、北島仙太郎など岩倉具視子飼いの勤王家が大監察として具定に付き添って監督の目を光らせていた。助右衛門はこれらの人士に望みをつなぎ、一月二十五日、内々に弥三郎のことを訴え出た。幸い、大監察はこれを取り上げ、「岐阜弥三郎儀加納の始末ほか岩手の一件」が内偵されることになった。これがやがて弥三郎の運命を急転直下暗転させることになるくだりはしばらく後に回して、ここでちょっと岩手の竹中陣屋の主、竹中丹後守重固について一言しておくことにしよう。

三

竹中丹後守重固は、五千石の大身《たいしん》旗本で、ずっと非職の交代寄合《こうたいよりあい》で閑席をあたためていたが、家柄はたいへんよく、御先祖様は戦国時代の昔、豊臣秀吉に仕えた伝説的な名軍師、竹中半兵衛重治《しげはる》だった。美濃国岩手に拝領していた五千石の知行地が祖先の余沢《よたく》だったことは間違いない。長く交代寄合の閑職にあったが、元治元年（一八六四）五月に大番頭《おおばんがしら》になってから運が向いてきた。長州戦争が始まり、翌慶応元年（一八六五）五月、十四代将軍家茂《いえもち》自身が大軍を率いて大坂城へ出陣するお供に御進発御供として加わることになった。するすると人事の梯子《はしご》を登ったのである。あまりスピーディな出世だったから、世人の陰口もくちさがなかった。きっと御先祖の七光《ななひか》りだろうというのだ。

その真偽はともかく、竹中重固が若年寄格で陸軍奉行兼任という重職に納まったのは幕末大詰の慶応三年（一八六七）十月のことだった。このポストは現代の軍隊なら陸軍少将にあたる。慶応二年（一八六六）六月、長州攻撃のため「惣軍陸軍奉行」という肩書で広島に乗り込んだ。現地総指揮官である。なのに、赴任早々ぴかぴかの新鋭作戦を実行しようとしてしくじってしまった。

幕府軍は緒戦《しょせん》で周防大島を占領したが、すぐ高杉晋作の奇襲で奪い返されてメンツを失った丹後守は、六月十六日、陸海両軍及び伊予《いよ》松山藩兵と共同して、眼も覚めるような上陸作戦を展開する予定だった。海陸呼応して長州軍を挟撃し、赫々《かっかく》たる武勲を立てるつもりでいたのである。

ところが思わぬ手違いが生じた。幕府陸海軍はすべて新式だから西洋流に午前○時・午後○時と通知し、松山藩兵は昔ながらに何々の刻《とき》と思い込んでいたから、定刻に間に合わず、タイミングは完全に外れた。一足先に上陸した松山勢は孤立して銃火の餌食にされ、戦死者十数人を出して惨敗する。

その丹後守が翌慶応三年十月、若年寄並の陸軍奉行に出世したのだから、この門閥人事には首を傾ける人々が多かった。御先祖様のDNAが高く買われたのだろうというのだ。問題は、軍師の末裔だから有能だとは限らないことであった。

末期の幕府では長州戦争の敗戦責任など誰も特に問わなかったらしい。

慶応四年（一八六八）一月三日、鳥羽伏見の戦が始まったとき、指揮をしていたのは又してもこの竹中丹後守であった。

前年十月十四日に大政奉還をしているから、今は「旧幕軍」になっているが総勢は歩兵隊に会津・桑名など諸藩兵を加えた一万五千の軍勢が、鳥羽・伏見の二街道を進軍して京都に上ろうとしていた。薩摩兵は街道の路上に関門を作ってこれを阻止する。すでに一月二日から現地は一触即発の状態であり、丹後守はその日夕刻過ぎに伏見に入り、旧伏見奉行所に置いた旧幕軍の本拠で後続の本隊を待っていた。

一月三日の夕方五時頃、通せ通さぬの押し問答がとうとう決裂し、鳥羽街道の旧幕軍は関門を強行突破する構えで前進を開始する。その隊列に向かって薩摩兵はいきなり小銃を一斉発射し、大砲が火を噴いた。旧幕軍兵士は一瞬で薙《な》ぎ倒され、隊列の合間に、苅られたトウモロコシ畑のようにぽっかり隙間が空いた。

信じられないことには、旧幕軍は行軍隊形の二列縦隊で、鉄砲に弾込めをしていなかったのである。衝突を予想していなかったのだ。

鳥羽の砲声を合図に、伏見でも戦闘が始まった。砲撃を浴びる奉行所から竹中丹後守が発したリアルタイムの緊急連絡が残っている。「今夕手配り図面取調べ中、先方より打ちかかり、にわかに戦争相始まり、只今最中。所々に放火。何分手配り中、始めより意外の手間取れ困り申し候」とかなり狼狽《ろうばい》している。部隊の手分けをしていたら突然先方から攻撃され、我が軍は目下戦闘中、薩軍は町の方々に放火している、という現況報告である。発信時刻は、「三日夜七時五」とある。PM7：50のことである。

　夜になると奉行所の建物も燃え始めた。必死に応戦する旧幕兵は炎の照明で銃弾の的にされ、動きが取れなくなったところへ薩長兵が突入してくる。持ちこたえられず撤退。町々で凄まじい市街戦を演じながらばらばらに退却した。

　竹中丹後守も守護隊に囲まれて危険になった奉行所から脱出し、淀川べりに幕営を移動してしばらくの間は指揮を執っていたらしい。

　たしかに混戦ではあった。だからこそきちんとした指示が必要なのだが、指揮系統は乱れて統一ある命令が伝わらなかった。相互の連絡も取れず、陸軍奉行本部がどこにあるのかもわからなかった。指揮官の竹中丹後守は、明け方近く、淀城の本営で評議をするといってさっさと引き揚げてしまった。「寒夜の儀につき、戦闘何分《なにぶん》はかばかしく参らず候」とぼやいていたそうだ。寒い！　といって配下の兵を置き去りにして帰ったのである。

　その後数日間、旧幕軍は健闘したが、この時期丹後守が淀から出ることは二度となかった。

間もなく江戸に逃げ帰った徳川慶喜は、竹中丹後守重固を鳥羽伏見敗戦の責任者として処罰し、免職の上、登城禁止にする処分を下した。やがて江戸に入城した官軍も当然のことながら丹後守を《戦犯指名》した。

美濃国岩手の知行地が征東軍の手に接収された時、竹中陣屋は官軍先鋒隊と称する博徒の一団に踏み込まれてさんざん荒らされたが、当の丹後守は、上野の彰義隊に一部隊の旗頭として参加している最中と噂され、知行地を留守にしていた。というより、大坂城に慶喜から取り残されている間に、西国の旗本領はあらかた官軍に接収されたため帰るに帰れなくなってしまったのである。

気の毒だったのは留守宅を守っている奥様だった。夫は江戸城への登城を禁止され、上野の山で頑張っていると聞かされたが、夫子《ふうし》自身はその後知行地へは寄り付かず、経営も管理も用人任せにしたきりだったから、江戸の雲行きが怪しくなるまで芝二本榎《しばにほんえのき》の屋敷で安楽に暮らしていた奥様が不意にこの年の初め、美濃国岩手の竹中陣屋へ難を逃れて来ても、そう急に家政がうまくゆくものではなかった。

旗本には在府義務があったから知行地の財政は代官が管理した。しかも実務はその下の用人に任され、事実上《用人の天下》だった所が多い。主人の俸禄が多く、家計にゆとりがあっていわゆる「内福《ないふく》」のある家の用人ほど、勝手気ままに暮らしている者はいない。主人の采邑《さいゆう》（領地）収穫を引当《ひきあて》（抵当）に金銀を貸し込み、主人の身上《しんしょう》を乗っ取って自分の自由にしているのである。幕末社会を見渡すと、千石以上の旗本で一人前の人間は百人に一人しか見当たらない。どこでも軒並み、用人に財産を横領されるという情けない有様になっている。

実際に竹中家がどんな財政状態だったかは史料がなくてよくわからないが、奥様が疎開した竹中陣屋の身上が火の車だったに違いないことは疑う余地がない。代官はまず姿を消した。知行地を切り盛りしていた現地の用人たちもすこぶる薄情だった。征東軍が旗本領を接収しながら東進してくるという情報をキャッチするや否やさっさと逃亡してしまったのである。

残された女たちは健気《けなげ》にも奥様と姫様を守って、綾小路隊を引き受けなければならなかった。

奥様は、特に名は秘すが、同じ大身旗本の家から嫁いできた深窓《しんそう》の御息女だった。丹後守の最初の妻は数年前に早世し、周囲が勧めるままに貰った後添《のちぞ》えだったが、今女盛りのまだ三十前だった。育ちが育ちだけに気位が高く、なんのぜいいろくの貧乏公卿ふぜいに天下の御直参のお家に指一本指させるものかと紅い気焔《きえん》をしきりに上げていた。健気にも銃後の守りを固める覚悟を決めていたのである。

ところが、陣屋を守るべき地元の男たちは逃げ足が速かった。主《あるじ》の丹後守が《戦犯指名》されて行方知れずになったと聞くと、男たちはたちまち散り散りになって陣屋に姿を見せなくなった。侍女たちもあてにはならず、江戸から連れてきた気心のよくわかっている小間使いなど二、三の者を除いては、どこで誰に通じているやらとんと気の許せぬ女ばかりの有様だった。

慶応四年一月十八日のことだった。

そんな状態の竹中陣屋へ岐阜の弥三郎が子分たちを大勢連れてドヤドヤと闖入してきたのである。

その数は総勢六、七十人ばかり、いずれも揃いの手甲脚絆《てっこうきゃはん》、道中合羽《どうちゅうがっぱ》に三度笠という人目を引くいでたちで乗り込んできた。手に手に抜き身の槍を持ってこれ見よがしにひけらかしている。素人衆だったら慄え上がるだろうという計算ずくの恰好だ。白塗りの立派な櫓門《やぐらもん》からぞろぞろ入ってきたのはいいが、玄関に上がらず、そのまま裏へ回って勝手口から上がり込んだのは笑止だった。とりあえず茶を出すと何やら物足りない様子。仕方がないから茶碗酒をあてがうと機嫌を直したはよいが、しだいに態度が大きくなる。初めのうちは広い台所のあちこちに群をなしておとなしく飲んでいる間は何ともなかったけれども、だんだん下男部屋や下女部屋へ入り込んで、大胡座《おおあぐら》をかいて車座《くるまざ》を作るようになった。下衆《げす》に酒を飲ますまじきものという古人の教訓を思い出した頃にはもう手遅れだった。

あちこちでねだりが始まった。これだけでは飲まない方がましだったとぐずるのである。

「何だねえ、おまえたち。一杯だけで十分でございますと、たった今言ったばかりじゃないか。それだから奥様にもそう申し上げて御酒《ごしゅ》を出していただいたものを。そのへんをよくわかって、よく聞き分けておくれでないか」

江戸の屋敷で日頃出入りする下々の衆を扱い慣れている下女頭がふだんの調子で軽くあしらおうとする。ところが、この連中には通用しなかった。年中、加納の城下や宿場でゴロゴロし、堅気の町人にからんでは言いがかりをつけ、ごねる、拗《す》ねる、凄《すご》む、押し借り、ゆすりを生業《なりわい》にしている輩なのである。そう簡単には引き下がらない。

「へっ、へっ、へ。それはそうでござんすが、わっちの咽喉の方がひりついて敵わないといって聞かないもので。姐《あね》さん、お願いでござんす。お堅いことをいわずと、もう一杯だけ恵んでやって下せえまし」

「しょうがないねえ。それじゃ、おまえたち。本当にあと一杯だけだよ。いいね」

「へえ。有難うござんす。おい、てめえら、お許しが出たぞ。さっさと頂戴しなよ」

「へえ」「へえ」「へえ」「へえ」

一同は殊勝気に茶碗を差し出す。女たちは仏頂面で升《ます》から冷や酒を注いでまわる。が、そんなものはぐいと呷《あお》ったら一息でなくなってしまい、また同じ無心の繰り返しになる。一同の中には早くも呂律《ろれつ》が回らなくなり、前後の見境もつかなくなって、酒を断られると大声を出したり、腰の大だんびらを抜いて床柱《とこばしら》に切り付けたり、座はしだいに乱れに乱れていった。

これを頃合と見たのか、小頭めいた男たちが進み出て来て一座を仕切り始めた。さしもの暴れ者たちも急におとなしくなった。

「てめえら、飲んだくれるんじゃねえぞ。酒を飲み喰らうために来たんじゃない。大事な御用の最中だぞ。この陣屋は、もう竹中丹後守殿の館《やかた》ではない。これからは征東軍総督府の管理下に置かれる。すなわち、この家屋敷の物は褌一枚、竈《かまど》の灰にいたるまで全部天朝のものだア。おいらたち弥三郎一家の者は天朝の御用を務めるのだぞ」

ごろつき一同はこの仕切りで静かになった一方、「天朝」という言葉でいっそう力を得たようだった。がらりと態度が変わった。「そうだ、そうだ。天朝のお役目だ。竹中の殿様よりずっと偉いんだ」

一同はそれからどんどん居丈高になり、下女・婢女《はしため》はもちろん、権高《けんだか》な上女中にまで官軍の権威を笠に着て威張り散らす。やれ酒が足りないの、肴が気に入らないのと文句をつけ、傍若無人に振舞うようになった。

奥様は気分が悪いといって奥の間に閉じ籠もったきり姿を見せず、厭々《いやいや》ながら博徒どもの、いや、綾小路征東軍先遣隊を名のる面々の接待をしなければならない女たちはただただ不安そうに目を見交わすだけだった。

四

夕方になった。

屋敷を占拠している博徒たちの動きがにわかにあわただしくなった。全員が威儀を整えて門前から玄関先までびしりと整列して誰かを出迎える様子だ。

間もなく、一挺の立派な四つ手駕籠が垂れを下ろしたまま近づいて来た。前後に綾小路家の家紋「笹竜胆《ささりんどう》」を染め抜いた幟旗《のぼりばた》をひるがえし、加納宿笹屋と書した小田原提灯が吊されている。行列していた博徒たちがそれに向かって深々と腰を折る。駕籠は門を通り抜け、主だった子分たちが出迎える玄関の前で止まった。垂れが引き開けられ、中からゆっくりと降り立ったのは、六十がらみのでっぷりした男だった。美濃の三人衆の一人として名前を売った水野弥三郎その人である。

身なりも子分たちの旅人姿の比ではなかった。黒羽二重《くろはぶたえ》の袷《あわせ》に甲斐絹《かいき》の裏の付いた黒羽織を着込み、袴は心持朱の入った織物、刀は黒鞘の太く長いものを博多帯に落とし差しをしている。さすが京の水を飲んで育っただけに貫禄を見せているうちにも品のよい渋さがあった。

上女中の案内で玄関を上がりざま、じろりと子分たちにくれた一瞥《いちべつ》は厳しく、目には人をぞくりとさせる光を宿していた。子分たちが言い付けた通りのことをやっていないことに苛立ちを感じているようだった。天下の変わり目のこの大事な時期に子どもはまるで何も理解していない体《てい》たらくだった。

弥三郎自身は子分たちのようにはしゃいではいなかった。もともと新選組の勤王派分派だった高台寺党とのつながりで赤報隊に加わった弥三郎は、時代の風雲に乗って勤王の旗揚げに参加することの意味をだいたい理解していた。それはまず旧幕府の残存勢力を実力で掃討《そうとう》することだ。中山道筋では、幸いこれまでのところ、さしたる抵抗には遭遇しなかった。しかし場合によっては、代官所の役人や旗本領の手勢、武装した農民と戦闘しなければならないかもしれない。だからこそ弥三郎は子分たちに抜き身の槍や火縄銃を持たせたのだ。弥三郎は自分らごとき博奕打ちふぜいがお公卿さんに三拝九拝《さんぱいきゅうはい》されて、おだてられ、征東軍の矢面《やおもて》に立たされたことの裏の事情を知り尽しているつもりだった。

征東軍は当初兵力が足りなかった。使えるものなら何でも使った。岩倉具視や三条実美には知謀や術数なら有り余るほどあったが、手兵《しゅへい》がいなかった。鉄砲はあった。ないのは鉄砲玉だけだった。弥三郎は進んでこの鉄砲玉の役を買って出たのである。だが、世俗に「魚心《うおごころ》あれば水心《みずごころ》」というように、そこには暗黙のうちに取り交わされた了解事項のたぐいがあったかもしれない。口約束までもゆかない、ただの目配せだけで生じる男の約束。もしかしたら、先に紹介した「岐阜の弥三郎に高二万石の御墨付き」という風説など、そのあわいにアブクのように浮かんで消えた空約束の一つだったかもしれない。

弥三郎がそんなオイシそうな話をどの程度信じたのかは疑問である。しかし、配下の子分たちはもっと単純で無邪気だった。日頃、ごろつき・博奕打ち・遊び人などアウトロー視され、取り締まられ、日常秩序の敵と見なされていた輩が、突如、社会の液状化に伴って浮上し、被支配者が逆に支配者の側に回ったのだ。たちまち舞い上がったのも無理はない。昨日まで反権力の権化《ごんげ》だった連中がにわかに権力を握ったかのような錯覚を生じた。欲したことは何でもできるといった万能感が生まれる。だがしょせんはプチ権力の悲しさに、この連中は勤王義捐《ぎえん》とか軍事調達とかの名目で、強盗まがいに町家から金品を略奪するぐらいのことしかできなかった。

こういう集団の前に、竹中陣屋が、いかにお誂《あつら》え向きのターゲットであったかは想像に余りある。

同勢の者は陣屋に入り込むと腰に長脇差、手には抜き身の槍という恰好でのし歩き、土蔵を残らず開けて武器はもちろん、道具類を分捕った。持って行けないものは腹癒《はらい》せにぶちこわした。

目標は美濃国不破郡岩手の旗本知行所五千石の采邑《さいゆう》（領地）である。相手にとって不足はない。毎年のように収められる年貢が現在は陣屋の米蔵に集積されている。その現米が江戸へ回送されたら、それだけ朝敵旧幕府勢力への収入が殖えてしまう。是が非でも征東軍の手で徴発して新政府の財産にしなければならない。貢納物が争奪の対象になったのである。ライセンスを得たと自称する連中が米俵に端から封印《ふういん》を付けて回った。徴発隊の役目を進んで引き受けたのであった。

それにもう一つ、慶応四年という特定の時期における農民社会の全般的窮乏があった。明治維新の初年、発足したばかりの新政府は、国家予算に乏しかった。ましてや、征東軍の派遣は尨大《ぼうだい》な軍事経費を必要とした。何としても税収を確保しなければならない。徳川時代にはともかくも安定した徴税システムが存在したが、新政府はそれを破壊した上でもっと多くを徴収しなければならない。

慶応四年は多雨湿潤の年であった。各地でいくつもの河川の氾濫・洪水が起こる。おまけに全国的な戦乱で田畑は荒れ、人心は荒廃し、農民一揆が頻発した。封建的支配体系の解体の中で、一時は無政府・無権力的な自治社会が実現したという幻想までが風靡《ふうび》するに至った。

その幻想を破壊し、新政府が租税徴収のために農村で行った苛斂誅求《かれんちゆうきゆう》は、江戸時代よりもひどいものだった。かつて血も涙もないと怨まれた幕府代官でさえこんなむごい取り立てはやらなかったといわれたくらい容赦なく、農民から収奪したのである。とりわけ官有化された旧幕府領地ではすさまじかった。まだ廃藩置県の前だから、政府財源はさしあたり徳川家から取り上げた土地に求めるしかなかったのである。何としてでも上納金を取り立てる。もし不足があった場合には、田畑・種籾《たねもみ》・青麦《あおむぎ》などを売り払い、牛馬の質入れはもちろん、妻子を身売りさせて借金してでもきちんと納税させた。

こうした農村の窮状とそこに醸し出される「民意」との間には切っても切れない関係がある。農村と農民の切羽詰まった窮状が感じ取れればこそ、征東軍の先遣諸隊の面々は行く先々の「民意」を先取りして勇《いさ》み足《あし》をしでかしてしまうのである。この勇み足は岐阜の弥三郎や相楽総三などの赤報隊幹部にとって文字通り致命的なミスになったのであった。中山道を官軍本隊に先行した諸先鋒隊が揃って公布した布告に有名な「年貢半減令」がある。

赤報隊が一番隊（相楽総三組）・二番隊（鈴木三樹三郎組）・三番隊（油川錬三郎組）に分かれて進発したことは前述したが、その中でも先頭を切って進んだ相楽隊は、早くも一月十五日、官軍赤報隊執事（事務職）の名義で、しかも滋野井・綾小路両公卿の花押《かおう》（書判《かきはん》）を添えて、こんな重大な布告を墨書《ぼくしょ》した高札《こうさつ》を建てている。

徳川慶喜は朝敵であるので官位を召し上げ、これまで領有した土地を全部取り上げて、以後は「天朝御領」とする。これまでは徳川慶喜の不仁《ふじん》によって百姓共の難儀も少なくなかったと思し召され、当年（慶応四年）の年貢を半減して下さるから、天朝の御仁徳に厚く感謝するように。（『赤報記』慶応四年一月十五日）

この日以後、進軍してゆく赤報隊の本陣の門前に、かならず右の旨を公示した高札が掲げられることになった。明記しておくが、これは太政官坊城《ぼうじょう》大納言からから正式に公示された勅諚《ちょくじょう》（天皇の命令）として相楽が持ち帰った文書に付随していた沙汰書（政務処理を指示した文書）の文言である。

同様の年貢半減令は、中国地方の安芸（広島）・長門（萩）・備前（岡山）の三藩にも公布されている（『復古記』巻十九、慶応四年一月十四日）。右の沙汰書と同文。言い出した動機が、民衆に徳川政権の失政を印象づけ、できたての新政府の仁慈《じんじ》をアピールする人心収攬《しゅうらん》戦術だったことは明白である。

京都の新政権は、旧幕府勢力との内乱を不可避と見ていた。徳川慶喜と佐幕諸侯をいかにして民心から切り離して孤立させるかが、当面の急務と感じられていたのである。大総督府参謀の西郷隆盛も同意であった。「東国はもちろん、諸国の内これまで徳川氏の領分、旗下士の知行所ども王民と相成り候えば、今年の租税は半減、昨年未納の物も同様仰せ出られ、積年の苛政を寛《くつろ》げられ候事に御座候」（一月十六日付蓑田《みのだ》伝兵衛《でんべえ》宛書簡。『大西郷全集』第二巻）。西郷が勅諚で広められたと裏書きし、上層部にも支持された政策だったことがわかる。

身近では、一月二十三日に加納宿でやがて赤報隊を追い越してゆく高松隊が「甲州鎮撫十ヶ条」のうち第六条に「当辰年（慶応四年）の儀は半収納にて、半納分米は百姓え下し置かれ候こと」と甲斐一国の年貢半減を公約している。このように、年貢半減令は赤報隊に限らず、多くの官軍先遣隊が競い合って公示した人心収攬策だったのである。

水野弥三郎が属していたのは赤報隊の二番隊である。一番隊が掲げて回った「年貢半減」の高札の主旨を美濃一円に徹底したのは弥三郎だったといわれる（高橋敏『博徒の幕末維新』）。しかし、弥三郎がそれに粉骨砕身《ふんこつさいしん》している最中から、年貢半減策の雲行きが怪しくなっている。

慶応四年一月二十六日、東山道軍総督の岩倉具定が京都の父具視に宛てた手紙が残っている。

一　年貢半減もだいぶそれぞれ施行せられ候やに申し来たり候えども、今日にてはまた朝議お止《や》めに相成り候やの儀、実《まこと》に以て容易ならざる儀につき、如何《いかが》つかまつり候ものやと苦心つかまつり候。何分《なにぶん》にもいったん朝命を以て半減と御沙汰これあり候上、なおまたお止めとは甚だ申しにくく、それぞれ申し渡し候処々へは如何の所置につかまつり候や。これまた伺いたく候。

（年貢半減は各地でもうだいぶ施行されましたが、今日となっては朝議で廃止すると決定されたとのこと、決して容易に片付く問題ではないのでどうしたものかと苦慮しております。何分にも、いったん朝命で年貢半減と沙汰した以上は廃止とは言いにくく、一度そう申し渡した地方へはどのように伝えて処置したらよろしいでしょうか。ぜひお教え下さい）（西澤朱美編『相楽総三・赤報隊史料集』所収）

上層部の朝令暮改《ちょうれいぼかい》（出したばかりの政令や法律をすぐ改めること）に困惑する出先機関の心情を如実に語る文面である。具定のこの手紙からも、また前引の西郷隆盛の書簡を参照しても、年貢半減が一度は朝議で決定した政令であったことに疑いの余地はない。

しかし、財政の逼迫《ひっぱく》にあえぐ新政府にとって、年貢半減イコール国庫収入の五十パーセント低減であるから、とても新政府が呑める話ではなかった。冷厳な現実に気が付いて愕然《がくぜん》とした新政府は急遽《きゅうきょ》年貢半減策の撤回を決めたらしい。事はひそかに運ばれたと見えて、そのいきさつは一切表には現れない。もちろん『復古記』のような公式記録には記されていない。ただ右に引用した岩倉具定の手紙などに痕跡《こんせき》をとどめるのみである。

これを行く先々で宣揚《せんよう》して回った官軍先遣隊は悲惨だった。荒唐無稽な空約束をした「偽《にせ》官軍」という汚名を着せられて処刑されてしまうのである。

その中では特に、慶応四年三月三日に信州（現長野県）の下諏訪で斬首《ざんしゅ》された上、梟首《きょうしゅ》された赤報隊一番隊の相楽総三の最期がよく知られているが、二番隊で活動していた水野弥三郎も同じような運命をたどった。

征東軍総督府が年貢半減策を突然取り消し、したがってしだいに人心収攬に突っ走る赤報隊が邪魔者になってきつつあった一月二十日前後のこの微妙な一時期、弥三郎は自分が梯子を外されつつあることにまだ気づいていなかった。

弥三郎がみずから竹中陣屋に乗り込んでいった一月十八日は、この男の生涯で運命の梯子をいちばん昇りつめた瞬間かもしれなかった。弥三郎の身の周りで起きているのは世を挙げての下克上《げこくじょう》であった。菊が栄えて葵《あおい》は枯れる。今まで天下に轟《とどろ》いていた徳川の権勢は地に墜ち、たんなる京都の一文化勢力だった皇室が日本を支配する。それだけではない。今まで社会を支配していたあらゆる権力が弱まり、上から下にずり落ち、反対に下位にあった者が上位になり替わって、いわゆる小石が浮かんで木の葉が沈む世の中が到来した。弥三郎のように社会のアウトロー集団に身を投じ、日頃世人から嫌われ、蔑《さげす》まれ、爪弾《つまはじ》きされてきた連中が権力に近づく機会など滅多にあるものではない。

そのことを何よりも証し立てるのが「女」をモノにすることだった。

魅力によってであれば何より、それが無理なら金力であれ、権柄《けんぺい》ずくであれ、場合によっては腕力によってでも女を自由にしたいという欲情が弥三郎の内部にはいつも滾《たぎ》っていた。それが苦労なくできるということがつまり、権力を手に入れたことではないのか。

痩せても枯れても男一匹、とりわけ男を売る商売に徹してきた弥三郎は、これまで女に不自由したことはなかった。だが相手にしたのは、鉄火肌《てっかはだ》、莫連女《ばくれん》、背中一面に豪奢《ごうしゃ》な女郎蜘蛛《じょろうぐも》を蟠《わだかま》らせた毒婦……総じていって「鬼の女房に鬼神」のたぐいであって、身分の高い、深窓でお人形のように育まれた奥方様・お嬢様のような人種の白い肌はいまだ目にしたことがなかった。アウトローが政治権力を弄《もてあそ》べるのが下克上の世なのなら、色恋の道でも下克上がなくては敵わなかった。

竹中陣屋までの道を駕篭で揺られて急いで行く途中、弥三郎の脳裏に妖しげな原色の夢想が発酵していなかったといったら嘘になろう。

奥座敷に通された弥三郎のもとに、接収し封印された米蔵や土蔵の鍵、そして収公した陣屋財産の目録が届けられた。すぐに夕食の膳が命じられた。

女たちは一人残らず台所から離れるのを許してもらえず、その上、会食の席で給仕をさせられた。酒の酌も断れなかった。江戸屋敷から来ていた奥様の侍女や上女中たちは柳眉《りゅうび》を逆立てて拒絶しようとしたが、主が変わった今、相手は官軍の権威を振りかざしてこちらの言うことに耳も貸さなかった。地元出の下女中などは進んでごろつきどもに協力的な者がいるほどだった。

奥まった一室に閉じ籠もり、仏壇に灯明を上げて泣いていた奥様は、老練な侍女に説得されて、渋々ながら宴席に連なるのを承諾した。陣屋のどこかに隠されている秘蔵のお嬢様には手出しをしないという条件が呑まれたからという噂もあった。

征東軍総督府は、竹中の奥様にも宴席の接待を命じた。武家の慣習では酒食の接待は男子の家臣が行う。女が酒席にはべるなどは町人のすることだった。そう申し立てて拒む奥様に向かって、わけ知りの侍女は「もう徳川様の時代は終わったのでございます。我を御張りになるのも程々になさりませ」と冷たく言い放った。

中山道を通過した総督府の一行は、宿場ごとの本陣・脇本陣で下にも置かぬ歓待を受けた。たとえば二月二十六日に岩倉具定・具経兄弟が中津川に泊まった時は「御上分御膳部」が用意され、夕飯の献立は椎茸・汁菜・山芋・豆腐・玉子・飯と上等品を揃えている。それより先、一月晦日に大垣の本陣に到着した日も最高待遇だったに違いない。

先遣隊の面々がどう扱われたかは記録が乏しくて詳細はわからないが、かりにも公卿を頭目と仰いでいるからには応対もそう粗略にはできなかったであろう。ましてや、先遣隊の実質的な主力メンバーには弥三郎一家のようないかがわしい手合が多かった。

こういう連中が官軍風を吹かせ、天朝の威を笠に着て無理難題を吹っかけるのである。現にこの竹中陣屋でも厭がる女たちは手を取って宴席に引き出され、座敷に引き据えられ、猪口に酒を注ぐように強制された。

「なにイ、酒の酌はせぬ？　われらは相手にせぬというのか！　お主らは、天朝様の御家来をあなどる気か？」

「竹中の家では官軍に刃《やいば》を向けるつもりか」

こう口々に脅され、凄まれると気の弱い女たちはついずるずると荒くれ男らの言いなりになってしまう。座はだんだん乱れ、飲み散らし、食い散らす杯盤狼藉《はいばんろうぜき》。そのうちに手を握る。腕をつねる。頬をなめる。なりふり構わぬ落花《らっか》狼藉、かなり意馬心猿《いばしんえん》

（煩悩を抑えがたい）剝き出しの場面になっていった。

さすがに弥三郎と奥様は特別扱いで、奥の別間に二人きりだ。弥三郎は最初のうち、武家の妻女の威厳に気押《けお》されて萎縮《いしゆく》していたが、どうやら婚家のため、生みの娘のための人柱《ひとばしら》になる覚悟を決めたらしい奥様が悪びれずどんどん勧める酒をぐいぐい飲み干すにつれて、しだいに気が大きくなっていった。奥様は弥三郎の盃に注ぎ足す

ばかりでなく、ご自分も飲《い》ける口と見えて時々御相伴もなさる。瞼《まぶた》もほんのり桃色に染まってきて、これまでたっぷり世間を渡って来て話題も豊富な弥三郎の話術にすっかり興じて、白い咽喉をのけぞらせてころころとお笑いになる。

弥三郎とて今でこそヤクザの親分として知られているが、元を正せばこれでもれっきとした医者の家で育った男だ。言葉の端々にそんじょそこらの三下野郎《さんした》とは一味も二味も違う育ちの好さが匂い出た。奥様の方ももとより江戸育ち、遊芸を一渡りこなす合間に人との付き合い方も身に付けている。二人は妙に話が合うのだった。弥三郎は心がくらくらした。思わず手を伸ばして奥様の肩を抱き寄せて、

「御新造様。お願いでございます」

「ええ、何をなさいます」

「何をとは罪なことをおっしゃる。言わずと知れたことであろうに」

弥三郎は腕を伸ばして最寄りの襖を引き開ける。と、あらかじめ気の利く腰元《こしもと》が用意でもさせていたのか、次の間には豪華な蒲団が敷かれていた。

「何をなさる。あた汚らわしい」

薄く紅をさした唇を歪め、さも軽蔑しきったという嫌悪の表情で男を押し退けたが、その言葉を裏切って奥様の手は弥三郎の手をぎゅっと握りしめたまま放さなかった。

弥三郎もこれまで名古屋の大店《おおだな》やそこかしこの宿駅の岡場所で仕込んだ知識をフル回

転させて二の腕のツボをまさぐる。

こりゃ今までにない上玉《じょうだま》だ。ことに、そんな女がタテマエとしては身分違いの男に屈するという陵辱《りょうじょく》的な場面を思いめぐらすと心をそそった。この気位の高い女を相手取ってはどうしてでも自分の男を遂げたかった。

露《あら》わになった膝頭に手を伸ばす。振り払われると思っていた掌《てのひら》は意外なことに何の抵抗も受けず奥様のやわらかな膝の裏に触れる。弥三郎は奥様ともつれ合って厚い夜具の上に倒れかかる時、自分がすっかりケツをまくった恰好になり、この瞬間に備えて新しい晒《さら》し（木綿の白布）を切って身に付けてきた下帯を跳ね上げて逸物が隆々と聳《そび》えるのを目に確かめた。

奥様は眉根に深く皺《しわ》を寄せ、苦痛に似た呻《うめ》き声を上げると、信じられないほど素早く枕元の灯火を吹き消した。……

……、その晩、そこでその後何が起きたかは屋敷の口さがない女たちも、さして口が堅いとは思われぬ弥三郎の子分たちも、みんな口を拭《ぬぐ》ったように何も言わなかった。たしかに迂闊《うかつ》に物を言える雰囲気ではなかった。だが話は雨漏りのようにどこからともなく広まり、岩手界隈ではいろいろ無責任な噂が囁《ささや》かれた。「ふつうこんな場合、武家の奥方だの姫御前《ひめごぜ》だのは、懐剣《かいけん》で咽喉を突くなり、舌を嚙み切るなりして操《みさお》を守るものだが、そういうことがないのを見ると、やっぱり何にもなかったのではないか」というのもあったし、また「奥様とお嬢様は不体裁に泣き寝入りしたのを隠し切れず、尼になったそうだ」というのもあった。

が幸か不幸か竹中丹後守殿はこの出来事をご存じなく、この頃は「純忠隊」を組織して江戸上野の彰義隊に加わっているという噂だった。彰義隊が壊滅してからは「吉野春山」と名のって東北に逃れ、仙台で榎本武揚軍に合流。箱館五稜郭に立て籠もって官軍に抵抗したが、降伏の後どんな運命をたどったのか歴史の暗がりに消えてその後の運命はよくわからない。奥様ともその後再会したのかどうかも不明で、かりに再会したとしても奥様はその夜の秘密を墓場まで持って行ったに違いない。

水野弥三郎の運命がにわかに暗転したのは慶応四年二月三日のことだった。

この日、名古屋に滞在していた弥三郎のもとを東山道総督府の小監察と大垣藩の同心との二人が訪れ、至急の用件があると弥三郎を早駕籠で大垣の本陣へ召し連れた。ひとまず鍋屋という旅館で休息させ、五日の九ツ（正午）過ぎに呼び出しが掛かった。役人の感触ではたぶん吉報だろうというので、三百両もする大小を借り、紋付きの麻《あさ》上下《がみしも》（武家の礼装）を着込んで定刻に大垣の本陣へ出頭した。岩倉具定の家臣と大垣藩の役人（同心の上役）が現れ、「その方は岐阜の水野弥三郎であるか」「はい。それに間違いございません」「遠路のところを御苦労であった。まずはこちらへ、こちらへ」と一間《ひとま》に案内される。それから役人たちは急に口を利かなくなり、黙って奥へ引っ込んでいった。

一時間ばかりそのまま放って置かれた。次に出て来たのは御用懸《ごようがか》り脇田頼三と名のる役人で言葉遣いがガラリと変わっていた。「その方儀、御不審の廉々《かどかど》これあり。御不審中、刀剣は没収する。尋常に縄目に掛かれ」と言い渡すや否や、数人が躍りかかって麻上下を脱がせ、弥三郎に縄を掛けて、土間へ引き下ろした。あまりのことに弥三郎は顔色も青ざめ、気を落ち着かせようと水を所望する。本陣の下働きの者が欠け茶碗に水を入れて飲ませた。

弥三郎は一月の下旬から総督府がひそかに自分の内偵を進めていることを知らなかった。ましてつとに一月二十七日、東山道鎮撫総督府が東山道諸国の宿々村々役人中に宛てて、「近日滋野井殿、綾小路殿家来などと唱え、市・在へ徘徊致し、米金押借り、人馬賃銭払わざる者も少なからざる趣《おもむき》。全く無頼賊徒《ぶらいぞくと》の所業にて、決して許容相成らず候。向後《きようこう》（今後）右様《みぎよう》の者、これあるに於ては、さっそく本陣へ訴え出ずべく候」（『東山道戦記』第二）と布令を出したことも知らない。たとえ知っていても自分に関係があるとは思っていなかったろう。弥三郎のような手合は利用しつくされ、今は御用済みとして使い捨てられたのであった。

牢屋に入れられた弥三郎は自分の運命を悟って、覚悟を決めたらしい。二月六日の辰《たつ》の中刻（午前八時）、弥三郎は獄中で縊死《いし》していた。死骸を改めた牢役人は故人が自分の首を括るのに、およそ牢屋とは不似合いな紅のしごきを使った理由が解《げ》せず、いったいこれをどうして持ち込んだのか不思議がった。

熊田助右衛門はじめ加納宿の宿役人一同は、子分が五百人もいた弥三郎が死に恥をかいたという知らせを聞いて、祝い酒を飲み交わして悦びあった。

犬死クラブ

これから書こうと思うのは、幕末動乱の世に生まれた一点の怪文書の物語である。

怪文書といわれる通り、第一にこれは内容が奇々怪々であり、第二に筆者不明である。ご存じの読者は多いと思うが、ひところ、維新研究者の間で、『英将秘訣《えいしようひけつ》』という題目の小冊子が話題になったことがあった。この小冊子はまた『軍中龍馬奔走録』とも名づけられ、話題になった当初は坂本龍馬の作に擬《ぎ》されていた。

その根拠はたいして強固とはいえない。わずかに、全篇ちょうど九十の断章から成る政治アフォリズム集というべきこの小冊子が大部分過激な言辞をちりばめており、その激越な語調が、いかにも豪快奔放な「龍馬の言いそうな事なり」といったという土佐藩出身の侯爵佐々木高行《たかゆき》の評語があるだけだ（千頭清臣《ちかみきよおみ》『坂本龍馬伝』）。

だがその後、いくら龍馬でもここまで乱暴なことは言うまいというので、この小冊子が最初に発見された場所から推定して、作者は誰か平田《ひらた》派国学者のグループ、それも平田銕胤《かねたね》（篤胤《あつたね》の養子）か三輪田元綱《みわだもとつな》（綱一郎、尊攘派の神官）ではないかという説も唱えられた（塩見薫「坂本龍馬語録とつたえられる『英将秘訣』について」）。しかし考えてみれば、この語録に散見するのは、およそ神を畏れない種類の言説であって、神を畏敬する平田派国学の信条と相容れるものとは思えない。

そんなわけでくだんの怪文書の作者が誰であるかは依然として謎であり、歴史の闇に潜んだなりである。今ここでは真の作者を特定するための作業に取り掛かるつもりはない。筆者にできることは、実在したには違いない作者は氏名不詳《ふしょう》のままにしておき、その人物が語録に残されたような戦慄すべき人間観・歴史観に到達するに至った荒涼たる心事を想像してみるくらいがせいぜいであろう。

一

物心付いた年頃から、歩く恰好がおかしかった。人間は誰でも歩く時両足の左右で腕を振る。たいがいは掌《てのひら》を内側に向け、体の側面に対して水平になるように保つものだが、どういうものか掌が後ろを向き、鴨が水をかくような仕草になってしまうのだ。いろんな人から笑われた。親兄弟や友人が何とかしようと努力してくれたが無駄だった。

その恰好が治らぬままに人中で歩くと、冗談でしていると思われた。年が行って若者組に加わると、同宿の年長者からふざけていると見なされて殴られた。もっと長じて藩校に入ってからも同じことだった。

きちんと挨拶をしようと、慇懃《いんぎん》に小腰をかがめて近づいて行く。すると意に反して、相手は真っ赤になって怒り出すのだ。

「貴殿は身共《みども》を愚弄致すのか。無礼にも程があろう」

「その手付きは何だ？　その手付きは。貴殿には人並みの挨拶ができないのか」

こんな具合だから、青春時代が幸福なはずはなかった。周囲と反りが合わなくなって、若くして脱藩という径路をたどったのも、当人は夙《はや》くから尊王攘夷《じょうい》の大志を発し、旧藩の因循姑息《いんじゅんこそく》な俗吏と衝突して自由の天地に飛び出したなどと筋書を作り出してはいるものの、真相は存外こんなところにあったのかもしれなかった。

拙者生国《しょうごく》は信州のさる小藩。故あって主《あるじ》の名は明かされぬ。――尊攘の志士と自称する人々の間では、この程度の自己紹介が堂々とまかり通っていた。仲間うち、たがいに深い身元の穿鑿《せんさく》をしないのである。紹介や推薦も相当いいかげんで、仲間に多少人望のある先輩格の浪士が保証すれば、いとも簡単に連判状に名を連ねることができた。怪しげな筆蹟で書き並べられる浪士たちの名前も大抵はその場で案じ出された偽名で、誰も仲間が本名を記してないことなど気にしなかった。

この時代、尊攘の志士を気取る連中の間には一目でそれとわかる独自のスタイルがあった。長刀《ちょうとう》・弊衣《へいい》・大髻《おおたぶさ》とファッションを揃えたいでたちである。この三点セットでコーディネートし、しかも近くに寄るとプーンと異臭がするくらいまで念を入れなければならない。青雲の志を抱く若者は我も我もと京をめざし、京都はたちまち異様な風体で全国から押し寄せる勤王浪士の溜り場になった。

とはいっても、中にはいろいろな個性がある。竜のようにさっさと青雲の雲に乗じて、急いで売名に走る輩《やから》もいたし、ひっそりと目立たず同志の一員に加わっていればそれで満足という手合もいた。われらが無名の主人公もどうやらこのタイプに属したらしく、幕末史に名の残るほどの偉業もユニークな功業も記録されていないようだ。

何とも不思議な話である。

現に怪文書の実物が残されているからには作者が、少なくとも原作者が生きていたことに疑いの余地はなく、かつまたそれでいながらその人物はいかなる歴史記録にも資料にも素顔を見せていないのである。

話の順序として、まず、『英将秘訣』あるいは『軍中龍馬奔走録』として後世に知られる怪文書が発見されたいきさつを語らなくてはならないだろう。

文久三年（一八六三）のことだ。

平安の昔から政争にはスレッカラシになっていて、たいがいの事には今更驚かない京雀《きょうすずめ》（京都の事情通）の連中でさえびっくり仰天、口あんぐりになったような椿事《ちんじ》が都の町々を驚かした。

二月二十三日の朝、京都三条大橋下の河原に木の首が三つ曝《さら》されていたのである。

これまでにない気味悪さが人々をギクリとさせた。

なるほど京都は前年文久二年（一八六二）の秋頃から政争と暗殺の舞台となり、鴨川の河原に生首が曝されているぐらいのことには人々はすっかり馴れっこになっていた。だが木の首というのはさすがに初めてで、これからいったい何が始まるのかと人々を肌寒い不安に駆り立てた。

それも無理はなかった。曝されていたのが、何あろう、足利尊氏《たかうじ》・義詮《よしあきら》・義満《よしみつ》、つまり室町幕府の初期三代にわたる将軍の木像の首だったからである。折から来たる三月四日には徳川十四代将軍家茂《いえもち》が上洛する予定だった。犯行のメッセージ性は明らかだ。尊攘派の悪質なイヤガラセである。徳川将軍に向かって、《お前もこんなふうに獄門首《ごくもんくび》にしてやるぞ》という予告を発したのであった。

犯行グループはすぐ割れた。

二月二十六日に京都町奉行所に捕縛された三輪田綱一郎・師岡正胤《もろおかまさたね》・青柳健之助《あおやぎけんのすけ》・宮和田勇太郎《みやわだゆうたろう》・建部建一郎《たけべけんいちろう》・大庭恭平《おおばきょうへい》・長尾郁三郎《ながおいくさぶろう》・長沢真古登《ながさわまこと》の八人は、農民だの商人だの神官だのと職業はいろいろだが、ただ一人を除いてみな平田派の国学者であった。話は込み入っているが、その問題の一人は、会津藩から組織に潜入させられていたスパイ大庭恭平である。この男の内部通報があったおかげで迅速に追及の手が伸び、早期逮捕に至ったわけだが、実はこの時の逮捕者には網の目をだいぶ洩れた人間がいるらしく、追及の手が及ばなかった連中は風を食らって地下に潜ったらしい。

くだんの怪文書はこの逮捕劇の副産物であった。捕吏がドヤドヤと三輪田綱一郎のアジトに踏み込み、家宅捜索して押収した書類の中に紛れていたのである。右に名前を連ねて「木首組《きくびぐみ》」と呼ばれることになる犯行グループは、この事件までほとんど無名の人間だった。平田家の当主である篤胤の養子銕胤は、学問的にはこれといった独創性はなかったが、抜群の組織力があった。入門者はすべて「篤胤死後の門人」としてネットワークに組み入れ、篤胤の遺著『古史伝《こしでん》』の上木《じょうぼく》運動（出版活動）に醵金《きょきん》・販売などを通じて参加させる。平田派の全国組織は着々と拡大しており、幕末のこの時期、動員力と結束力には侮るべからざるものがあった。

江戸本所《ほんじょ》で家学の塾を開いて門人を教育していた銕胤は、文久二年十一月、秋田藩から藩士に取り立てられ、「物頭格本学頭取《ものがしらかくほんがくとうどり》」を命じられた。政情多端の折から、秋田藩主の佐竹右京大夫義堯《よしたか》は一橋慶喜と共に上京。銕胤もそれに従って国事周旋《しゅうせん》を担当するために上京した。長男の延胤《のぶたね》をはじめ平田派の高弟たち大勢が同行する。柳馬場《やなぎのばんば》通り四条上ルの秋田藩京都屋敷は、この派の活動のひそかな司令塔になっていたと思《おぼ》しい。足利木像梟首《きょうしゅ》事件はこの一党が起こしたのである。

この事件自体には、それほど深遠な背後計画があったとは思えない。なるほど平田派国学の徒が今こそ総蹶起《けっき》の秋《とき》と発奮していたのは事実であるが、さりとて錬胤がこんなガキっぽい実行計画を示すことはあるまい。むしろ事件が予想を超えてとんでもない方角に発展してしまったので、当事者が後から意義づける必要が生じたという印象なのである。

実行犯の一人で、いったんは逃れたが後に自首した小室信夫《こむろしのぶ》はこう語っていた。

各浪士を集めたる目的は横浜攻撃であって、足利の木像を曝したというは、横浜攻撃、即ち攘夷の決行の血祭りの為に曝して、一は攘夷の血祭りにし、一は徳川の因循を懲《こ》らすという事で、結合して集まったもので、実は横浜攻撃の方が先でござりましたそうでござります。(『史談会速記録』第三十九輯)

要するに、木像梟首事件はたんなる腹癒《はらい》せ的挑発行動ではなく、背後で進行していた横浜襲撃計画の前哨《ぜんしょう》戦のつもりだったというのである。しかしこの計画なるものがどの程度具体化していたかは疑わしい。たしかにこの一時期、庄内藩の郷士出身の野心家清河八郎が、江戸で浪士をかき集めて大規模な攘夷行動を企図していたのは間違いない。だが清河は、まだ二月二十二日の時点では、目標を横浜とするプランまでは計画していなかった。木像梟首が横浜攻撃の前段だったというのは、どうも後で粉飾して作った話くさい。

平田派の一部、世に「平田激派」と称された一団には日頃から清河八郎と文通がある人物もいたから、近く何らかの攘夷実行の挙に出るという話ぐらいは聞かされていたであろう。大いに気分が昂揚《こうよう》していたことも確実である。しかし具体的には何も知らなかった。

むしろ本件は、文久二年の後半から、京都ではやり始めた尊攘テロに刺激された面が強い。安政の大獄の報復として親幕派公卿《くぎょう》の家臣や京都奉行所の与力が次々と惨殺されて、河原に生首を曝された。多くは「人斬り以蔵」の異名を取った岡田以蔵はじめ土佐勤王党の仕業であった。頭目は武市半平太《たけちはんぺいた》である。藩内の対立抗争で薩長に大幅に出遅れた土佐藩は、より過激な手段で他藩との《時差》を縮めようとしていた。攘夷勢力は「暗殺」という手段が間違いなく有効であることに味をしめてきていた。「天誅《てんちゅう》」の名によるテロリズムの季節が到来したのである。平田派が結集したのは、そのいわばシュンを迎えていた時期の京都に他ならなかった。

二

文久二年の末から翌三年の初頭にかけて、遅れ馳せに実際活動の現場に到着した平田激派には欲求不満が生じていた。自分たちも何か手柄を立てたい、と焦ったのである。だが、もともとは学者集団であり、その行動パターンからは、どこか危なっかしさ、不器用さ、素人っぽさが拭えなかった。

木像梟首事件の裏側には、政治の暗黒面というよりは、むしろ人間精神の暗部に由来する何か不透明な層が広がっている。自分たちも早くテロリストの仲間入りをしたくて、最初に選んだターゲットが、痛いとも痒《かゆ》いともいわず、別に手向かいをすることもない木像だったというどこか児戯《じぎ》じみた大真面目さからもそのことは看取できよう。

二月二十二日の夜、木像が安置されていた洛西の等持院《とうじいん》に押し入ったのは、師岡正胤・角田《つのだ》忠行《ただゆき》・高松《たかまつ》趙《ちよう》之助《のすけ》・大庭恭平・長尾郁三郎・青柳健之助・建部建一郎・小室信夫・長沢真古登の九人であった。出てきた寺僧には刀を抜いて脅し、縛り上げておいて、その無抵抗に乗じた一同は木像の胴体に挿し込んであった首を苦もなく引き抜いて持ち出した。

企てがあっけないほど簡単に成功したので、面々は意気揚々と、東山三条満足稲荷《まんぞくいなり》社前にあった野呂《のろ》久左衛門《きゆうざえもん》（岡山藩陪臣《ばいしん》）のアジトに帰還した。同宿の岡元《おかもと》太郎（やはり岡山藩陪臣）が首を載せる板の台を作って用意していた。あちこちから同志が集まって来て、愉快々々、痛快々々と喜び勇んで祝杯を挙げた。いちばんはしゃいでいた大庭恭平が即席でさらさらと罪状書を書き付ける。その昂奮ぶりは尊攘派に化けて演技をしている域を超えて異常だった。それから破竹の勢いで三条河原に押し出して行き、曝し台を拵《こしら》えて三つの木首を陳列し、三条大橋西詰の札場にもでかでかと罪状書を張り出した。

話のミソはおそらく「あちこちから同志が集まって来て」というところにある。野呂のアジトには野呂・岡元の他、九人の実行犯がいた。そのうちの一人大庭恭平は会津藩のスパイだった。そしてそれ以外にもその場には何人も氏名不詳の同志たちがいたのである。あるいは少なくとも、本名では知らない人間が居合わせていたのである。

われらが主人公は、何喰わぬ顔をしてその中に混じり込んでいたのではないだろうか。無理に鋭鋒《えいほう》（するどく目立つ才能）を隠しているのではない。ぼうっとした外見からは何を内にひそめているか見当がつかないのだ。無名氏の方でも、いつも他人から無視されるのに馴れていて、ことさらに自分を目立たせることをしなかった。いわば透明人間になり切っていることがこの男の日常であり、独特の処世法だったのである。

男は、こうして平田派国学者のグループに身を落ち着けるまで、偽名を何度か変えて尊攘過激派の組織をいくつも転々としている間に、大言壮語したばかりに身を滅ぼした志士たちの姿をいやになるほど見てきた。

武芸の道にしても、頭の良さにしても、大言壮語は命取りだった。いくら人の上に立つ技倆《ぎりよう》なり知能なりを持っていると思っても、世の中には必ず上には上がいた。大言壮語するのは、他人に自分がどんな野望を抱いているかをわざわざ知らせるようなものではないか。そこで男は筆を取り、思い付いた語句を帳面に書き付けるだけで満足する。

一つ、忍《にん》（秘密工作）は知らせぬを主とす。事を成就するを本意とす。（第二十九条）

一つ、おのれの欲する所を人に知らしむるなかれ。おのれが悪処《あくしょ》（弱点）も亦《また》しかり。かえって、他《かれ》の二情（人の野望と弱点）を覚《さと》るを英明の器とす。（第四十四条）

テキストは千頭清臣『坂本龍馬伝』所収の版による。条数は、発見された写本の整理番号であって、必ずしも書かれた順序ではない。ともかくこんな風にして、男は自分の政治思想ノートの断片を一条一条記していった。

おそらく他人からは窺《うかが》い知られぬ矯激《きょうげき》な思想を体内に育んでいたこの男にとって、平田派国学者のグループに属していることは、まだ充分に体系化されず、なお成育過程にある権力奪取理論をひそかに培養するための恰好のカモフラージュだったに違いない。

男が「木首組」のメンバーになりすますのに大した苦労はかからなかった。男は狂信的な国学の学徒のはずだった。だから、もし皇国のことが話題になったら「かしこくも」と一息入れて膝を正すとか、会話に「すめらぎの」「敷島《しきしま》の」といった万葉言葉を適当にまぜるとかのコツを呑み込めば、相手は純朴に胸襟《きようきん》を開いてくれた。男はいともやすやすと熱烈な平田派の一人になりすましたのである。

だが、その恭《うやうや》しげな表情の下には、驚くほど肥大した自我が眈々《たんたん》と自己実現の機会を待っていた。男は、本当をいうなら、自己顕示欲の塊だった。しかしそれを開けっぴろげにしておくのは、いつも一物を勃起させたまま人中に露出して歩くようなものだ。自制しなければならない。だから男は内緒でそっと一文をノートに書くにとどめた。

一つ、予が身、寿命を天地と共にし、歓楽を極め、人の死生を擅《ほしいまま》にし、世を自由自在に扱うこそ生まれ甲斐はありけれ。何ぞ人の下座に居られんや。（第六条）

こういう空恐ろしい内心を押し隠して同志としての付き合いを続けるのは、そう難しいことではない。毎日の尊攘志士生活はだいたい決まったパターンの繰り返しである。最初は秋田藩京都藩邸の長屋の大部屋で共同生活だったが、数ヶ月経つと、もう一人の男――どこか関東方面の脱藩浪人ということだった――と相部屋の待遇になった。

われらが主人公はこの新しい環境に合わせて、自分の正体を秘密にしたまま、生活してゆくことにすぐ馴れた。自己の内部で生まれ育っているアイデアが何か怪物じみたスケールの奇怪な様相を呈しはじめていることには自分でも気が付いていた。それだけによけい、この思想を中途半端なままで、目鼻立ちも定かでないような姿で人目に曝すわけにはゆかなかった。

男はかたくななまでに自己の殻に閉じこもり、アワビのように固く口を閉ざして、自分が考え付いた奇想天外な断章群を秘密ノートに書き付ける他にはいっさい外に洩らし出すことをしなかった。

相部屋になった男――木島伝兵衛と名乗っていた――は律義で生真面目、何事をも杓子定規に受け取るタイプの男だった。反面、人間が誠実に振舞うかどうかには不思議な直覚《ちょっかく》を持っている。こういう相手とほぼ四六時中同じ部屋で暮らして、正体を知られずに済ますのはなかなか骨だった。

男は同室の木島に対してこういう戦術を使った。『古史伝』など先師篤胤の著述はほぼ全部を暗誦していて、博覧強記なところをたっぷり見せつけて相手を心服させる。これでたいがいはイチコロになるが、それでも足りないと思うときには、一演技たくらむこともあった。滔々《とうとう》と師説を復唱し、みずから感きわまって声を上ずらせ、白眼を剝き出し、絶叫して見せるのだ。そうすると相手は面白いようにこちらのペースに引き込まれた。人を信じさせるためには、まず自分が信じ込んで見せることがいちばんなのだ。心服したな、と手ごたえを感じたら、次は、相手が自分に好かれているという印象を与えることだった。

作戦がうまくいったと感じた夜半、男は木島がいぎたなく眠り込んでしまった後、こっそり灯した短檠《たんけい》（たけの低い灯台）の火影でこんな断章をノートに書き付けた。

一つ、愛すれば近づき、悪《にく》めば去り、与うれば喜ぶは禽獣《きんじゅう》（鳥獣）の様なり。人倫《じんりん》（人間の仲間）また何の異なる処かある。（第四十五条）

一つ、鳥獣といえども、おのれを殺さんというを知れば、身構えするものなり。いかなる馬鹿者にても打ち解けざるうちは轂中《こくちゅう》（轂は斛《こく》の誤りか。枡《ます》。昔は枡落としでネズミなどを取った）に入れがたし。これを生け捕り候術、他なし、食色《しょくしき》（食い気と色気）の二つにあり。（第四十六条）

秋田藩京都屋敷のあった柳馬場四条上ルから少し歩けば、かつて豊臣秀吉が作らせた遊廓「二条柳町」の跡があった。幕末の今はだいぶさびれてはいるが、多少はまだ色街の猥雑《わいざつ》な空気がただよい、底冷えして肌寒い夕暮など、佐竹屋敷からこっそり抜け出して娼家の門をくぐる藩士の姿が見られた。その中に国学者グループの面々も混じっていた。だいたい平田派の学風はセックスには大らかなのだ。

男と同室の木島は、だがしかし、お世辞にも持ち上げようのない顔立ちといい、引っ込み思案なところといい、到底ご婦人たちとうまく話ができる性格とは遠かった。たしかに、無精髭《ひげ》に蔽《おお》われた頬から顎《あご》にかけて盛大にニキビを吹き出させ、しかもその幾つかはみごとな膿疱《のうほう》になっている御面相とあっては、毎日顔を突き合わせているのも辟易《へきえき》するような相手なのだ。

だが、どうしても頂けない御面相をしていることは、決して身うちにたぎる牡性《ぼせい》の衝動、意馬心猿《いばしんえん》の雄叫《おたけ》びを減殺《げんさい》するものではないようだった。ある夜、しんしんと底冷えがして、寒さがいつまで経っても蒲団《ふとん》をぬくめずにいる宵のこと、男の隣に延べた煎餅《せんべい》蒲団にくるまって展転反側《てんてんはんそく》（何度も寝返りを打つ）、いつまでも寝付けぬ様子だった木島が、突然、蒲団を乗り越えて抱きついて来たのである。「……氏《うじ》、……氏、お情けでござる」

男はこんなこともあろうかと思っていたので、苦笑しながら木島のざらざらした頬ずりを許した。

感激した木島は夢中で唇を吸おうとしたが、あまりの口臭のひどさに男は顔をそむけ、これは勘弁してもらった。木島はなおもむにゃむにゃ言いながら男に抱きすがる。袴《はかま》は脱いでいたので、裾の割れた着衣がまくれ上がり、木島のゆるんだ褌《ふんどし》から、はち切れそうに隆起した陰茎がはみだしていたが、どう見ても褒めようのない、お粗末な代物だった。

男は仕方なく心を決めて木島の股間に手を伸ばす。昔、尺八の手ほどきを受けたことがあって、指使いには多少の心得があった。手孔《てあな》（指穴）のツボをきちんと押さえる要領で右手の指を走らせる。一節《ひとふし》、二節《ふたふし》と管を玩《もてあそ》んだと思ったら、歌口《うたぐち》を湿らす必要もなく、木島はホワッと空気の漏れるような声を立てると、竿の先からピュッと白い汁を迸《ほとばし》らせてがっくりと落ち込んだ。プーンと栗のきついにおいが立った。男はできるだけ静かに手拭《ぬぐ》いで手を拭《ふ》いた。

このことがあってからというもの、木島はいやに従順になった。これまでも学問的には心服していたが、事後は全人格的に畏服し、男のいうことには何をいわれてもイヤとはいわないようになったかのようであった。

一つ、人に一勝を与えて予《われ》に百勝を取るを知らしむべし。古今の英傑、大方はしかして（そのようにして）豪卒を掌中《しょうちゅう》に入れたり。（第五十一条）

この箴言《しんげん》（アフォリズム）に要約されているように、男は必要とあらば、木島に時々性的奉仕をすることさえ厭《いと》わなかった。相手を勝った気分にしておいて逆に男のペースのうちに引き込むのである。見よ、古今の英傑といわれるような人士は、多くはそのような手だてを講じて豪気な勇卒を自分の手に入れたではないか。

木島は「豪卒」と呼べるかどうかは多分に疑わしいが、少なくとも、この朴訥漢《ぼくとつかん》は剣術の腕だけは立った。腕っ節に自信のないわれらが主人公の危難を何度となく助けてくれたこともあった。男の大望は目下急速に形を整えつつあったが、やがて天下に公示されるべき政治思想が広く民衆の心をとらえるためには、その当の唱道《しょうどう》者が弱々しくては話にならなかった。強い思想には強い外見が不可欠である。

男はその必須条件を満たすべく必死にならなくてはならなかった。時には用心棒が必要なこともあった。

三

それにしても、この無名氏が、ドッキリと読む者の血を凍らせるような創見の数々を披瀝《ひれき》するに至るまでには、自分でもそれなりに血みどろな、酸鼻《さんび》な体験をくぐり抜けてきているのではないだろうか。
艱難辛苦《かんなんしんく》の時代を生き延びるためには、人は気がやさしいばかりでなく、タフでもあらねばならない。無名氏も、いわばその革命のアルチザンとしての徒弟修行時代にたっぷり《冷血》であることを学習しなければならなかった。冷血は決して冷酷と同じことではない。しかし、実際の闘争場裡《り》にあっては冷酷無残な場面に遭遇することは避けられなかった。そういう場面をいくつもくぐり抜けてこそ、たとえば、こんなセリフが吐ける。

一つ、牛割《うしざき》（処刑者の手足を数頭の牛に結び付け、違う方向に走らせて八つ裂きにする酷刑《こつけい》）に遭うて死するも、逆磔《ぎやくたく》（さかさはりつけ）に会うも、又は席上（むしろの上、「畳の上」ぐらいの意味）にて楽しく死するも、その死するに於《お》ては異なることとなし。されば、英大（英邁宏大《えいまいこうだい》）なる事を思い起こすべし。（第四十八条）

これをただ「人間は死んでしまえばおしまいよ。どうせするならデカイことをなされ」のたぐいの通俗教訓と同一視することなかれ。この言説は、路傍《ろぼう》で血を流し、虚空《こくう》を摑んで苦悶する幾多の瀕死者の目を覗き込むようにして、相手の断末魔の呟《つぶや》きから感じ取ったデス・メッセージを純粋化した言葉なのだ。同時にまた、次のような語句も決してたんなる自己愛の表明でも、自己保存の奨励でもないことは明らかだろう。

一つ、なるたけ命は惜しむべし。二度と取りかえしのならぬものなり。拙《つたな》き（カッコウが悪い）という事を露ばかりも思うなかれ。（第二十四条）

思うに、無名氏の革命家修行にはそれなりの《年季》が入っていたと思われる。最低限いえることは、この男は平田派の仲間に入る以前の時期から、《冷血修行》を体験していただろうということだ。

幕末の秋田藩主、佐竹義堯が上洛したのは文久三年（一八六三）一月二十七日のことである。二月九日には孝明天皇に拝謁する。宮都に腰を据えて、会津藩の京都守護職を助けて治安の維持に協力したのである。平田銕胤らの国学者グループが上京したのも一月末のことと見てよいだろう。例の木像梟首事件が起きるのは二月二十二日夜のことだ。してみると、無名氏が血も涙もない非情な人間に「成長」したのは、たかだか一ヶ月ぐらいの準備期間しかなかったことになる。

そうではなくて、この無名氏がこういう修羅場にわが心を慣らしたのはもうちょっと早い時期、京都で天誅テロが横行しはじめた文久二年の夏の頃からと見る方が自然なのではないだろうか。

　無名氏がまだ自分の適性に目覚めず、自分でも海の者とも山の者とも見きわめきれずに、京都という新風土でうろつき、さんざん人々に小突き回された揚句、だんだん摩《す》り磨かれて自分の得手不得手、手足を動かすのはまるきしダメ、流血を見てもたじろがず、嘔吐感と同時に一種の嗜虐《しぎゃく》的な眩暈《げんうん》（めまい）を引き起させる自分の独特な感受性などを思い知らされたと見る方が当たっているのではないか。

　この男もいろいろ苦労した末に、自己の《冷血》な気質の発見に行き着いたのだった。そして疑いもなく、この特性は真正《しんせい》の革命家に先天的に備わっているべき資質の一つなのである。

　だとしたら、間違いなくこの男は、惨殺された目明し文吉の死体を見ているはずだ。文久二年閏《うるう》八月二十九日の夜、目明しの文吉が殺された。

　文吉は「猿《ましら》の文吉」とも異名を取った京都奉行所の岡っ引きで、その一方、井伊直弼の京都エージェントだった島田左近《さこん》の手先になって安政の大獄当時、多くの志士を捕縛した男である。その手柄でもらった多額の報奨金を元手に高利貸をしてあくどく稼ぎ、周囲からは蛇蝎《だかつ》のように忌み嫌われていた。が、その悪党も、土佐藩の岡田以蔵と出会ったのが百年目であった。「こんな犬猫同然の奴を斬るのは刀の穢《けが》れだ」というので、細引《ほそびき》で絞め殺すと決めた。三条河原へ引っ立ててゆき、木の柱に縛り付けて褌《ふんどし》を引き剝がす。馬も羨《うらや》む巨根を摑んでしごいてやると、浅ましいことには、こんな場合でもムクムクと大きくなるのである。以蔵はニタリと笑い、発射寸前に膨《ぼう》脹《ちょう》させた一物の尿道口にいきなり竹串を突き刺した。肛門にも刺したという説もある。「ギャアァーッ」と人間の声と思えぬ絶叫が河原に響きわたる。首に巻いた縄を後ろから引っ張って絞め上げ、舌をダラリと垂らして絶息したのを磔《はりつけ》の恰好に曝して意気揚々と引き揚げる。

文吉はすぐには絶命しなかった。明け方まで死にきれずピクピクしていたが、近所の町家はピッタリと戸を立て切って静まりかえり、誰一人として助けに出なかった。民衆は内心、文吉がこういう目に遭ったことに快哉《かいさい》を覚えてもいたのである。捨札《すてふだ》には文吉が過分に利息を取ったことも罪状の一つに数え、「金子借用の者は決して返済に及ばず候」と記してあった。襲撃者が立ち去った後、物見高い見物人がこわごわ寄って来て、瀕死の文吉に好奇の視線を送ったが、誰も磔柱《はりつけばしら》から下ろしてやろうとはしなかった。

もし文吉の天誅を見ていたのなら、それに続いた京都町奉行与力四人の処刑を目撃していないわけはない。九月二十三日、京都町奉行与力渡辺金三郎・森孫六・大河原重蔵・上田助之丞の四人が、東海道石部《いしべ》宿（現滋賀県湖南《こなん》市）で惨殺された事件だ。いずれも井伊直弼の走狗《そうく》となって志士の逮捕・入牢《じゆろう》・取調べに辣腕《らつわん》を揮った役人である。四人は相次ぐテロに身の危険を察し、あわてて江戸に逃れようとしたのだが、時すでに遅かった。

尊攘派は大動員を掛け、総勢二十五人の大暗殺団を組織して、京都を出た四人を追った。土佐藩から十二人、長州藩から十人、薩摩から田中新兵衛ら二人、岡田以蔵は自ら志願して加わった。長州勢の中には吉田松陰の門弟久坂玄瑞《げんずい》・寺島忠三郎が混じっていた。たとえばこんな生真面目な、学者肌の人物までが参加していることに天誅テロリズムの奥深さがわかろう。一行は東海道の石部宿で四人に追いつき、旅館に乱入してズタズタに斬りさいなんだ。襖や壁に血しぶきが撥ねかかり、三和土《たたき》が血の海になる凄まじさだった。そのうち渡辺・森・大河原の三人の首はわざわざ京都まで持ち帰られ、竹に吊して粟田口《あわたぐち》の刑場に梟首された。三人とも、切り裂かれた顔の下半分が落ちないように手拭いで縛ってあるという奇妙な丁寧さだ。

こういう殺し方には、暗殺本来の目的を逸脱した偏執的な残忍さが溢れている。血に酔って、感覚も異常になっていて、どこか昆虫の手足をもいで喜ぶ子供のような残酷さが感じられるのだ。小児的なのである。もっとゾッとするのは、天誅があったと聞くと現場に駆け付け、せっせと曝し首を写生する人間がいたことだ。これらの写生画は「生首帖」と呼ばれ、『寒胆帖《かんたんじょう》』『野分《のわけ》のあと』という題目の着色した画帳がこまめに作られた。どれも画面から血が滴りそうに生々しい。文吉の竹串が刺さったぶざまな死体も幾通りか描かれて後世に伝わっている。竹串が五寸釘になっているバージョンもある。

無名氏は、無責任な野次馬に混じって、天誅が行われるたびに転がる惨殺死体をぞろぞろと見て歩いた。年が改まって秋田から平田派のグループが上京してくる文久三年になっても、なお京都ではテロの嵐が吹き荒れた。めぼしいターゲットは狩り尽くされたと見えて、名前は「天誅」でも因州（鳥取）藩や対馬藩の派閥争いの果ての暗殺、さらには新選組の内ゲバなどが新たに加わって京都の血なまぐさい雰囲気はいつまでも治まることはなかった。

無名氏は何かに憑《つ》かれたように丹念に殺戮《さつりく》現場の跡を回って、むごたらしく曝された死体の無念そうな、恨めしげな死に顔に自分の顔を近づけ、死んだ者たちがこの世に言い残す言葉を聞き取ってやっている風情だった。たしかに、殺されて転がり、また無理に引き起こされて首や胴体を曝されている者たちは、自分がなぜここでこんな目に遭っているのかわからず、かえってその不条理の理由を問い糾《ただ》したい気持なのかもしれなかった。しかし、いかにせん、そんな課問を自分につきつける時は何もかも手遅れになった時しかないのだ。だいたい、これらの死者たちがそんな問いを自分に発することなどあり得るだろうか。最後の一太刀をわが身に受けて吹き出る血煙《ちけむり》とともに意識が朦朧《もうろう》としてきた時、人はいったい「これがわが生涯の最後の一頁だ」なども感じるものだろうか。生きて斬り結んでいる間は死に狂い状態だから死の恐怖を感じないだろうし、絶命してからはまして死の恐怖などはないというのが実相ではないのか。

こうしてだんだん無名氏は動乱期における「死」の効用について確信のようなものを深めていった。死とはすべて犬死と見つけたり。幕末テロをつらぬく無数の死の連鎖の果てに何か意味らしきものが見つかるか。要するに、他人の死はすべて犬死と見切り、もっぱら自分のために役立てることに意義があるのだった。

一つ、予《われ》死する時は、命を天に返し、位高き官へ上がると思い定めて、死を畏るゝことなかれ。（第十八条）

一つ、威光を見する、人を殺すにあり。人十人を害するには十処にして衆目《しゆうもく》を威《おど》す（威光を見せるには人を殺すのが一番だ。十人を殺せば、十ヶ所で衆目を驚かせられる）。（第五十九条）

一つ、生人に疵《きず》を付くるや否や、人間なりと思うべからず。臆《きおくれ》の生ずるものなり。畜類を殺すより安心すべし。（第六十四条）

一つ、畏ろしと思う心露ばかりも身に蓄うことなかれ。死人なるは土のごとく思い、死体・骨などは石瓦《いしがわら》のごとく思うべし。（第六十五条）

こうしてしだいに幕末動乱期を生きる人間ならではの独自の死生観に開眼しつつあった頃、無名氏はツテを得て平田派国学者のグループに身を寄せたものと思われる。そこではいかに思弁が好きな無名氏といえども、尊攘志士としての「実践」も強制された。いくら子供じみていて滑稽だと思っていても、木像梟首に協力せざるを得なかったのである。

しかし、これは徳川幕府にとってはとんでもない不敬行為であった。京都守護職の会津藩主松平肥後守容保《かたもり》は、この知らせを聞いて激怒し、「墓をあばき、屍《しかばね》に鞭打つにひとしい振舞いである。許しがたい。何としてでも犯人たちを全員捕えよ」と厳命した。

事件の四日後の文久三年二月二十六日、抜き身の槍を手にした会津藩京都守護職と京都奉行所の役人とが合同して、市内三カ所の「木首組」のアジトを急襲した。一手は前述した満足稲荷。もう一手は祇園《ぎおん》新地の妓楼《ぎろう》奈良富《ならとみ》に向かい、三輪田綱一郎・建部建一郎・宮和田勇太郎・長沢真古登を捕縛した。満足稲荷から衣《ころもの》棚《たな》二条上ルの三輪田の寓居《ぐうきょ》（当人はすでに逮捕）に回った第三の手勢は、多少の抵抗を排して師岡正胤・青柳健之助を逮捕した（会津藩公用方記録『密事応返控《おうへんひかえ》』）。

この手入れの最中に、浪士のアジトから一通の怪文書が見つかった。

衣棚二条上ルの三輪田綱一郎寓宅に踏み込んで隅から隅まで捜索した会津藩公用方は、同人筆の『断言独語』『大革中奥基元之論《だいかくちゆうおうきげん》』といったいかにも平田派らしい著述にまじって、何の表題もない薄っぺらい小冊子があるのを押収した。表紙には「他見を許さず」と書いてあって、見るからに秘密文献めかしい。何げなく一読してどきりとするほど衝撃を受けた。驚くべき内容であり、その文書には押収した当局者が蒼《あお》ざめるくらい不穏かつ不敬な思想が盛り込まれていた。あわてて人目に触れぬように篋底《きようてい》に潜める。読んでみた役人がのけぞったと思われる物騒な語句は、たとえば最初の五条だけを見てもまず歴然としていよう。

一つ、日月《じつげつ》（太陽と月）はあまり役に立たぬものなれども、日は六時《ろくじ》（仏教で一日を六つに分けたもの）の明かりなり。月は夜の助けにもなるか。（第一条）

一つ、世に活物《いきもの》たるもの、皆衆生《しゆじよう》なれば何れを上下とも定めがたし。今世の活物にてはただ我をもって最上とすべし。されば天子を志すべし。（第二条）

一つ、親子兄弟といえどもただ執着《しゆうちやく》の私なれば（親子兄弟を思う情は私情の執着にすぎないから）、蠢虫《うじむし》同様の者にして、愛するにも足らぬ活物なり。いわんや夷人《いじん》をや。（第三条）

一つ、親子を人質に遣わすとも、愛着の義を思うことなかれ。その時を打死《うちじに》（討

死）の日と定むべし。なおその人（親子）にも申し聞かすべし。（第四条）
一つ、本朝の国風、天子を除くの外、主君という者はその世の名目なり。独夫《どくふ》なれば、やがて予《われ》主人となるは唐の例なり。聖人の教えなり。なお物の数ともなすことなかれ。（第五条）

これだけでも『英将秘訣』のユニークさが会得されよう。この人物は悪魔的なことをいとも無造作に言ってのける。無理に逆説を弄しているのでも、悪ぶっているのでもない。その恬淡《てんたん》たる語調の方がかえって不気味なのである。第二条末の「されば天子を志すべし」という語句は、もともと誰かが原本に書き加えた注であることが会津藩公用方広沢安任《ひろさわやすとう》の手記『鞅掌録《おうしょうろく》』の記載からわかる。浪士間でひそかに回覧されていたらしい。

一読してすぐ気が付くことは、ここでは、人間社会をふつう構成している人倫関係がみごとなまでにバラバラに解体されて、個と個の関係に還元され、当時存在していた身分秩序などは完全に無視されていることだ。人間個人が中心にあり、その外側に親子関係をはじめとする家族、さらに外側に君臣間の主従関係、最外縁に超然として天皇の存在――そのような同心円構造の内部で安定していた人間関係は無造作に爆砕《ばくさい》されてしまう。人質は見殺しにすべし、という非情な原則が貫かれる。親子すらすでにしかり。いわんや、天皇においてをや。

太陽の神話的解釈――それが記紀神話を重視する国学の世界像の中で占める重要な位置を想起せよ――はゼロに帰し、せいぜい昼と夜の照明装置にされてしまっている。したがって国学的歴史像では、太陽神の末裔として君臨してきた歴代天皇の伝統的権威は消失しひとしく「衆生」の一つであって「上下は定め」がたい。一介の「私」でも天皇を志し得るのである。

中国製の思想である革命史観のもとでは、人民の支持を失った「独夫（孤立した支配者。『孟子』の言葉で殷《いん》を滅亡させた紂王《ちゆうおう》をいう）」を打倒して君主を替えることを容認しているが、それは儒学の聖人の見解にすぎない。わが国では、天皇というものを除けば、君主という者はみなその代ごとに立てる名目以外の何ものでもないのである。徹底したドライさで、驚くほどラディカルなことを言ってのけている。「天皇」についてはまた後でふたたび論じている。

四

各断章には気の利いたアフォリズムの味わいがある。長たらしい言説や談義を好まず、寸鉄《すんてつ》人を刺す警句が瞬発的に邪智《じやち》を閃《ひらめ》かせる。一方の極では天皇を遠慮なく相対化する視点が語られ、反極には冷酷な殺人マニュアルが述べられていて、両極がごく自然に連続しているのが特色である。

第二条および第五条の趣旨はさらに次のように敷衍《ふえん》（押し広げる）される。

一つ、万国に生まれしか（外国で生まれたか）、あるいは外国へ渡らば、王になるをもって心とすべし（心がけるべきである）。日本にては開闢《かいびやく》の昔より天子はころさぬ例なれば、こればかりは生けておくべし。将軍とかいう者にはなる心を工夫すべし（なるように努力すべきである）。天子と同様なり（権力者という点では天皇と同じだ）。（第十一条）

日本の歴史に公然たる弑逆《しいぎやく》の記録がないのは、天皇だけは殺さないものという禁制の慣習があるからで、生かしておく方がはるかに便利だからである。将軍なら別に殺してもかまわないし、それに成り替わってもよい。ましてや一般人などはタブーも何もない。そこでこの箴言集中もっともスキャンダラスな章句が書かれる。

人を殺すことを工夫すべし。刃《やいば》にてはケ様《かよう》のさま、毒類にては云々《しかじか》ということを暁《さと》るべし。乞食など二、三人ためし置くべし。（第十三条）

全部を眺め渡してみると、この一書には《恐怖することなかれ／恐怖せしめよ》の原理が通徹している。その点で《テロリストの教理書》と名乗っても恥ずかしくない。事実、その後明治初年代の維新政府の内訌《ないこう》時、あまたの政敵を攻め殺したり、裁判で死刑に処したりして文字通り葬り去った岩倉具視や大久保利通のような連中には、極秘事項に属するマニュアル書であったともいえそうだ。

この孤独な文献は、およそ思想史から孤絶しているばかりか思想史を拒絶している。本書のような著述は空前絶後である。『英将秘訣』の無名の筆者は誰だったかについて諸説があることは前述の通り。橋川文三は本書を「ほとんど能動的ニヒリズムの表現ともいえる怪文書」と呼び、これが「平田鋕胤もしくは平田派国学者志士グループの誰かによって書かれたものとすれば」と仮定して、「平田国学の行きついたラジカリズムの妖気《ようき》というべきものがどんなものか、容易に想像される」（「幕末国学の印象」）といっている。

私見では、この無名氏は平田派のグループに身を寄せてはいたものの平田派国学とは異質であり、もっと異端的に孤立している。少なくとも、鋕胤や三輪田綱一郎とは深海の冷水塊《れいすいかい》のように思想体温が違っている。

平田派国学者は神を信じている。神を信ずる人々は決して『英将秘訣』のような文章を書くまい。平田派の特色は「神は人の所行、善悪・邪正《じゃしょう》は見徹《みとお》しなれば、大空を飛行しながらも、この大地に住居《すまい》ける人の善悪、その心の内に思う事までも一つこの世に悉《みな》見分け給う」（宮負定雄《みやおいやすお》『国益本論』）という神の照覧への安心感にある。それに反して、『英将秘訣』は「神」がただミスティシズム（神秘主義）の領域でしかないような孤独で露悪的な自己権力論である。この人物は自分のマニアックな権力意志を実現するために平田派に寄生していたのかもしれない。大庭恭平のようなスパイが潜り込めた組織なら、もっと薄暗い人間が紛れ込んでいても別に不審に思われまい。

一緒に押収された三輪田綱一郎の『断言独語』には、「大地には万国多しといへども、皇国は高天々祖《たかまのあまつみおや》の鎔造《いがたづくり》し給えるをもって大帝の（原文空白）と仰ぎ、万国を奴隷とするの機会あり」と記してあった。平田国学の典型的な日本大帝国論である。『英将秘訣』は天皇を「現御神《あきつみかみ》」などとはいっていない。「今上皇帝」を担ぎ出せば民草《たみくさ》は靡《なび》くといっているのだ。史上どんな反逆でも天皇は生かしておくことで権力者が利用できたと洞見《どうけん》している。《メタ天皇制》の発見とも呼ぶべき醒《さ》めきった思考である。

また『大革中奥基元之論』は、天皇が大坂に遷都すれば攘夷は実現すると他愛もないことを主張していて、『鞅掌録』はこれを評して「夷狄《いてき》といへば鳥獣に同じうして忽《たちま》ち退攘すべく、親征といへば草も木も偃《ふ》し靡き、五大州直ちに服従すべし」というのは単純すぎると苦笑している。だいたい「先輩（先任）の幕吏を梟首し、現今の奸賊《かんぞく》を鏖《みなごろ》しにして、国中を一洗《いっせん》すべし」などと激語を発するけれども、自分が手を下す殺人という感覚に乏しいのである。今この文久三年二月の時点では、平田派はまだ集団として暗殺実行部隊になる現場を踏んでいない。平田激派が孵化《ふか》するのは木像梟首一件からである。平田派国学者が、攘夷のいわばボランティアとして実行部隊に志願してゆく前夜であった。

会津藩当局は『英将秘訣』を平田派が「心術の秘」を記した文書と思い込んだ。あるいは意図的に秘密文書と見て、平田派の策謀の証拠物件とした。三輪田綱一郎・師岡正胤を首謀者として堂上《どうじょう》に入説《にゅうぜい》し、「攘夷の先鋒」になろうとする計画が進んでいたが、一同を捕縛したので未然に防げたというプロットが作られる。「わが公の捕えしむる、真に機に当れりとす。その無功の功、人知る能わざるものあり」(『鞅掌録』)というのである。『英将秘訣』の筆者はついにわからずじまいで、公式には人知れず歴史の闇に消えた。

本稿はこの顔のない男にひそかに肉付けをしてみようという歴史の「造顔術」のこころみなのである。

この男はあまりに多くの死顔を覗き込んで歩いたので、いつも背後に夥しい数の死者の霊を従えているような気持になった。返り血のように魂にこびりつく無造作な「死」の感触がすっかり日常感覚化して、自分もいつの日かこんな風に死ぬのだなとぼんやり考えるようになっていた。

そもそも二月二十六日の一斉逮捕は、会津藩当局が大庭恭平の挙動が怪しいと取調べ、大庭が「自分はスパイでした」と自白した結果に基づいていた。会津藩はその情報にもとづき、渋る京都町奉行所の尻を叩いてどうにか浪士捕縛の準備を固める。ところが二月二十五日の夜、大庭はひそかに「木首組」の同志に面談して、その計画を洩らすのである。諜報《ちょうほう》活動のはずが、いつのまにか相手の政治心情と同化してしまい、気が付いたら双方向的に情報を提供する立場になっている二重スパイの不思議な心理劇だ。

様子がおかしいと察知した連中はうまく逃げ、何も知らなかった面々だけが逮捕された。大庭恭平はそのとき一緒に捕まっているが、その正体は「死間《しかん》」（死ぬ運命のスパイ）として極秘扱いだから一般の会津藩士には何も知らされておらず、現場では無差別にポカポカ殴られて、手荒く縄を掛けられた。

この捕縛を境に秋田藩の浪士たちに対する扱いが変わった。急に藩社会の防衛を重視するようになり、生《は》え抜きの藩士でない者、平田鉄胤の直弟子でない者は冷遇された。もう柳馬場の佐竹邸には居られなくなり、さりとて一度役人に踏み込まれた三輪田綱一郎の寓居には帰れず、やむなく五条あたりの陋屋《ろうおく》に新しい住居を見付けるしかなかった。

あの木島伝兵衛は、手入れのあった日、律義に役人に抵抗して犬死した。無名氏を町家の瓦屋根伝いに逃がした後、二階の登り口を守って時間を稼ぎ、負傷して「役人の手にはかからない」と二階で切腹し、苦悶してのたくっていたところを見かねた捕《と》手《て》に介錯《かいしゃく》されて死んだそうだ。

秋田藩の支援が弱くなったという噂はたちまち反対陣営にも広まった。敵戦線のいちばん弱い部分を衝け、というのは戦術の鉄則である。無名氏らのグループは京都守護職や新選組が付け狙うところとなった。

こちらも向こうの攻撃を警戒して、移動する時は必ず群をなして歩き、何度か相手側の好戦的な挑発を避けたことであったが、幸運な偶然はそう何度も続かなかった。

ある日の夕刻、無名氏がのっぴきならぬ所用で宿を離れ、寺町筋の薄暗い横町を急ぎ足で歩いていた時、行く手から連れ立って近づいてきた一群の浪士隊士とすれ違った。

緊張で動悸が昂進《こうしん》し、頭に血が昇るのが感じられた。男は自分の心臓の音を聞いた。お揃いのダンダラ羽織、これ見よがしの長刀、われ劣らじと競い合う大髻《おおたぶさ》――いわずと知れた新選組の見廻り隊だった。

「率爾《そつじ》ながら物を申す」。前列にいた年かさの浪士が口を切った。「新選組の常の見廻りでござる。御貴殿の身分、御姓名をうけたまわりとうござる」

「拙者は信州のさる藩に籍を置く者。ゆえあって主の名は申せぬ。拙者姓名の義は名乗るいわれはござらぬ」

「さて胡乱《うろん》な言い訳。すぐその先に屯所の出張所がござる。とっくり問い糾したき儀あり。ちとご足労願おうか」

「そんな所へ行く筋合いはない！」

「何？　抵抗致すか。抵抗するものは捕縛せよ、とわれらは厳命を受けておる」

言葉遣いは丁重だが、態度は強圧的だった。後列の平隊士などは、すでに勝ち誇ったような冷笑をニヤニヤ口べりに浮かべ、いかにも刀を鞘走《さやばし》らせたそうに手を柄元に置いている様子だ。

事の成り行きは気に入らなかったが、二、三回言葉を交わしているうちに男の心はしだいに平静になっていった。諦念《ていねん》が男を支配したのかもしれない。向こうには名だたる剣客は居そうもなかったが、先方の人数といい、こちらの剣術の腕前といい、斬り合いになったらまず勝ち目はなかった。そう考えると、足はガクガクしたが、気持はかえって静まってくる。

いつかはこうなるだろうと思っていたが、そうか、自分はこんなつまらない勝負で犬死するのか。

せめてもの虚勢を張って腰の刀を抜き放ち、やあーっと正眼《せいがん》に構える。以前ならこういう場合には木島が陰に陽に庇《かば》ってくれたものだった。が、今は頼みにしようにも誰一人側に居合わせなかった。向こうは隊列を自然にほどいてばらけ、男一人を取り囲んだ。みごとな包囲隊型であった。よしんば男が豪の者であっても、集団戦法で抹殺できる。

戦《いくさ》馴れた連中は勝負を急がない。集団の一人一人が刀を抜き連れて前に立ちはだかるだけだ。そのまま時間を経過させて、相手が疲れるのを待つ。さすが毎日の鍛錬で訓練した筋肉は微動だにしない。一方、男は荒く肩で息をしはじめ、水平に保とうとする自分の刀尖《とうせん》が少しずつ沈んでゆくのを感じた。

手近な一人の刀が躍って、男の肩口にざくりと切り込んだ。衝撃が走った。痛みは感じなかったが、傷口とおぼしいあたりから急速に疲労感が広がった。何もかもが面倒になって投げやりな気持になる。

相手たちはじっと息を凝らしてこちらの様子を窺っていた。こちらを残酷にいたぶろうとする気配が見えた。

やがて第二撃が襲ってきた。今度のは手強《てごわ》かった。バラリズン！　鋼鉄の刃がそれぞれに異なる触感で筋と腱と骨を断ち、男は、自分の右腕が肩から切り離されて生き物のように地面を跳ね回るのを信じられない思いで見守った。

しだいに快く全身を浸してゆく深い眠気に身をゆだね、男はあたかも幽体が離脱するように、自分の身体がゆっくり血溜まりへ沈み込んでゆくのを観察していた。

これが犬死というものか。男は薄れゆく意識の中で最後にこう考えた。

船中裁判

一

銅鑼《どら》が音高く打ち鳴らされた。裁判の始まる定刻が近づいているという合図だった。明治四年十一月二十九日、西暦では一八七二年一月九日（火）午後五時五十七分。定刻の三分前だった。ここは三本マスト、四千五百トンの郵船《ゆうせん》（当時は飛脚船《ひきゃくせん》といった）アメリカ号の船上。場所は、北太平洋の北緯三〇度六分、西経一四五度七分の地点である。ハワイ沖をすでに通り過ぎ、予定されているサンフランシスコ入港まであと六日間の航程だった。

午後六時。定刻に銅鑼がもう一度鳴った。ディナー用の服装に身を整えた乗客が上甲板の食堂に集まった。日本近代史上、「岩倉使節団」と呼ばれる大規模海外旅行者の団体である。横浜でアメリカ号に乗り込んだ人数は四十六名。うち従者・召使・賄方などは食堂の集まりには出席しなかったろうから、ざっと三十名くらいが顔を揃えていた。いずれも今日はこれから何が始まるかと興味津々《しんしん》たる顔付きであった。

広い食堂はテーブルと椅子を並べ替えてすっかり模様替えされていた。天井のシャンデリアには新しい蠟燭《ろうそく》がつぎ足され、洗い立てのテーブルクロスで蔽《おお》われた各卓子《テーブル》にもランプが皎々《こうこう》と灯されて食堂はいつになく明るかった。そうした光に照り映える人々の顔も起ころうとすることへの好奇心に輝いているように思われた。

正面席には工部大輔《こうぶたいふ》の伊藤博文《ひろぶみ》がいつもの磊落《らいらく》な表情で坐っていた。その左側に坐を占めているのは、陸軍少将の山田顕義《あきよし》だ。伊藤の温和そうな表情とバランスを取るかのように厳《いか》めしい顔を作っている。伊藤は特命全権副使の肩書を持っており、山田は兵部省理事官の資格で岩倉使節団に参加している。今晩は、この二人の取合せは正副の議長という見立てらしい。

今夜の会合は食事会の形式で行われるらしい。頃合を見て、ホスト役の伊藤が西洋式にスプーンで皿の縁を叩いて列席者一同の注意を集めた。

「満場の諸君。吾輩《わがはい》は全権副使の伊藤である。このたび今宵の催しの議長を仰せつかったようであるからして、初めにまずこの催しの趣旨をご説明申し上げたいと思う」

拍手の音。ヒアヒアの声。列席者はみな、今夜の会合のことを前もって根回しされていたらしく、伊藤博文がこうした形で集会を仕切ることに特に異論はなさそうだった。伊藤は用意してきたメモに時々目を落としながら、この集会の目的について話した。だがそれに先立って、そもそも今アメリカ号に乗り込み、サンフランシスコに上陸するまであと六日に漕ぎ着けている岩倉使節団とは何であるのかをざっと説明しておくことにしよう。

岩倉使節団というのは、歴史事典的にいえば、明治四年十一月十二日（一八七一・一二・二三）から明治六年（一八七三）九月十三日まで、日本からアメリカ合衆国およびヨーロッパ諸国に派遣した大使節団のことである。正使は、当時太政官《だじょうかん》政府の右大臣だった岩倉具視《ともみ》であり、それが使節団名の由来になった。

副使には、参議（政府首班メンバー）の木戸孝允《たかよし》（幕末の桂小五郎）、大蔵卿《きょう》の大久保利通、工部大輔（工部省の次官）の伊藤博文、外務少輔《しょうゆう》（外務省三等官）の山口尚《なお》芳《よし》の四名の政府高官が加わっていた。その全人員は出発当初の四十六名から後で加わった随行員や留学生も含めて百七名の大所帯に膨れ上がった。

この正副使五名が出発直前に撮った記念撮影と見られる集合写真が残っている。岩倉具視が中央で椅子に坐ってガマガエルのようにふんぞりかえり、左右に、画面左から木戸、山口——岩倉を挟んで——伊藤、大久保の順に並んでいるのだが、副使の四人がいずれも断髪をポマードで固め、新調のタキシードにネクタイを付けてりゅうと決めているのに対して、岩倉具視だけは髷《まげ》頭と羽織袴姿で押し通している。それなのに靴を履いているという珍妙な恰好だ。船中でも上陸後もこのいでたちで、セレモニーの席では衣冠帯剣という変わった礼装で通した。但し、シカゴで以前から滞米していた森有礼《ありのり》や息子の岩倉具定《ともさだ》に懇々《こんこん》と諭《さと》されて断髪したそうだ。

こうした国際的なアップ・トゥ・デートと大時代なアナクロニズムの混在が、岩倉使節団の海の物とも山の物とも知れぬ珍獣的な性質を期せずして物語っている。

この使節団は、次の三項目にまとめられる国家的使命を帯びて海外に派遣された。

①条約締結国の国家元首への国書の提出。
②明治五年六月二十六日（一八七二・七・一）をもって改定期を迎える機会に行う不平等条約改正の予備交渉。
③西欧近代文明の調査。

これらの諸任務のうち、①は大過なく済んだが、②は予想外に実現困難だった。諸外国は、条約改正に応ずるほどには日本の文明開化度というべきもの——たとえばメルクマール（指標）としての罪刑法定主義の制度化が実現されているかどうか——は進んでいないという見解を示して条約改正を時期尚早とする態度を崩さず、また日本全権の側にも手ぬかりや失態が見られた。たとえばアメリカの首都ワシントンで改正談判を始めるまで使節一行は全権委任状が必須であることを失念していて、明治五年二月十二日と十三日、あわてた大久保利通と伊藤博文が相次いで日本に帰国し、委任状の下付《かふ》を仰いだという話が伝わっている。

こうして②の条約改正の現実性が薄れるにつれて、③の任務の比重が大きくなった。使節団一行は米欧を歴訪して西欧近代文明の諸様相に直接触れ、親しく見聞を重ね、得がたい体験を得た。国内では、国家予算を散財して物見遊山をするといった陰口もだいぶ聞かれたが、当今《とうこん》の急務は大至急西欧の文物制度を移入することにあるという口実のもとに強引に押し切った。

今日、明治日本の急速な文明開化政策の採用にあたって、岩倉使節団が果たした役割の大きさを評価することには、何人《なんぴと》も異論のないところであろう。

だが、そうした客観的評価は、その当時この使節団派遣に伴っていた多少のいかがわしさの印象や賑やかなドタバタ性とをいささかでも排除しない。

だいたい維新政府ができてまだ四年、新しい国家の青写真もまだ作られ切っていない多事多難な時期に、政府枢要《すうよう》の地位にある人士が内政をおっぽり出して海外へ向かうというのもかなりメチャクチャな話である。

そもそもの発案者は、佐賀藩時代からの縁で明治政府のブレーンになったフルベッキの進言を得た大隈重信だったという（『大隈伯昔日譚《せきじつたん》』）。大隈は当時参議の重職にあり、できれば自分が使節になりたかったが、国内に留めておこうとした木戸孝允・大久保利通らが熱心に外遊を希望したとか、内政を果断に処理するには薩長藩閥の雄を外に出した方がよいとか、さまざまな思惑の果てに、この際できるだけ当事者を外国に派遣してやろうという、いわゆる「鬼の留守に洗濯」の調子で計画を進めた結果、あのような大人数になったといっている。

こうしてネコも杓子も外遊旅行へと浮かれ出た後に残された「留守内閣」がまた曲者だった。メンバーは、太政大臣三条実美《さねとみ》はじめ西郷隆盛・井上馨《かおる》・大隈重信・板垣退助・江藤新平・山県有朋《やまがたありとも》・大木喬任《たかとう》らであった。明治政府の首脳陣がまるで歯が抜けたようにごっそり居なくなった後の波乱含みの内政——ちょうど廃藩置県の直後だった——の後始末を押し付けられたばかりでなく、使節団の出発前には各省大輔以上の政府高官が盟約書を書かされ、その第六条には「内地の事務は大使帰国の上で大いに改正するの目的なれば、そのうちなるべくだけ新規の改正を要すべからず」として留守中に大規模な改革を行わないことを約束させられ、いわば念書を取られた恰好になっていたから、「留守内閣」の面々は面白くないこと夥《おびただ》しい。

明治四年十一月十一日、横浜で岩倉使節団の歓送会が開かれた。その席は荒れに荒れたらしい。酩酊《めいてい》した西郷隆盛が井上馨に盃をさして「三井の番頭さん、差し上げる」と揶揄《やゆ》したと伝えられたのもこの席上である。使節団の留守中どんなことになるだろうかと大いに懸念された（佐々木高行《たかゆき》『保古飛呂比《ほごひろい》』五）。

大隈は木戸・大久保を外に出し、西郷と板垣退助が政治にうといのに付け込んで、それこそ「鬼の留守に洗濯」と有卦《うけ》に入《い》るつもりだったが、ところがどっこい事は思惑に反して、留守メンバーはみなそれぞれに一家言あるサムライぞろいであり、めいめいが各担当分野の改革を言い出して対立と不和を生じ、混乱を深めた。

その混乱がいよいよ嵩《こう》じてついに内閣の潰乱《かいらん》に至ったのが有名な征韓論論争である。朝鮮と戦端を構えるか否かの論点は、廃藩置県の後、大量に発生して社会問題化していた不平士族問題をどう解決するか――対外戦争による就職口確保か国内の労働市場開拓か――という根本的な政治選択に関わっていた。それがさしあたっては、西郷隆盛が自分の死を覚悟しながら朝鮮に派遣される全権大使の任務を引き受け大志が実現するかどうかの瀬戸際に差し掛かっていた。

外遊組もそうのどかには旅行を続けていられる情勢ではなくなった。

この間にあって、大隈重信が岩倉全権大使の帰国までは沈黙を守ってその旗色《はたいろ》を鮮明にせず、岩倉が帰ってからは反征韓派に投じたことにはとかく批判があった。外遊政府高官のうち、大久保利通はいちばん早く五月二十六日に帰国していたが、出仕せず形勢傍観《ぼうかん》を決め込んだが、朝鮮外交については慎重論であった。明治六年（一八七三）九月十三日、岩倉具視が全日程を終了して帰朝した。

岩倉は自分の不在の間の日本の国情をよく知っていた。特に旅先と日本とを往復した伊藤博文を通じて征韓論の成行きはよく承知していた。今実際に帰国してみれば、

①留守政府は欧米を知らない「井の中の蛙《かわず》」の癖に勝手なことを進めている、②命知らずの西郷隆盛が横暴な朝鮮と事を構えたら収拾不能になる、③外国との戦争を回避して「内治」を主とすべきである――以上三つの理由から西郷派遣には反対の態度を決め、着々と木戸と大久保に根回しした。十月十二日にまず大久保を参議に任じ、翌十三日に副島種臣《そえじまたねおみ》をも参議に引き上げた。

十月十四日、岩倉帰国後第一回の閣議が開かれた。大久保と西郷の論争は激しく火花を散らしたがその日は物別れに終わった。三条が閣議の経過を参内上奏《さんだいじょうそう》している間、西郷は不機嫌だったが、その酒肴の席で江藤新平が口にしたジョークに思わず哄笑《こうしょう》したという。

《三条公に決断を下せというのは、尼さんにマラを出せというようなものだ》（下中《しもなか》弥三郎《やさぶろう》『大西郷正伝』）

翌十月十五日の延長閣議は西郷が欠席。決定は三条・岩倉の二大臣に一任されることになった。岩倉は反征韓の意志が固まっていたが、十月十七日に辞意を表明した。西郷に譲歩している三条は両派の板挟みになり、ついに十月十八日の明け方に昏睡《こんすい》、人事不省に陥った。痙攣《けいれん》まで起こしているから仮病ではないだろう。この時の三条には必ず「小心な」とか「軟弱な」とかいった形容詞で修飾される。この人物が急病に倒れたことは、反征韓派には天から降ったようなもっけの幸いだった。ソレとばかりに蠢動《しゅんどう》を開始する。

岩倉と大久保が結束した。大隈と伊藤が暗躍した。十月十九日には三条が辞表を提出し、二十日、岩倉が太政大臣代行と決まった。こうして西郷の朝鮮行は絵に描いた餅に終わり、西郷を始めとする征韓派参議の副島・板垣・江藤・後藤象二郎《しょうじろう》の五名は一斉に辞職して野に下った。これがいわゆる「明治六年政変」である。

二

だが本篇の物語はまだ明治四年十一月二十九日。岩倉使節団がまだサンフランシスコに到着してもいない郵船アメリカ号の船上のことである。

じつは、十一月十二日の横浜出航以来二週間余り、時々は悪天候で船が揺れ、大勢の船酔い患者が出た他はまず順調に航海を続け、太平洋を横断している間に、使節団の中では一つの椿事《ちんじ》が持ち上がっていた。今夜の会合もそれを処理するための方便だったのである。その椿事とは何だったろうか。今しも議長席でいささか困惑気味に話を始めた、その伊藤博文の口から聞くことにしよう。

「えー、諸君の中にはすでに事情をご存じの方々もおいでと思うが、じつはわれわれ使節団の間でちと厄介な出来事が起きておって、解決を急がねばならぬ。吾輩ら正副両使だけで結論を出してもよいが、ともかくも万機公論に決すべき御時世のことであるから、すべからく衆論《しゅうろん》を重んじようとの意見が書記官の諸君から出て来た。欧米の流儀を見ならって、模擬裁判を開いてみたらどうかという提案じゃ。大久保にも相談してみたが、もはや始まってしまったことだから、この度は致し方なかろうと特に反対はしなかった。さて、裁判沙汰になったのは、こういう事件じゃ」

それから伊藤は船中の模擬裁判の元になった事件の顚末《てんまつ》を大要語って聞かせた。

「今般、船中で、二等書記官の一人で外務七等出仕の長野桂次郎《ながのけいじろう》とか申す御仁《ごじん》が、アメリカに留学生として派遣される女子学生――伊藤は「女書生」という当時の言葉を使った――に色事を仕掛けたそうだ。怪《け》しからぬ所業であるから、厳しく取り締まってほしいという訴えが大久保副使の所に持ち込まれたとのことで、処置に困った大久保が吾輩伊藤に扱いを任せられた。たしかに吾輩はかつて長州藩から海外密航を命じられたみぎり、英都ロンドンで苦学する合間にかの地の裁判を傍聴してみたことがあるゆえ、多少の心得がないわけではない。吾輩としては、この模擬裁判には大いに乗気じゃ。殊《こと》に、条約改正の下交渉に臨むにあたっては、先方から、わが国が少なくとも罪刑法定主義という法治国家の最低基準に達していることを要求してくるのは必定《ひつじょう》。だいたい使節団の内部で起きた不祥事の一つや二つ、自力で解決するくらいの自治能力がなくてどうする？

諸君は国家の重大時に政府から選ばれ、大任に当たるべく嘱望《しょくぼう》されて乗船してきた人士である。日本人の手でちゃんと処理できるということを証明して見せようではござらぬか。これからの交渉事で世界と互角に渡り合わねばならぬわれわれには又とない実地稽古の機会を見逃すことはないのではないか」

大食堂のテーブルに陣取っていた連中は我が意を得たりとうなずく。伊藤博文はいつも冗談ばかりいっている人間だか、場の空気を読むのが早く、人心を摑むのがうまかった。三十人ばかりの聴衆は、エリート意識をくすぐられ、使命感を煽《あお》られてたちまちやる気になった。みごと伊藤の弁舌にしてやられたのである。

もっとも船上の人ことごとくが伊藤博文のようだったわけではなかった。たとえば、理事官として乗船していた司法大輔（司法者の二等官）の佐々木高行は、かなり苦々しい思いで事の成行きを傍観していた。明治四年十一月の月末記事に、佐々木はこう書き付けている。岩倉、大久保・木戸・山田顕義らの長老格に共通した保守的な見解といえよう。

ある夕方、船中で突然裁判所を開くということになった。どうやら書記官連中が長期航海で退屈の余り、何か口実を作って欧米の体裁《ていさい》にならい、裁判の真似事をするらしい。よくよく聞いてみると、事の発端は、今般アメリカに派遣される女書生に対して、長野とかいう書記官が戯《たわむ》れかかったといって、右の女から大久保に訴え出たのを、大久保が伊藤に扱い（調停）を申し断じたことに始まる。それから大勢で集まって「代言人《だいげんにん》（弁護士）は誰、裁判官は伊藤・山田だ」とワアワア配役が決まってゆくのを見ていると、我輩高行はだんだん心配になってきて、「いつも頑固なことばかりいうようだが、我輩はこう思うがどうだろうか。もともと跡形もないようなことをでっちあげて裁判の真似をするのなら別に構うまいが、事の大小はともかく、実事があったことを裁判沙汰にしたら具合が悪かろう。女はもとより、長野にもキズになることだぞ」とその席上で主張したが、なあに、欧米社会でもよくあることですよ、何の問題もありませんと軽くあしらわれてしまった。大久保も、もう始まったことだから今回はどうしようもない。後日とくと言って聞かせるという意見だった。

だいたい欧米の裁判の真似事をするなどとは、全権使節団には不似合いのことではないか。欧米の強大国は少々不体裁なことがあっても構わないかもしれないが、わが国は今日やっと文明に向かって歩み出した、いわば赤子の状態である。まだ何の学力も功業もないのだから、為にならないことは何一つしないのがよい。日本人には人情として人真似をし、生意気なことを好む癖があるから、使節団内に軽率な所行《しょぎょう》があると、大いに諸子《しょし》に害毒になることを世に知らせる結果にならないかとわが愚眼には見えてならない。（原文カタカナ、『保古飛呂比』五）

なおこの記事の続きには、「副使にて伊藤などは、例の才子ゆえ、副使の体裁はなく見えて、我輩は驚きたり」という語句があって、佐々木と伊藤の間に不和ないしは反目があったことがわかる。また大久保については「右様《みぎよう》のことは反対の性質なれども、外国の事情には迂遠《うえん》にて、ついに巻き込まれ、許諾《きょだく》せる様子なり」と評している。

なお同記事の頭註欄には、「裁判の真似は、もっぱら福地書記官長ら主唱となり、伊藤へ申し込みたるにより、伊藤も右様のことは好む方なれば、大いに賛成せるとぞ」と書き入れがしてあって、模擬裁判のアイデアがどの辺から出たかの内情を明かしている。

福地というのは、第一書記官の肩書で使節団に参加していた福地源一郎のことである。世間には後年新聞記者・劇作家としての雅号、福地桜痴《おうち》の名で知られている。幕臣に生まれ、外国奉行支配通弁をしている時に幕府瓦解に際会《さいかい》した。明治になってからは佐幕派のジャーナリストとして活躍、政府に逮捕されたりしていたが、英語に堪能だったので大隈重信に拾われ、大蔵省御用に挙用《きょよう》されているところを岩倉使節団に書記官として随行するチャンスを得た。その後の生き方は常に政府支持の立場を取り、気骨はあるが機を見るに敏でもあるという世評がある。『幕府衰亡論』の著者。

また使節団中のもう一人の元老格、木戸孝允は、乗船中の日記には模擬裁判のことをいっさい書かず、そのかわり、明治四年十二月十七日、友人に宛てた手紙で、岩倉使節団内部の軽佻《けいちょう》浮薄《ふはく》な一派を憤《いきどお》っている。

大いに嘆ぐべきは、今日開化先進の人はみだりに欧米文明の境を賞し、我の百端備わらざるを説き候へども、その心多くは罵《ののし》るにありて、歎ずるにあらず。その証は、米人らの挙げて懇待《こんたい》厚遇、その心もっぱら我を誘導するにあり。しかるに、一船中にても僅々《きんきん》の人にて、書記官は理事官を愚弄するとか何とか多少その気味（「風波」と訂正）紛紜《ふんうん》（ゴタゴタ）なきにあらず。（「杉山考敏《たかとし》宛書簡」、『木戸孝允文書』四）

ひところの人気漫才で「欧米か？」というギャグが流行ったことがある。日本のように、歴史上何度か強力な外圧に曝《さら》され、またそれに対するストレス（対抗的外圧）を自国変革のエネルギーに転化してきた社会ではよく見られる現象であるが、極端な外国崇拝が時たま起こって社会風俗になる。終戦直後のラジオ放送でカムカム英語が盛んだったのを苦々しく思い出す年輩の読者もいるだろう。明治の初めもその例に洩れず、猛烈な欧米崇拝の天下だった。

欧米派の人々は何かというとわが国固有の文化の至らないところを言い立てるが、

その本意は日本文化を批判するというよりは、むしろこれを痛罵《つうば》することにある。その何よりの証拠がアメリカ人の岩倉使節団に対する懇切な接待であり、好待遇である、と木戸孝允は警告する。

彼らがわれらを厚遇するのは、もっぱら利益誘導するためである。その策略は早くも功を奏しはじめている。

アメリカ号の船中でも、厚遇されているのは僅《わず》かな人々であり、そのため、書記官は理事官を愚弄するなどさまざまなゴタゴタが生じている。

木戸孝允はこのように岩倉使節団内部における書記官グループの増長を白眼視しており、理事官たちが愚弄されていることに義憤を感じているように見受けられる。

では、書記官と理事官とのこの対立の裏にはどんな因縁が存在していたのだろうか。

まず、書記官の役目は一等から四等まで範囲の広狭《こうきょう》はあるが「文書・法案・通弁・会計の事務を分掌《ぶんしょう》または兼任」（『大使全書』——岩倉使節団の事務記録）する、と規定された権限を与えられている。いずれも外国側の同様の部局と丁々発止《ちょうちょうはっし》渡り合わねばならぬ職掌だから、一等書記官三名（福地源一郎・田辺太一・何礼之《がのりゆき》）、二等書記官四名（渡邊洪基《ひろもと》・小松済治《さいじ》・林董《ただす》・長野桂次郎）、三等書記官一名（川路寛堂《かんどう》）、四等書記官二名（安藤太郎・池田政懋《まさのり》）計十名はすべて外務省の役人であり、語学に長じていなければならなかった。ごく若い世代を除けば、たいがいは全員が幕僚か佐幕藩出身者の対外実務にたけた連中だったのである。

　これに対して理事官の方は、これも『大使全書』に「一科の事務を担当弁理《べんり》するの権」を持つと規定されている。明治政府が新国家の事業として着手すべき諸担当分野で責任者たり得る各省庁の一等官クラスの人材が派遣されていた。実際に理事官として乗船している顔ぶれを見ると、田中光顕《みつあき》（戸籍頭《がしら》）、東《ひがし》久世《くぜ》通禧《みちとみ》（侍従長）、山田顕義（兵部省）、肥田為良《ひだためよし》（造船頭）、佐々木高行（司法省）と維新の貢献者の名前が揃っている。いずれもめいめいの責任分野のエキスパートであり、書記官よりも重い決定権があった。それぞれが随行員として若干の専門官（テクノクラート）を引き連れていた。

　だが乗船後の現場感覚では、実務能力の方が物をいった。書記官たちが実権を揮《ふる》うのである。英語ペラペラでなければ実戦では物の役に立たない。語学技術屋はなかなか侮れない。佐々木高行も「書記官はみな職人同様にて、給金さえ高くば来るべし。給金安く、かつ軽蔑に逢うようなればお断りと申す勢いなり。書記官には旧幕人多数なれば、使節初め理事官ら、維新の仇《あだ》がえしを食わされた景況なり」（『反古飛呂比』五）と苦笑している始末だ。

　大使随行の権少外史《ごんしょうがいし》（六等官）だった久米邦武《くめくにたけ》も『米欧回覧実記』の中で、岩倉使節団は過半数が攘夷《じょうい》論者だったと書いている。旧幕臣は幕末の外交交渉で苦労してきた開国派上がりだった。サンフランシスコに向かうアメリカ号は文字通りの呉越同舟だったのである。

司法省専門官として連れて来られた平賀義質《よしただ》はつらい立場だった。使節団々員たちの食事作法が目に余ると同乗の外国人先客から苦情が寄せられると、西洋料理の食事マナーを一々箇条書にして貼り出すという気の遣いようだった。すると、かえってこれに立腹して反発するのが攘夷派のサムライたちだ。わざと音を立ててスープを飲んだり、薩摩藩の村田新八（東久世理事官随行）などはビーフステーキをフォークで芋刺しにして口に運んだりして盛んに平賀にアテツケた。

三

伊藤博文が船中裁判の実施になぜかくも熱心だったかの理由はよくわからない。福地源一郎のはしゃぎぶりは、日頃の性格からいってそう不思議ではない。おそらく伊藤は、持ち前の老獪《ろうかい》さで、一方では長野桂次郎のやり過ぎをたしなめて書記官一派にお灸を据えておき、他方では保守的な使節団と理事官連にいい顔をしておこうと、いわば漁夫の利を狙ったのではないだろうか。

理事官の一人だった佐々木高行などはそうした伊藤の動きにはいつも警戒的であり、ありていにいえばそんな伊藤を嫌っていた。十二月十二日の日記でも、「伊藤は少し通弁もでき、文字読めるなれば、とかく権力はあることと見えたり」（同前書）と反発する感情を露骨に書き綴っている。

これはサンフランシスコ到着後のことであるが、佐々木はなにぶん言葉は通じないし、英文は読めないしで不自由したが、通弁は自分の随行として連れて来た平賀義質がしてくれるので大体のことはまかなえたという。平賀は元筑前福岡藩士で慶応三年（一八六七）、藩命でアメリカに留学し、法律を学んだ。後に『米国加利忽尼亜《カリフォルニア》州刑典』の翻訳もあるから、アメリカ法に強かったのだろう。佐々木はこの男を懐刀《ふところがたな》として重宝《ちょうほう》していた。日本では司法大輔である佐々木は、平賀の助言で、アメリカ側の裁判官に対してみずから「裁判官頭《ジャッジ》」と称して応接し、そのことは岩倉正使にも了承を得ていたが、これに異論を唱えたのは伊藤だった。伊藤は「副公使」と称するべしと主張し、押し切ったのである。まあこんな具合で佐々木理事官と伊藤副使との間柄はけっこうギクシャクしていたのである。もしかしたら、その前哨《ぜんしょう》戦ないしは代理戦争が、十一月二十九日に開かれた船中裁判の法廷闘争だったのかもしれない。

実際、伊藤はかなり周到にこの模擬裁判の配役を準備していたふしがあるからである。

食堂の集会では、かねての申し合わせ通り、正副の議長だった伊藤と山田の両名がそのまま異論なく裁判長と副裁判長に横辷《すべ》りした。伊藤はすぐ、あらかじめ用意していた人選の腹案を読み上げる。予定通りである。

伊藤のすぐ隣には駐日アメリカ公使のデロングが後見人よろしく坐を占めていた。伊藤が時々英語で話しかけている。どう見てもデロングに気を遣っているようにしか見えなかった。

日本人にも法治国家にふさわしい近代的な裁判がやれるということを実地に示さなくてはならなかった。昔の御白洲だったら容疑者はまだ自白していない犯人として扱われ、拷問《ごうもん》に掛けられるのが普通だった。「被告人」の概念がまだ新しかったのである。

被告人にされる人間は、初めから明らかだ。女子留学生に怪しからぬ振舞いに及んだとされている長野桂次郎である。いろいろ因果を含められてすっかり覚悟を決めている様子で、裁判長伊藤の正面に着席していた。その斜め後ろの椅子に陣取って長野の耳元に何か囁《ささや》いているのは三等書記官の川路簡堂だった。代言人（弁護人）という役どころである。

人々の役割を定めるといっても、この時代にはまだ、現代のわれわれがごく自然に使っている被告・原告・弁護人・検事といった裁判関係に必須である一連の名称群は存在しなかった。やっと明治五年八月三日に制定された『司法職務定制』によって「検事」「代言人」「判事」などの職名が用いられるようになった近代法の草分けの時代だったのである。船中裁判を始めた連中は、法廷を維持するどころか、まず、法廷をどう組み立てるかの問題に直面して大いに当惑しなければならなかった。

岩倉使節団の大半の人間は、司法や裁判の分野には明るくなかった。みな江戸時代以来の御白洲裁判の伝統に慣れていて、法廷といえば、お奉行が容疑者をきゅうきゅう取り調べる糺問所《きゅうもん》と心得ていた。そんな古いアタマに、いきなり、あらゆる裁判を政府——対——被告人個人の戦いと見る近代訴訟制度を理解させようとしても土台無理な話だった。だがそれを強行した若手書記官連の欧米志向も相当腹が据わっていたと評すべきかもしれない。

本気でこれをやるとなると、まずぶつかるのは裁判管轄権の問題だった。長野が事件を起こしたのはアメリカ号の船上である。訴えられたような犯罪事実がもしあったとすれば、長野を逮捕し、監禁し、裁判に掛ける権限は船長に属する。米国船籍のアメリカ号の船内で行われた違法行為は、米国の法律で裁かれるから船内で開かれる法廷はアメリカ号内臨時裁判所の資格を得ることになる。

しかし、伊藤から相談を受けたアメリカ号船長のトーンはこの話にあまり乗気ではなかった。せっかくこれまで何度か太平洋を往復横断して、大したミスもなく、平穏な航海の実績を挙げ、それなりのキャリアを築いてきたトーン船長だった。今更自分の権限で船中裁判を開くなどという大バクチを打つ気持はなかった。

アメリカ号はパシフィック社所有の郵船の中でも随一の美麗な船だった。長さ三百六十三フィート（約百十・六四メートル）、幅五十七フィート（約十七・三七メートル）、高さ二十三フィート（約七・〇一メートル）。全四十六室。九十二人収容可能。乗組員総勢百三人。——アメリカまで政府使節団を乗せて運ぶだけでも充分名誉になる。これ以上危ない橋を渡る気は毛頭なかった。

乗客の一人として同船している駐日アメリカ公使デロングもそれと同意見だった。デロングは使節一行に終始同伴してあれこれ世話を焼き、夫婦連れ立って同じ船で帰国するなどいろいろ親身になってやってくれたが、そのかわり、口出しも多く、差出がましかったので、佐々木ら理事官たちには不評だった。「公使デロング、この度は殊の他外権《がいけん》（正規の命令系統以外の事実上の権限）あり」「全体使節に権なし。書記官は跋扈《ばっこ》し、デロングは勢いに乗じ、思うまゝに振る舞いけり」（明治四年十二月十二日、『反故飛呂比』五）という調子なのである。

岩倉は自室にどでんと構えて船中で起きていることに関心を示さなかった。木戸孝允も表面では無関心を粧《よそお》っていたが、船中での自分がただ空疎な敬意を払われているだけで日一日と時代遅れになっていることを痛感していた。大久保は最初長野の事件を聞いた時、「若い者によくある不始末じゃ。後でとっくり言って聞かそう」ぐらいの判断だったが、話がだんだん大きくなるのに驚き、吾輩は欧米の流儀にはうといとダンマリをきめこんでいる様子だった。

正副使節・理事官クラスのうち、やはりいちばん事の成り行きに興味を持っていたのは佐々木高行だったろう。佐々木は使節団上層部の実権が口八丁手八丁の伊藤博文に移ってゆくのが腹立たしくてならなかった。それだけに、伊藤が今回の船中裁判にいやに熱心なことの裏にも、きっと何かあるなと警戒を怠らない。まさか利権というほどのことはないだろうが、必ずや「腹に一物」あるに違いなかった。そう思ってみれば、あの福地源一郎が変に張り切って裁判の準備にいそいそしていることも腑《ふ》に落ちた。伊藤は明らかに福地を助手に使って、自分の軸足を書記官連中の欧米派の方に移そうとしている。慎重な伊藤のことだから、瀬踏みをするだろう。もしかしたら、この模擬裁判がその瀬踏みなのかもしれない。

佐々木としてはただ拱手《きょうしゅ》傍観しているわけにはゆかなかった。岩倉は別格として、大久保・木戸・山田・東久世などの間には、漠然とした心情的なものに止まっていたけれども、保守的・国粋的な意識の持ち主としての連帯感が暗黙裏に形成されていた。見す見す欧米派のやりたいようにやらせておく手はない。だが、佐々木にできることは、さしあたり、腹心の平賀義質に言い含めて、平賀を解部《ときべ》として法廷に送り込むぐらいのことだった。平賀の腕次第では、長野を有罪にして書記官一派に釘を刺す程度にはできるかもしれなかった。

ところで、「解部」とはいかにも耳慣れない言葉だが、これは律令時代から伝わる古い司法用語で、明治の太政官政府にも受け継がれた。刑部省《ぎょうぶ》の職員であり、被疑者の糺問にあたったが、明治八年（一八七五）、『明治職官沿革表』によって廃止された。代わって定着したのが「検事」という職名である（明治七年一月二十八日、太政官達第十四号『検事職制章程』）。つまり、この模擬裁判の時代には「検事」の名称はなく、「解部」がその役割を務めたのである。

だが、さすが欧米の法廷を模したものらしく、新奇な光景も眺められた。被告席の後方に十二の椅子が並べられていた。福地源一郎が真ん中に大きな顔をして坐っていた。これが当時「文明国共通の制度」（林頼三郎《らいざぶろう》『日本陪審法義解《ばいしんほうぎかい》』）と理解されていた「陪審員」の席のつもりだったのである。

この「陪審」という用語は明治九年七月十日の郵便報知新聞に用例が見つかるが、明治四年には果たしてどうか。ジュリー（jury）という原語そのままではなかったにせよ、おそらく「立会人」といった訳語で間に合わせていたのではあるまいか。

模擬裁判では十二人という定員が機械的に踏襲され、伊藤はその員数を取り揃えるのに苦心したらしかった。全部を書記官連で固めたのでは不公平だし、証人になってもらう人も取っておかねばならない。人脈の広い福地に助力を頼んで定員をどうにか満たしたはよいが、何をしたらよいのかわからず、やっとその席に坐っているだけの手合いもいる有様だった。

模擬裁判はこういう具合にテンヤワンヤで始まった。

伊藤裁判長が開廷を宣し、型通りに被告人の人定質問《じんていしつもん》の真似事があって、長野が自分の身上《しんじょう》について述べた。

「私は士族の長野桂次郎と申します。天保十四年（一八四三）卯《う》の生まれで当年二十九歳です。本年、二等書記官・外務省七等出仕を拝命致しました。それまでは金沢洋学館教授を務めておりました」

「よろしい。同人を本人と認定する」

「オブジェクション！　意義あり。同人の人定に不服あり」

解部の平賀がびっくりするほど大きな声を出して割って入った。この言葉を使いたくてうずうずしていたかのようだった。「本官は、被告人のアイデンティティつまり同人が本人であることに重大な疑義を持ちます」

「疑義を認める。解部は発言を続けたまえ」

「裁判長、有難うございます」

平賀は伊藤に一礼するとやおら被告席に向き直った。場慣れしている感じだった。

「本官の見るところでは」と、平賀は長野を睨《にら》み据えながらいった。「被告人は、自分の身上についてすべてを明らかにしていない。自分の過去を故意に秘匿《ひとく》しているのではないか」

「これは心外千万」と長野。

「ちと控えられよ。長野殿。いやさ、役儀によって以下呼び捨てに致す。被告人長野桂次郎とは、汝《なんじ》の本名ではあるまい。正しくは立石斧次郎《たていしおのじろう》。実の父親は直参旗本小《お》花《ばな》和《わ》内膳正《ないぜんのかみ》度正《のりまさ》（のち日光奉行）。オランダ通詞《つうじ》立石得十郎の養子になり、安政七年（万延元年、一八六〇）に日米修好通商条約批准《ひじゅん》のため、小栗上野介《こうずけのすけ》らの使節団が渡米した折、汝は養父と共に通訳見習として同行しておるな。この重大な事実を隠蔽《いんぺい》しているのではござらぬか」

「隠したわけではない」

「いや言い訳無用。なぜ被告人が右の事実を隠そうとするのか、本官は浄玻璃鏡《じょうはりきょう》に照らすごとく明瞭に調べておる。被告人にはこの時「女たらし」なる噂がある。その悪評がもたらす不利を回避せんがために、被告人は俗にいう《クサイ物に蓋》の挙に出たのである」

四

平賀はなかなかよく与えられた役割をこなしていた。憎たらしいくらい真に迫って解部つまり検事役を演じていた。被告の身辺もじつによく調べていた。というより、長野はじめおおむねは二十歳代の書記官連中に対する反感が、ホンネになって噴出しているかと思わせるほど雄弁だった。

われわれもこの際、平賀の雄弁に便乗して作中の今から十一年の昔、前髪姿も凛々《りり》しかった頃の斧次郎少年の色道武勇伝をちょいと参照してみよう。

この年の使節団一行はアメリカでたいへん歓待されたが、中でも最高に人気が集まったのは、十七歳の立石斧次郎であった。若年ながら進取の気性に富み、通訳見習の資格で使節団に加わっていたのである。大部分の人間が初めての異国の旅とあってコチコチに緊張しているなかで、ひとり屈託なく明るく振舞い、馬車の上からハンケチを振って応対する少年武士の姿はよく目立ち、好感をもって受け入れられた。

現地の新聞には、斧次郎は背丈が小さいが、コーカサス人種のような外見と東洋人特有のアーモンド形の眼の取り合わせが魅力的だと紹介されている。にっこり笑うとすばらしい歯が輝き、みずみずしく生気を放ち、休みを知らない小動物のように活発だった。猛烈に知識欲が強く、眼にした事物は何でも「これは英語で何といいますか」と質問して単語帳に書き入れる。ぐんぐん英語がうまくなり、同行記者団も驚くほどの上達ぶりだった。当人が心から会話を楽しんでいた。

斧次郎はたちまちアイドルになり、そのうち誰が言い出すともなく皆から「トミー」と呼ばれる人気者になった。「トミー・ポルカ」という歌が流行したくらいである（赤塚行雄『君はトミー・ポルカを聴いたか』）。

人気者トミーの愛称は、新聞記事を通じてアメリカ社会に広められた。ワシントンで十六歳のアメリカ娘が熱を上げ、自分の肖像を写した銀板写真を贈って言い寄ったそうだ。アイドルなみの人気である。行く先々に、大勢がトミーを一目見ようと詰めかける。歓迎会の会場には、招待客でない人々までが押し寄せてきた。トミーの周囲にはいつも人だかりの輪ができた。とりわけ御婦人連はトミーを放そうとせず、争ってサインを求めた。奇妙な文字は読めなかったが大満足であった。恋心が募って帰ろうとせず、ホテルのロビーから押し出される少女も出た。記者のインタビューに答えたトミーは、ゆくゆくはアメリカの女性と結婚したいといって、寄せられてきた写真のコレクションを自慢そうに見せるのであった。

新聞の紙面に「昨夜のトミー」という見出しが躍るまでになり、あんまり人気を独占して得意げなものだから、とうとう小栗上野介から「お前は少しハシャギすぎだ」と叱責された。そうするとすぐ「トミーが上役からハラキリをさせられそうだ」という噂が流れ、翌日の新聞に私たちのトミーをいじめるなという記事が載った。手の付けられない騒ぎだった。

この花から花へとひらひら飛び回る少年にとってはポウッとなった少女などイチコロだった。いや、元服年令をとうに過ぎた今でも乙女心をモノにすることなどお茶の子さいさいだったろう。

こんな艶福《えんぷく》まみれの経歴の持ち主は、世間ではどちらかといえば少数派である。その男が明治維新を機に長野桂次郎などとしおらしく改名し、何喰わぬ顔で新政府の使節団にまぎれ込んでいるのは癪《しゃく》のタネであった。

平賀はしすましたりと落ち着き払い、懐中から用意してきた書類を読み上げはじめた。今日いう「検事論告」のつもりらしかった。

被告人の長野桂次郎、別名立石斧次郎は、十一月十八日午後七時頃、五人の女書生が甲板の共同長椅子（ベンチ）に並んで腰掛けて休息中、五人のうち吉益《よします》亮《りよう》（十五歳）が船酔いで気分を悪くして船室に戻ったのを目撃し、夕食時に供された葡萄《ぶどう》酒約〇・七リットルを体中に摂取した酩酊のせいもあったが、にわかに劣情が萌《きざ》したところ、介抱を口実に同女の身体に触れ、撫で回し、あまっさえ同女の帯を解き、接吻を強要するなどの淫行に及んだ。

幸い、同じ留学生仲間の上田悌《うえだてい》（十六歳）および同津田梅《つだうめ》（八歳）が早めに部屋に帰り、あわや唇を奪わんとする刹那《せつな》に一喝を加え、危うく事なきを得た。ちなみに、上田悌以下五人の女子留学生は出発前に皇后陛下から賜った「成業帰朝の上は婦女の模範とも相成るよう心掛け日夜勤学致すべきこと」というかたじけないお言葉を拳々服膺《けんけんふくよう》（心に銘記し、忘れぬようにする）し、けなげにも船内の便所へ行くにも必ず五人一組で行動し、水夫の粗暴な振舞いに対する警戒を怠らずにいたのであるが、あに図らんや、痴漢は日本人の中にいたのはきわめて遺憾である。

ともかく上記上田の一喝で、被告人は犯行未遂のまま現場《げんじょう》からこそこそ逃亡し、逮捕もされずに今日に至っている。一方、この事件は多くの乗組員・船客の間に広まり、噂が噂を呼び、最後には被害者の吉益亮までその名誉を毀損《きそん》するようなあらぬ風評さえ立つに至った。こうなったら書記官の卑劣な行為を放置できず、被害者吉益亮と女書生総代上田悌とが熟議を重ね、再三合議した結果、大久保副使まで訴え出たものである。

本官としては、被告人長野桂次郎の犯罪行為は、ひとり大志ある優秀な女子留学生の将来を傷付けたのみならず、これから海外の使命に赴こうとする日本人全部の信用をも失墜させる重大な失行《しっこう》であると断言せざるを得ない。

よってもって本官はアメリカ号内臨時裁判所解部の権限において被告人長野桂次郎の破廉恥《はれんち》な行為を有罪と認定し、かつ弾劾《だんがい》するものである。

法廷内にざわめきが起きた。裁判の構成員になっていた者も、ただ傍聴していた者もみな各人各様に自分の反応を言葉にならない声で表現したのだ。中でも人目を引いたのは、会場の一画に身を寄せ合って固まっていた五人の女子留学生たちだった。

その五人というのは、ここでまとめて紹介しておくと、次の面々である。全員が当時開拓使長官だった黒田清隆《きよたか》の推薦した女性であり、みな旧幕臣か佐幕派武士の子女であった。年齢順に、①外務中録上田畯《しゅん》（東京府貫属《かんぞく》士族）の娘悌《てい》（十六歳）、②吉益正雄（東京府貫属士族）の娘亮《りょう》（十五歳）、③青森県士族（元会津藩家老）山川尚江《なおえ》の娘捨松《すてまつ》（十二歳）、④静岡県士族永井久太郎の養女繁《しげ》（九歳）、⑤津田仙（東京府貫属士族）の娘梅《うめ》（八歳）。——「貫属」とは本籍地のこと。五人はアメリカ号の船内ではいつも和装で通した。皇后に拝謁して皇居を辞し、その足で写真館に行って撮った揃いの記念写真が残っている。同じ和服でも上田悌・吉益亮・永井繁の三人は髪形やら腰高に締めた帯やらいかにも娘々しているが、山川捨松と津田梅とはまだおぼこな少女である。画面中央の捨松は稚児輪《ちごわ》の結髪（少女の髪形）なのにおとなびた姿態が目立つ。

今、船中裁判の法廷でも、このやたらに人目を引く五人組は一様に血の気の引いた、険しい顔付きをして男はいっさい寄せ付けぬとばかり袴の紐《ひも》を引き結んでいた。真ん中にいる吉益亮は自分のことがすっかり大問題に発展したのに仰天して、昂奮《こうふん》のあまり泣き出しそうになっていた。

が、何といってもいちばん激昂《げっこう》し、怒りに我を忘れて平賀に摑みかからんとするほど怒り狂っていたのは、被告人席にいる長野桂次郎当人であった。

「話が違うぞ！　平賀さん、あんたはただ俺《おいら》が吉益嬢の気を悪くさせたことを認めるだけでいいと言ったじゃないか！　そうすりゃ有罪答弁をしたことにしてやる、と約束したはずだ。こんな風にあることないこと全部法廷で喋《しゃべ》くるとは言わなかったぞ」

有罪答弁というのは、公判を迅速《じんそく》に進めるためになされる司法取引で、法廷では検察側と被告側が事実関係を争わず、被告があらかじめ罪を認め、その代わり、検事も求刑を軽減するというもの。アメリカでよく行われる法的慣習。

平賀はまるで予期していなかった反応にかえって当惑した態で、途方に暮れて裁判長の伊藤を見た。こちらは素知らぬ顔で代言人（弁護人）役の川路簡堂をうながす。

まだ若い（二十八歳）簡堂は心持ち顔を紅潮させて立ち上がり、淀みなく弁論を開始した。

「本職は、いわゆる有罪答弁なるものには関知しません。ただ事実を、事実関係のみを明らかにして被告人の無罪を立証します。解部の論告は、被告人が犯したと称する違法行為をいたずらに非難し、弾劾を加えるのみであって、全然事実を検証していない。第一、解部は被告人の有罪を初めから確信しておいでのように見受けられるが、果たしてしかるや。解部はいかなる根拠にもとづいて被告人を有罪とされるのでありますか」

「言うにや及ぶ。吉益嬢が訴え出られた淫行の数々である」

「それらは本当にあったのでしょうか？」

「明々白々でしょう」

「事実として立証されていますか？」

「そうです、そうです。そんな事実はまったくなかった」。長野が急に元気になる。

「オブジェクション！」。突如として甲高い女の声が廷内に響いた。吉益亮だった。

怒りでか羞恥でか声が震えていた。「いけ図々しいったらありゃしない！　あの晩妾《わらわ》にあんな恥ずかしいことを仕掛けておきながら。何でそんな言い逃れをなさるんですか？」

「と、いうのが当事者の一方の言い分です」と簡堂がしゃあしゃあと口を挟んだ。「まだその言い分が事実あると確証されたわけではありません。もちろん本職は、被告人の代言人ではありますが、原告人の主張も、もう一方の当事者の言い分として扱います」

伊藤は満足そうにうなずき、平賀と川路に裁判の進行をうながした。平賀がいった。

「解部側の証人として瓜生震《うりゅうしん》を呼びます」

「よかろう。証人はまず姓名を述べ、それから宣誓をすること」

その宣誓が一悶着《ひともんちゃく》だった。形式通り、聖書に手を置いて真実以外の事は口にしないといえばそれで済む話なのだが、傍聴席にいる攘夷派の輩がまたぞろ異議を唱えたので、やむなくキリスト教色を排して、「私は天地神明に誓って虚偽の申し立ては致しません」という文言で落着した。平賀は緊張気味の瓜生の気持を和ませるように、

「証人は十一月十八日の午後七時頃、長野桂次郎と吉益亮が一緒にいるのを目撃したかね？」

「はい。見かけました」

「場所はどこだね？」

「本船の甲板です」

「二人は何をしていたかね？」

「甲板の共同長椅子に密着して坐っておりました」

「吉益亮は迷惑していたようだったかね？」

「オブジェクション。解部は証人を誘導尋問しています」

「異議を認めます。解部は予断による質問は控えるように」

「質問を変えます。長野は吉益亮にどんな動作をしていましたか？」

「うーん。よくは見えませんでしたが、たしか、手を撫でたり、背中をさすったりしていたように思います」

「思います？」

「いや訂正します。撫でたり、さすったりしていました」

「結構です。証言有難うございました」

平賀は引き下がった。すでに甲板から何らかの疑惑を招く「行為」があった事実を立証できたのだから、証言はこの辺で充分だった。

次いで、川路が代言人側証人を呼ぶ番になった。今度の証人は意外にもアメリカ人で、この船に二等航海士として乗務しているシモンズという甲板員だった。日焼けした大きな身体を縮めるようにして証人席へ進み出ると、何のためらいもなく聖書に手をかざして宣誓を済ませた。同人は日本語を解さなかったので、以下の質疑応答はすべて川路簡堂の通弁で行われた。簡堂は旧幕臣だが、幕末には幕命でイギリスに留学し、維新後は官途に就かず、横浜で貿易業を営んでいたところを今般使節団書記官に抜擢されたのである。通弁に難点はなかった。

「証人は十一月十八日の午後七時頃、長野桂次郎と吉益亮が一緒にいるのを目撃したかね？」

裁判長以下、法廷構成員も傍聴人もみな一様に首を捻《ひね》った。これでは解部の証人尋問と一言一句同じではないか。代言人の真意はどこにあるのか？

「イエス、アイ、ディッド」とシモンズは答えた。「私は目撃しました」と川路は訳した。

「二人は何をしていたのですか?」

「ヤング・レディは船酔いで苦しそうにし、ナガノはしきりに介抱していました」

「吉益亮は迷惑そうにしていましたか?」

「ぜーんぜん。叫びも騒ぎもせず、そのまま介抱され続けていました。アメリカではレディが困っているのを見たら、男性が助けるのは当たり前のことです」

「被告人に伺います」と、川路代言人がすかさず言葉を挟んだ。「どういう意図で吉益嬢に近寄ったのですか?」

長野はこのチャンスに飛び付く。「証人のおっしゃった通りです。精一杯介抱したつもりでした」

「嘘です!」。いきなり、上ずった声が割り込んだ。「そんなことはありません。長野さんは口ではいろいろ言いながら、手ではアタ厭《いや》らしいことばっかり。妾はイヤでイヤでなりませんでした。ただ長野さんに恥を掻かさないように一所懸命我慢して静かにしていただけです」

「静粛に、静粛に」と伊藤裁判長が懸命に制した。「本官はまだあなたの発言を許しておりませんぞ。不規則発言は控えていただきたい」

「すみません、裁判長。証人も、長野さんも、あまりでたらめなことをおっしゃるものですから」

「抗議します。ワタシは決して嘘を吐いていません」
成り行きがわからずキョトンとしていたシモンズが川路の通訳を聞き、にわかに憤然と怒り出した。長野はそっぽを向いている。吉益亮は混乱して泣き出した。伊藤裁判長は困惑を豪傑笑いで誤魔化した。傍聴席では誰か知らないが、攘夷派らしい男がしきりに憤慨していた。

「けしからんぞ。女に恥を掻かしてどうするんだ？　こんな私事を裁判沙汰にするのは許せん」

「武士の風上にも置けん。士道不覚悟じゃ。長野に腹を切らせれば済むことではないか」。同意のうなずきが広がった。放っておけばいちばん慣習的で、したがっていちばん安直な解決方法を取ろうという《世論》が醸出されそうな雰囲気だった。伊藤はあわて、川路は必死になって事態の収拾に取り掛かった。ともかくこの裁判を立て直さなくてはならない。「証言有難うございました。どうぞお引き取り下さい。双方の証言が食い違うのは普通のことです。シモンズさん、あなたは宣誓されていますから、法廷はあなたの言葉を真実と見なします」

川路は同じ事を英語で繰り返し、シモンズは安心したのかにっこりして退廷していった。

五

伊藤はほっとしたように川路に黙礼すると、磊落ぶって法廷に話しかけた。

「まあ、ご婦人と殿方とでは言い分が違うことはよくあることでして、だから小唄の文句にも〳〵露は尾花と寝たという、尾花は露と寝ぬという、とあるくらいでして……」

しかしこのギャグは全然ウケず、かえって失笑とムッとしたような沈黙で迎えられた。伊藤はうろたえて笑みをひっこめ、川路は心ならずもその場の空気を取り繕《つくろ》う役目をしなければならなくなった。

船中裁判は、今開かれてはいるものの、何をしようとしているかの理解はまちまちだった。ある者には長旅の退屈しのぎの座興であり、またある者にとっては、これから日本を待ち受けている万国共通のルールによっての法治の実習であった。

「この模擬裁判の趣向は、いや、趣旨というか目的は二つあります」と、川路は伊藤の表情を窺いながら、適切な言葉を探した。

「その第一は、船上の一使節団員が起こした犯罪――と嫌疑を掛けられた――行為を審判することであります。現に本法廷でも証言が割れたとおり、被疑者即有罪者と断定することはなかなか難しいのであります。

その第二は、裁判を国際的に通用する訴訟原理――海外では《適法手続《デュー・プロセス》》とか申すそうです――にのっとって実施することです。わが国が官民こぞってめざしているのはこの方向でございまして、いったんこのコースを選択したからには二度と後戻りすることはできません。今、使節団は不平等条約の撤廃を求めてアメリカに向かう途中でありますが、アメリカだけではない、海外先進諸国は口を揃えて日本に法治国家であれと要求しています。条約改定に応じるのはそれが条件だ、と公言しているくらいです。

使節団員諸兄がよくご存じのように、今回、諸外国に改定を申し入れる争点の一つは、たとえば日米修好通商条約の第六条にある「日本人に対し法を犯せるアメリカ人はその国のコンシュル（領事）裁判所にて吟味の上、アメリカの法度《はっと》（刑法）をもって罰すべし」というような不愉快きわまる差別的文言であります。

そもそもこんな不平等な条文が条約に入れられたのは、先方の言い分では、日本ではいまだ、《ある行為を犯罪として処罰するためには、あらかじめ法令の中に、犯罪とされる行為は何か、また科される刑罰が明確に規定されていなければならない》とするいわゆる罪刑法定主義が確立していないからというものでした。

皆さんにもいろいろ言い分はあるでしょう。たとえば、古代律令制のもとでも「罪を断ずるには、みなすべからく、具《つぶさ》に律令格式《りつりょうきゃくしき》の正文を引くべし（誰かを断罪するにはみなどうしても律令およびそれを補充する法令の本文を引用しなければならない）」（「断獄律《だんごくりつ》」）とあって、いちおう罪刑法定主義を取っていたと反論することもできるでしょう。

しかし問題はその後であります。長い封建時代に日本全国に適用される統一刑法は失われ、各地方の便宜に従った藩法が優先されるようになりました。明治四年、廃藩置県後の現在といえども事情は変わりません。使節団員の皆さんは薩摩やら土佐やら旧藩をバックにして中央政府に出て来られ、日本全体の法律問題が俎上《そじょう》に上っている今の今でも、なおもめいめいの旧藩法の枠で物事を片付けようとしている。長野君を士道不覚悟を理由に詰腹《つめばら》を切らせようなどといっているのはその実例です」

ざわざわざわ。法廷のあちこちや傍聴席から不満のざわめきが起こった。

川路はその圧力に耐えてなおも言いつのる。「皆さんは不満であろう。本職も不満である。ワアッと抗議の叫びを発したくなるくらい不満は鬱積《うっせき》している。しかしながら」と、ここで声を張り、「しかしながら、である。わが国が艱難辛苦《かんなんしんく》に耐えて法制を作り替え、万国共通の土台に立たない限り、諸外国が条件を緩める可能性はいっさいないであろう。先方がこの点で譲歩することはあり得ないのである」

しかし川路のこの演説は突然英語の大きな濁声《だみごえ》で中断された。見ると、伊藤の隣席でデロングが顔を真っ赤に染めて何か怒鳴っていた。気が急《せ》いているらしく、両手をぐるぐる振り回している。伊藤が顔を近づけ声を低めて、しきりに相手の機嫌を取っている。言葉のわからない山田副裁判長がさすがにたまりかねて、「何をいっている？」と目顔《めがお》で伊藤に尋ねた。

「こんな事をいつまでやっているのか」と苛立っておる。無理もない。川路は自分の演説を全然通弁しておらんのだからな」

こういうと伊藤はデロングに英語で手短かにきっぱり何か告げると、意を決したように法廷に向き直った。

「ただいま米国公使デロング氏から審理促進の勧告がありました。この場はアメリカ号内臨時裁判所であるから、アメリカ法権の支配する領域である。アメリカの法規に従って迅速に裁判を進めよとのことである。よろしい。言い分はもっともであるから、助言に従うことにしよう。

まず、長野君に掛けられた嫌疑であるが、川路代言人、どうだろう？　日本の法律で裁けるだろうか？」

「いや、無理でしょう」

「ほう？　そりゃまたなぜだね？」

川路の意見ではこうであった。

目下のところ、適用できそうな条規は、明治三年（一八七〇）に発布された刑法典『新律綱領』の「犯姦律」ぐらいしかない。しかしこの場合、「姦」とされる行為は、「犯姦」の条が定める対象が「父祖の妾《しょう》姑《こ》姉妹《しまい》、子孫の婦、兄弟の女」など姻族関係の女性に限られ、その他の三条も、「家長の妻女を姦《かん》す」「部民の妻女を姦す」「喪に居り、及び僧尼の姦を犯す」とあって、いずれも特殊事例に属し、一般男女の私通・密通についての規定はない。早い話が、長野がした程度の行為を取り締まる法規はないのである。日本の現行法規——といっても『新律綱領』しか存在しない——では長野を有罪にできない。

一方、アメリカの法律で裁いたらどうなるか。船長の司法権で裁量される船中の裁判は何州の法律が適用されるのか。吉益亮は成人か未成人か。厳格な宗教性の濃いニュー・イングランドのどれかの州法では、未成年女子との淫行は即死刑などというとんでもない規定もあって微妙なところだ。

「蘊蓄《うんちく》をどうも。御苦労様でした」

伊藤が川路の長広舌《ちょうこうぜつ》を打ち切るようにやや皮肉にいった。川路も潮時を心得、軽く会釈《えしゃく》して引き下がる。

「ではアメリカ方式で手早く進めましょう。双方それぞれに証人を立てたし、解部も代言人も審理に委曲《いきょく》を尽くしたことと存じます。双方とも何か最終弁論で述べることはありますか?」

平賀も川路もなにもないというゼスチュアをした。やや間を置いて伊藤がおもむろに口を開いた。

「本法廷は、万国共通の《適法手続《デユー・プロセス》》を尊重し、裁判立会人の評議に裁決を仰ぎたいと思います。立会人の諸君は別室にお集まり下さい」

福地源一郎が待ってましたとばかり立ち上がって大食堂の隣室に身を運んだ。残りの十一人もそれぞれに緊張した面持ちで、ぞろぞろ別室へ移って行った。みな生真面目な表情をしていたが、腹の中は読めなかった。

立会人たちの背後で隔てのドアが閉ざされた。ドア越しに誰か朗々と説明しているような声が聞こえた。福地の声らしかった。やがて押し殺したような議論の声になり、それも間もなく止んだ。

三十分ばかり経って、ドアが向こう側から開き、福地が一人でにこにこしながら食堂へ戻ってきた。もったいぶって裁判長の隣に坐り、超然とした顔をつくろっていった。

「評決の結果をご報告致します。被告人は無罪であります」

しばらく唖然《あぜん》とした沈黙が会場に流れた。が、たちまちの内に激しい怒号の渦が巻き起こった。全員が騒いでいたのではない。法廷にいた人々の半数は「よかった、よかった」と、近い者同士は肩を叩き合い、遠い者はうなずき合って評決結果を祝った。

代言人の川路に至っては被告席に歩み寄って、大仰に握手を交わしたりしていた。

　治まらないのは傍聴席のあちこちに陣取った攘夷派のサムライたちだった。なぜ長野桂次郎の破廉恥きわまる行為が無罪放免になるのか心底《しんそこ》納得ゆかなかったのだ。憤激のあまり目にうっすら涙を浮かべている者さえいた。土佐藩の田中光顕などは顔の面積よりも大きく口を開き、ノドチンコをそっくり剝き出して、「制裁だア、切腹させろオ」と絶叫していた。

　日頃厚かましい福地も、さすがにこの騒ぎには狼狽《ろうばい》したようだった。

「ご静粛に、ご静粛に。ご冷静に、ご冷静に。今から評決のルールをご説明申し上げます」

　謹聴《きんちょう》々々、ヒア〳〵と声が上がり、これに力を得て福地は続けた。

「立会人の評決は満場一致をもって行うことを原則としております。立会人全員の投票の結果、長野被告は有罪と確定できる評決に達することはできませんでした」

「無罪と確定したわけでもあるまい?」

「さて、そこが肝腎《かんじん》なところでござる。アメリカの裁判のルールでは、解部が提出した罪状の論告に対して被告が有罪か、もしくは無罪であるかが争点になります。解部が有罪を立証できない限り、被告は無罪と見なすという大原則です。欧米では、これを《推定無罪》とか言っているようですが。……まあ、いろいろご批判はおありでしょうが、なにぶん規則は規則ですから、従っていただく他はありません」

言葉は丁重ながら、語気に有無を言わさぬ押しの太さがあった。隣の裁判長席では、伊藤博文が鷹揚《おうよう》にうなずいていたが、その目にはこれまでこんな政治の鉄火場《てっかば》を数知れず潜ってきている人間特有の鋭い光があった。

「毛唐《けとう》の真似をするな」

「アメリカの言いなりになるのか」

散発的な弥次の声が空しく響いた。もう勝負のカタが付いたのは誰にもわかっていた。人々は口数少なく、三々五々大食堂を去って行った。後から船のボーイたちがランプや蠟燭《ろうそく》を消して回った。

長野桂次郎は目立たぬように食堂を抜け出し、人気のない通路をたどって、ワッチ(見張り)の定位置についた船員以外には人影のない甲板へ出た。あの晩、吉益嬢と憩《いこ》った共同長椅子にも今日は誰の姿もなかった。夜空に月もない。不意に、薄暗がりに無言で佇《たたず》んでいる異物を見かけてギクリとする。

アホウドリだった。昼間のうち、白い翼を広げて船の近くを悠々《ゆうゆう》と翔《かけ》っている姿をよく見かけるが、今ここ甲板の上では、翼が長すぎるみたいに三回も折り重ねて、ひどく不器用に縮こまっていた。近づいても逃げようとしない。側を通りぬけざまに頭を叩くと、見えない目をしばたかせ、ピンク色の嘴《くちばし》を開いてギャーと小さく抗議の叫びを発した。

名器伝説

江戸と近代の亀裂とか二つの時代の不連続とかいわれるけれども、それは政治社会でのこと、民衆の世界では幕末と明治初期とは不可分の一つにつながっていた。何よりの証拠が、この時期広く人々の想像力を刺激していた悪女たちの形象である。

全身の肌を毒々しくも華麗な女郎蜘蛛《じょろうぐも》の刺青《いれずみ》で彩った女、いっときの忘我の陶酔を男に与えた後、出刃包丁でずぶりと一刺しされても恍惚《こうこつ》感のうちに死んでゆけるような女――そんなタイプの女たちが集団幻想の夜空に輝いていたのである。

一

幕末の歌舞伎の舞台を眺め渡して顕著な現象は、観客がよく知っている狂言の男性主人公を端から女性に仕立てて登場させる趣向の流行である。たとえば、女定九郎《おんなさだくろう》、女児雷也《じらいや》、女鳴神《なるかみ》。定九郎は『仮名手本忠臣蔵《かなでほんちゅうしんぐら》』に出て来る色悪《いろあく》（色男の悪人）、児雷也はガマの妖術を使う怪盗、鳴神は歌舞伎十八番の演目の一つで、法力《ほうりき》で雨を降らなくするために竜神を滝壺に封じ込めるが女の色香に迷って術を破られる高徳の上《しょう》人《にん》である。女鳴神は、その役を女に替えたパロディだ。従来は舞台のうえでも受動的で控え目だった女性が突然《美しい強者》に変貌したのが幕末の芝居小屋だったのである。

明治維新の到来はこの事情をいささかも変えなかった。劇場はもとより、終末期の草双紙《くさぞうし》（仮名書き、挿絵入りの庶民向け読物）の世界でも強い女たちが活躍した。幕末維新期の江戸は、徳川幕府の瓦解によって自信の拠りどころを失った弱々しい男たちでいっぱいだった。いきおい、強くたくましい悪女の魅力に牽《ひ》かれる。女たちに踏みつけにされる被虐的快感がたまらない。ぼってり肉感的で、ねっとりと匂い立つ肌をした毒婦《どくふ》像が、夜の海のクラゲのように男たちの無意識界に浮かび出ては招きかける。

明治十年（一八七七）に西南戦争が終わった頃から、文芸界には、「毒婦物」の全盛期が訪れた。「毒婦」というのは、もともと歌舞伎の術語であり、二代続いた名女形《おやま》四世・五世岩井半四郎によって創始された役柄を表す言葉に由来する。その名も「土手のお六」「鬼神のお松」「妲己《だっき》のお百」「まむしのお市」といった恐ろしげな二つ名前（異名、あだな）のついたみな男勝《まさ》りであるばかりか、女だてらにゆすり、啖呵《たんか》、恫喝《どうかつ》などを特技とする女性たちである。こういう毒婦たちは維新の峠を無事に越えて明治の御代に生き残った。二つ名前も引き継がれて、鳥追《とりおい》お松《まつ》・夜嵐《よあらし》お絹《きぬ》といった立派な名前を頂戴した悪女の実録が流行したのである。

明治の悪女たちの動静は、まず「小新聞《こしんぶん》」の報道記事にとって伝えられた。小新聞というのは、庶民向けに娯楽記事を中心とした小さな紙面の新聞である。総振り仮名の平易な文章で、世間で起こった事件や花柳界のうわさなどを載せ、一般大衆を読者対象とした。紙面も大きく、主として政治記事や論説を載せた「大新聞《おおしんぶん》」の対。明治初年代、知識階級向けの大新聞には、横浜毎日新聞・東京日日新聞・郵便報知新聞・朝野《ちょうや》新聞・東京曙《あけぼの》新聞などであり、小新聞には、読売新聞・東京絵入《えいり》新聞・仮名《かな》読《よみ》新聞などがあった。

たとえばお絹のことは明治五年（一八七二）五月二十三日号の東京日日新聞に、最初はただ原田キヌという女――「夜嵐」という冠称はまだ与えられていない――が、浅草で梟首《きょうしゅ》（さらしくび）されたという記事で報道されているにすぎない。世間の関心も女の凶悪犯が死罪にされたということにとどまり、「毒婦」に向けられていたわけではない。ところが六年後の明治十一年（一八七八）一月に出版された久保田彦作《くぼたひこさく》の草双紙『鳥追阿松海上新話《おまつかいじょうしんわ》』が大当たりを取り、鳥追お松と呼ばれるヒロインが毒婦実録物流行のきっかけになってから、夜嵐お絹の物語も同年六月に岡本勘造《かんぞう》の草双紙『夜嵐阿衣花廼仇夢《よあらしおきぬはなのあだゆめ》』と粧《よそお》いを変えて売り出されたのである。

高橋お伝《でん》が希代《きたい》の毒婦として華々しくデビューするためのお膳立てはすっかり調っていた。

鳥追お松と夜嵐お絹の物語が続き読物になった時期は、お伝の死刑に先立っている。現実のお伝の方が、後から「毒婦」の集団幻想に嵌《は》め込まれていったのである。

高橋お伝のことが大小双方の新聞記事に見え始めるのは、この女性が古着屋の後藤吉蔵《きちぞう》の咽喉《のど》を掻《か》き切って殺害した強盗殺人容疑で明治九年（一八七六）八月二十七日に逮捕され、東京裁判所で審問がなされた頃からのことである。ここまでのことなら、ごくありきたりの裁判で、特に読者の関心をそそることもなかったであろうが、これが話題になったのはお伝が死刑を回避するために、あれやこれやの手だてを講じたのが人目を引いたからであった。お伝は必死になって死刑だけは逃れようとする。情夫の小川市太郎にすがって高位の僧侶を動かそうとしてみたり（仮名読新聞、明9・9・13）、「しぶとく白状せぬのできびしく糺問《きゆうもん》」（東京曙新聞、明10・8・9）されたり、吉蔵が自分で咽喉を突いた場面をデッチ上げたり（東京曙新聞、明治12・2・7、死後の記事）と、いろいろ新聞種になるような言動が多かった。

なかでもお伝がいじらしいまでに骨を折ったのは、自分の強盗殺人が本当は姉の敵討だったという虚偽のプロットを通そうとして述べ立てた口供書《くちがき》である。けっきょくお伝はこのフィクションを維持できず、その後の供述でこれを翻《ひるがえ》すに至るのであるが、当初の狙いは敵討と申し立て少しでも心証を良くして、死刑一等を減ずることにあったようである。

しかしこうした小細工は功を奏さないばかりか、かえって悪名を高めた趣《おもむき》があり、ついに明治十二年（一八七九）一月三十一日、東京裁判所で死刑（斬罪）を判決された。

その方儀、後藤吉蔵の死は自死にして己《おの》れの所為にあらざる旨、申し立つるといえども（中略）これ畢竟《ひっきょう》名を復讐に托し、自ら賊の名を匿《かく》さんがために出《い》ずるの遁辞《とんじ》なるものとす。これによりてこれを観れば、いたずら艶情《えんじょう》をもって吉蔵を欺《あざむ》き、財を図るも遂ぐる能《あた》わざるより、あらかじめ殺意を起こし、剃刀《かみそり》をもって殺害し、財を得る者と認定す。

よって右科《とが》、人名律謀殺第五項に照らし、斬罪申し付くる。

（その方は、後藤吉蔵の死因は自殺であり、自分のせいではないと申し立てているが、（中略）これはつまり復讐を口実にして自分が盗賊の嫌疑を掛けられることを免れようとする逃げ口上《こうじょう》にすぎない。以上から判断するに、被告人は色仕掛けで吉蔵をだまし、金銭を得ようとしたがこれに失敗したので、前もって殺意を抱いてカミソリで吉蔵を殺害し、金銭を入手したものと認めざるを得ない。

右の罪状を『新律綱領』の「人名律」「謀殺」第五項に照らし、斬首刑に処する）

右が朝野新聞明治十二年二月一日号に掲載された高橋お伝の判決文である。

お伝の処刑の日については諸説あるが、やはり判決の出た一月三十一日当日と見るのがいちばん自然だろう。

お伝の名前は、その生前よりも処刑後の方がはるかに有名になった。市ヶ谷監獄で斬首されたその胴体はすぐ浅草の病院に運ばれて解剖されたとある。お伝の裁判の経過をずっと報道していた『東京曙新聞』は、二月十二日の続報記事に、お伝はがっちりした体軀《たいく》で、「その肥肉《こえにく》の油濃かりしは舌を巻いて驚くばかり」だったという執刀医の談話を載せている。

しかし何といっても毒婦お伝の名を江湖《こうこ》に高からしめたのは、二月十三日に初編を刊行した仮名垣魯文《かながきろぶん》の合巻本《ごうかんぼん》草双紙『高橋阿伝夜叉譚《やしゃものがたり》』全八編であろう。合巻というのは数冊（ふつう一冊五丁）分を合刻《がっこく》して長篇化した草双紙である。この作品は大部分が総平仮名・挿絵入りの木版本だったが、初版だけは活版で印刷されるという変則的な出版形態を取った。活字本の新聞の続き物と木版本の合巻とは競作関係にあったことがわかる。

魯文の『高橋阿伝夜叉譚』はヒロインを生まれながらの悪逆な女として描き、非業の刑死を遂げるのも自業自得とするような勧善懲悪の図式に従っている。その結末もこんな調子で終わっているのである。

斯《か》かる大胆なる女なれば、その亡骸《なきがら》を浅草なる病院に差し送られ、本年二月一日より四日間細密に解剖検査されしに、脳漿《のうみそ》ならびに脂膏《あぶら》多く、情欲深きも知られしとぞ。お伝は親族ある者ながらその死体を引き取る者絶えてなきゆえ、病院にて埋葬の儀を取り扱われ、悪人滅び善人栄え、世の開明ますく進み、衆《しゅう》庶万歳《しょばんざい》を唱えたり。目出たしく

この最後の情景を魯文がかなりいいかげんな想像で綴ったことは、斬首されたはずのお伝の脳漿が話題にされていることからもわかろう。ちなみに、挿絵では、解剖台に横たえられたお伝の死骸にちゃんと首が付いているし、執刀医が短刀を逆手に握っているというお粗末さだ。

こうして、お伝はただ女性犯罪史のヒロインとしてばかりでなく、死体解剖のニュースが広まるにつれてもう一つ猟奇性のオーラを放つことになった。お伝はたぐいまれな名器の持ち主だった、という伝説が四方八方に伝わったのである。

二

明治十二年一月三十一日のことである。東大医学部の別科生だった松本三郎と小野寺三郎は、大学で講師をしていた二等軍医正足立寛《あだちかん》から急ぎの仕事があると呼び出さ

れて張り切っていた。

本日、斬首刑を執行された女囚の死体を法医学的見地から解剖する。過失なく実行するための補助人員として助力してほしいというのである。女囚の名が高橋お伝であることは薄々知れ渡っていた。というより、お伝は市ヶ谷監獄に足かけ三年間も収監されて死刑逃れの獄内闘争を繰り広げて頑張ったが、ついに万策尽き果てもはや死刑は不可避と目されていたから、関係者の間では事実上予定のスケジュールだったのである。

場所は、千住《せんじゅ》小塚原《こづかっぱら》にほど近い某寺ということだった。定刻よりだいぶ早く指定された寺へ駆け付けてみると、境内にはま新しい板張りの小屋が建てられていた。用意は万端整えられているようだった。が、出先に来ていた軍医学校の教官たちの方針では、残念ながらこの二人は距離を距《へだ》てて見学するのはよいが、事柄は機密事項につき、幹部教官以外の人間には解剖現場への立ち入りは御遠慮願うということだった。松本・小野寺両名がいかに口惜しがったかは想像に余りある。

解剖の場所に選ばれた界隈《かいわい》は、昔から罪人の死刑にゆかりの深い土地柄だった。すでに江戸時代初期の天和《てんな》二年（一六八二）から、江戸北郊の山谷《さんや》と千住の間に磔場《はりつけば》があったことが知られ（戸田茂睡《とだもすい》『紫の一本《ひともと》』）、元禄三年（一六九〇）には同じ場所が「骨塚原《こつづかはら》」（『増補江戸惣鹿子《そうがのこ》名所大全』）、寛政十一年（一七九九）には「小塚原」（松浦《まつら》静山《せいざん》『日光道之記』）と呼ばれるようになる。そして幕末近い天保七年（一八三六）の寺門静軒《てらかどせいけん》『江戸繁昌記《はんじょうき》』は、この土地の印象をこう叙述している。

千住に一大橋あり。すなわち大橋と曰《い》う。橋北を上宿《かみやど》といい、橋南を下宿と曰う。下宿より山谷に至る間、人戸中ごろ断え、一面の田野、いわゆる小塚原これなり。官この閑原《かんげん》を用いて刑場と為《な》し、重罪大犯、尸《し》してもってその罪を鳴らす。よって浄土寺を建て、かつ露石地蔵仏を置き、厲鬼《ムエン》をして依《よ》ることあらしむ。念仏の声絶えず、香火《こうか》の烟《けむり》日夜薫《くん》ず。

（千住に荒川に架かった大きな橋がある。千住大橋である。橋の北側を「上宿」といい、南側を「下宿」という。下宿から山谷に至る途中に人家がしばらく途絶え、一面に田野の広がる場所がある。これがいわゆる小塚原だ。御公儀はこの空き地を刑場とし、処刑した罪人の死屍《しし》を晒《さら》して天下にその罪を示す。敷地に浄土宗の寺を建て（本所回向院《ほんじょえこういん》別院）、また雨曝《あまざら》しの地蔵菩薩像を置いて、無縁仏の供養をする。念仏の声は絶えることがなく、線香の煙が日夜薫じられている）

著者は、旧日光街道（現東京都道464号言問《こととい》橋南千住線）を千住大橋から山谷方面に南下する視点に立っている。これは西暦では一八三〇年代半ばに書かれた文章だが、その約四十年経った明治の御代でもこの風景はたいして変わっていなかったはずである。

　現在でこそ小塚原刑場跡は東京都荒川区南千住五丁目の商店街に埋もれているが、この界隈の風景が劇的に変わったのは、明治二十八年（一八九五）、隅田川の舟運《しゅううん》と鉄道貨物基地の陸運を接続する地点として日本鉄道海岸線（現常磐線《じょうばんせん》）の南千住駅が作られてからである。昔の小塚原も回向院も鉄道線路に分断されてしまっているが、かつてこの土地は死体の養分のせいか生い茂る青草も茫々《ぼうぼう》と茂り、晒された死骸の残りを啄《ついば》んで喰らう数千羽の鳥が群がっていた。

　小塚原は江戸時代の刑場だった。それもとびきり重罪の罪人が死刑にされる場所と定められていて、ここで執行されたのは斬罪・獄門《ごくもん》・火あぶり・磔刑《たっけい》（はりつけ）の四種類であった。罪人の首を斬り落とす「打首《うちくび》」には二種類あって、軽い方は「下手人《げしゅにん》」といい、牢屋敷内の首斬り場で斬首されるが、刑はそれで終了して遺体を埋葬することは許される。しかし、重い方は「死罪」とされ、遺体は試し斬りの材料にされることがあり、埋葬を許されず、小塚原に運ばれて埋却《まいきゃく》される。埋め捨てにされるのである。薄く土を掛ける程度なので屍肉《しにく》はカラスや野犬の餌になることが多かった。また火もっと重い罪科の場合には、「獄門」といって小塚原に三日間首を晒された。また火あぶりと磔刑は極悪非道の罪人にのみ執行され、衆人《しゅうじん》への見せしめとして公開処刑された。

明治六年（一八七三）七月、『新律綱領』に修正を加えた『改定律例』が施行されたが、これはまだ昔ながらの梟首《きょうしゅ》（獄門）を最重の刑としていた。そして、高橋お伝が死刑執行される明治十二年一月三十一日の直前の同年一月四日に、明治政府は太政官布告第一号をもって、「凡《およ》そ梟示《きょうじ》の刑を廃し、その罪梟示に該《あた》る者は一体に斬に処す」と布告している。

いかに毒婦よ悪女よと世に喧伝《けんでん》されようとも、お伝の罪状は単純な強盗殺人にすぎないから、法定された死刑の方法は斬罪と決していたのである。「死刑は絞首《こうしゅ》す（旧刑法第十二条）」として絞首刑に一本化されたのは、明治十三年（一八八〇）七月十七日、太政官布告第三十六号で「刑法治罪《ちざい》法、来たる明治十五年一月一日より施行候条、この旨布告候こと」とされたいわゆる「旧刑法」の成立以後のことである。高橋お伝の死刑執行が日本で最後の斬首刑だったとされるゆえんだ。が、これは事実ではなく、篠田鉱造《しのだこうぞう》の「首斬《くびきり》朝右衛門」によれば明治十四年七月十四日が「刑法上に記念すべき斬首刑禁止の日」であり、この日に持兇器《じきょうき》強盗殺人の犯人、巌尾竹次郎《いわおたけじろう》・川口国蔵《くにぞう》二人を斬ったという（『明治百話』）。

お伝の首を斬り落としたのは、「首斬浅（朝）右衛門」の異名で知られる山田浅右衛門であった。浅右衛門は、代々家職として公儀御試し吟味役（幕府の刀剣類の試し斬り御用）を務めている世襲名であり、この時は九代目の吉亮《よしふさ》である。本人の語るところでは当日の景況はこうだった。

当日の検視は大警部囚獄部長安村治孝《やすむらはるたか》氏でした。おでんの押さえが仙吉・定吉の両人、押さえ人足が左右から押さえると、後ろの一人がおでんの足の拇指《おやゆび》を握っています。これは向こうへ首が伸びるようにするためです。いよ〳〵となると、「待ってくれ」といいます。何を待つのかと思っていると、情夫《いろ》に一眼逢わせてほしい、と頼むんです。「よし逢わせてやろう」といいながら、聞き届けられるものではないから、刀を手にかけると、今度は急に荒れ出して、女のことだから、キャッ〳〵と喧《やか》ましい。面倒なので検視の役人に告げようとすると、安村大警部が首を振って居られた。そこで懇々《こんこん》とその不心得を説いて斬《や》っちまいましたが、斬り損ねたので、いよ〳〵厄介でした。死ぬ間際までその情夫《いろ》の名を呼びつけていました。（同前書）

じつは、右のお伝最後の情景を同じ市ヶ谷監獄の中で目撃していた人物がいた。その頃、西南戦争で党薩派に属して西郷派に味方したために五年の禁固刑に処され、のち熊本県の代議士になった高田露《あきら》という人物である。市ヶ谷監獄では打首の刑が行われる度に同囚の者に見せたらしい。高田によれば、打首場の物凄さは、罪のない者でもその場に入ると「竦然《しょうぜん》として（ゾッとして）背に汗を覚える」ほどだった。「斬首場は至って無造作の構いで、畳一枚敷《じき》くらいな処《ところ》を深さ一尺（三〇・三センチ）くらいに掘って、そこを漆喰《しっくい》で固めてある。その回りに頑丈な木材で框《わく》を結わえてある」（『明治百話』所引）と記述される殺風景な眺め。以下の場面の背後には、この打首場の全景が広がっていることを承知しておかねばならない。お伝の断末魔の実況はこうである。

お伝はなるほど美人だった。日の目を見ない永年の獄中生活に、頬にいくらか窶《やつ》れが見えていたけれども、色が透《とお》るほど白く、長面のいわゆる凄味《すごみ》を帯びた方の美人であった。それに頭を櫛巻《くしまき》（髪を櫛に巻き付けた崩した髪形）にしていたようだ。気が上《うわ》ずって震えがあらわれ、もちろん目は吊り上がっていたろうから、余計に凄く見えたのだろう。さすがに男子を翻弄し得ただけ、それだけ美人であった。

着付けは普通の衣服と思っていたが、白木綿で目隠しをされ、すごすごと引かるるまま、一歩一歩死の影を踏んで、くだんの框の前まで来た。が、しかし、往生際が悪かった。

「申し上げることがございます」
身をもがき、猛《たけ》り狂うて、男の名を呼びはじめた。獄卒《ごくそつ》も浅右衛門もしたたか弱らされた。が無理から押し倒して、騒ぐなりに、一太刀浴びせたが、行《や》り損《そこ》ねた。

無論、刀も悪かっただろうが、鬼の浅右衛門も気が引けたらしい。エエと一声、一刀を振り下ろす。白電一閃《いっせん》、コツという音がした。何でもお伝が身をもがくので、手先みだれて後頭部に当たったらしい。ヒューという絹を裂くような、それは聞くに忍びぬ声を出して、お伝は一層くるいまわる。そして男の名を頼りと呼んでは暴れるのだ。血はだらだらと流れて顔一面真っ赤だった。おまけに身をもがいたために、目隠しが外れてしまった。

見れば血走った凄い眼光、あたかも夜叉《やしゃ》のように思われたが、二たび押し倒され、三たび倒された。お伝はもう駄目だと観念したのであろう、大きな声で「南無阿弥陀仏」と二度となえた。それでもまだ身をもがいていたが、とうとう三度目に押し倒されたなり、捻《ね》じ切りにされてしまった。（田村栄太郎『妖婦列伝』所引）

最後の最後にいよいよ土壇場に追いつめられたお伝は、今や悪女毒婦の見栄も虚勢もかなぐり捨て、ただのヘルプレスな弱い女に戻って、ただひたすら恋しい男の名を呼び続け、生命に執着して暴れ狂った末に、とうとう首を捻じ切りにされる。その姿は、悪因悪果《あくいんあっか》などという理屈を超えて哀切である。

執行人は九代目首斬浅右衛門。腕のたしかさは評判で「名人」の名を取ったが、この日ばかりは一世一代の仕損じだったようだ。

というのも、それまで代々の浅右衛門が斬り慣れていたのは、政治犯はもとより、凶悪犯は凶悪犯でも最後に刑に服することに納得している一種の確信犯だったからではないだろうか。お伝はそうではなかった。明治九年（一八七六）九月に捕縛されたお伝の正体は、連日の裁判報道で新聞に書き立てられたようなドギツイ毒婦だったとは思えない。真相はむしろ愚かしい犯行なのだ。それなのに『朝野新聞』などは、早くも九月十二日の記事を「何と恐ろしい女ではござらぬか」と結んでいる。初めから悪女毒婦と予断している。お伝は罪を逃れようとの浅知恵から法廷でいくつも嘘を重ね、かえって裁判官の心証を害している。

お伝が生きていようと頑張った必死の努力は健気《けなげ》なくらいだった。死刑宣告を受けた女囚でも妊娠してさえいれば、執行を猶予される。そこでお伝は同囚の男に色仕掛けで迫ったらしい。折から市ヶ谷監獄には土佐の自由民権運動家の片岡健吉《けんきち》が服役中で収監されており、お伝はこれに秋波《しゅうは》を送ったが相手にされなかったそうである（林有造《ゆうぞう》『旧夢談』）。

そして最後にさきに引用したようななりふり構わぬ場面を繰り広げた後、お伝の肉体は身首処《しんしゅどころ》を異《こと》にして横たわった。首の方はどうなったかわからない。これからたどるのは、首を失った胴体の方の物語である。

三

斬首刑の直後、お伝の遺体が他所に送られ、解剖・検査されたのは事実だったようである。田村栄太郎も、魯文の『高橋阿伝夜叉譚』は虚実織りまぜたフィクションだが、死刑の日付および病院で数日かけて解剖されたことの二点は、「この文の通りである」としている。さらに田村は、事の実否を確かめるべく自分で警視第五病院まで出向いたらしく、「解剖で重要なのは陰部であって、切りとって保存してあった」と視認している。アルコール漬けにしてあったという。しかもその陰部の特徴として、「小陰唇の異常肥厚《ひこう》および肥大、陰梃《いんてい》部の発達、膣口《ちつこう》・膣内径《ちつないけい》の拡大」と明記してあったそうだ。

解剖の名目は法医学的な剖検《ぼうけん》ということにあった。時代の文明開化の精神は、ついに女体の秘密の部分に科学のメスを入れたわけだ。しかし打ち明けた話、軍医の近代医学の精神を尊重するタテマエのもとには、女体の奥の院を切り開く異様なコーフンが隠されていたに違いない。世間であんなに騒がれる女の肉体構造はどうなっているのかこの眼で見たい。ウズウズする好奇心が抑えられなかったのではないか。解剖の動機は「その肥肉の油濃かりしは舌を巻いて驚くばかり」だったという前引の執刀医の談話に尽くされている。言い替えれば、陰部の異様に発達した女性は性欲が強いに決まっているという思い込みが当事者たちを動かしていたのである。

面白いことに、それから五十三年後の昭和七年（一九三二）、学術論文「阿伝陰部《おでんいんぶ》考《こう》」を民族学・考古学・人類学雑誌「ドルメン」に発表した病理学者清野謙次《きよのけんじ》にいたってもなお、「犯罪人類学的に観ると犯罪の必然性の一部分は実は陰部に宿る」という強固な信念から論を出発させていることである。要するに、お伝処刑後半世紀以上も経っているのに、世評はともかく、権威ある医学的見地から見ても相変わらず俗説が幅を利かせているのである。

困ったことには、清野博士は病理学・人類学の分野で確固たる業績をあげた高名な学者であるにもかかわらず、女性観は一本気なまでに頑迷固陋《ころう》であり、その部分の「発育が旺盛なる婦人は従って情欲が強い」と確信し、「婦人の淫情を鎮静せしめるには陰核を無くすということは幾分有効だろうと思う」と論じているような先生なのである。その説の当否はともかく、この著述はそれ以後長く、名器伝説を世に広めた上、妙にアカデミックなお墨付きを与える恰好になってしまった。

その清野博士がお伝の淫女性を証明するためにいかなる実証的なデータを提出した

かはすぐ後で見ることにして、今しばらく、お伝の処刑報道が、当時の新聞読者の間に巻き起こした熱狂ぶりに目を向けることにしよう。

たとえばその時分人気のあった小新聞『有喜世《うきよ》新聞』――明治十一年創刊の冊子型日刊新聞。醜聞記事を主とするいわゆる赤新聞のハシリ――は、早くも明治十二年五月には新富《しんとみ》座で河竹黙阿弥《かわたけもくあみ》作の『綴合於伝仮名書《とじあわせおでんのかなぶみ》』がキワモノ的に写実で上演され、凝り性の五代目尾上《おのえ》菊五郎がお伝裁判を傍聴に行ったことを雑報欄ですっぱ抜いたことがある。その時、併せて特ダネになったのは、「お伝の解剖問題」であった。――お伝の死体は、浅草茅町《かやちょう》にあった警視第五病院に下付《かふ》され、「首なし胴の全面が、ことごとく腑《ふ》分けされた事柄」が綴られ、おまけに、「解剖の局部に、執刀の独逸《ドイツ》医師が驚嘆したこと」（篠田鉱造「高橋阿伝と髑髏《どくろ》」、『明治開化奇談』所収）が記されていた。

このうちドイツ人医師が執刀したというニュースは後に誤報だったと知れたが、当時はかなりの信憑《しんぴょう》性をもって流布した風説だったようである。何しろ当時はまだ、「和泉橋《いずみばし》医学所（旧幕府西洋医学所、明治になって東大東校、のちに東京医学校と称した東大医学部の前身になる）にて人屍《じんし》の解体《ふわけ》あり。解体に外国医師の立ち会い差図せしことはこのたびをもって初めとす。さればこの術も今よりますます精密に至るべきなり」（中外新聞、明2・4・16）といったニュースが新鮮だった時代からまだ遠くなかったのである。

明治十年（一八七七）の秋、森鷗外《おうがい》が医学校予科の学生としてここで解剖実習をしていた頃、解剖学の担任はまだ御雇い外国人教師のデーニッツだった。デーニッツは明治六年（一八七三）、東京医学校に解剖学教師として招聘《しょうへい》された。明治十八年（一八八五）にドイツへ帰国してベルリン大学の衛生学教室に戻るまで在日した。デーニッツの担任の頃は、細長い教室に十台ほどの解剖台が二列に並べられていたという（森於菟《おと》「鷗外と解剖」、『父親としての森鷗外』所収）。当時の解剖室の様子を想像させるに足りる。お伝の死骸に執刀云々の誤報は、当時まだ重要な解剖には外国人医師の立会いが必要だったとする世間の通念があったからに違いない。

事実は、お伝の解剖は日本人医師団だけの手で実施され、立派にやり遂げて大いに面目をほどこしたわけだが、あるいはこんな所にも日本側の対抗意識の強さを看取できるかもしれない。

また、『有喜世新聞』主幹《しゅかん》（編集長）の伊東専三《いとうせんぞう》も、小新聞記者特有の嗅覚で「毒筆家」として名を知られた人物である。篠田鉱造の「小新聞記者の妻」（『明治開化奇談』所収）によれば、あまり他者攻撃的な文章を書いたので政府から発売禁止処分を受けて、ついに同紙を潰してしまったそうだ。記事が誤報であろうとなかろうとあまり気にせず、読者大衆のあまり高尚とは申しかねる好奇心にも巧者なクスグリで応えていた。ドイツ人の医者がお伝の「局部」に「驚嘆」したという記事を書いた時、ワグナーのオペラ『タンホイザー』が一八五四年の初演時のタイトルは「官能の聖域」を意味する「ヴィーナスの山（Venusberg《ヴエーヌスベルク》）」であり、それが同時に医学用語で「恥丘《ちきゆう》」をも意味することから、友人の忠告でタイトルを変更したことをギャグにしていたかどうかはわからない。が、生前のお伝と関係を重ねた情夫の小川市太郎を呼ぶのに「亜細亜第一太郎（アジア第一の一太郎）」と洒落のめして読者の笑いを誘っている。「亜細亜第一」とは「三国一」とか「世界一」とかと同じく、江戸落語によくある、他人の艶福《えんぷく》をやっかむ冷やかしの詞《ことば》だ。

こんな具合に、明治初頭の一種名状しがたい渾沌《こんとん》、混乱、無秩序、滅茶苦茶、天心爛漫《らんまん》、妄誕《もうたん》、胡散《うさん》臭さ、挙動不審——一口にいって、世を挙げての落ち着きのなさ、間合の悪さに、高橋お伝の事件はすこぶるマッチしていたといえる。いわば転換期のゴタゴタをそのまま具現したような出来事であった。事件そのものは惚れた男と添い遂げたいばかりによその男を殺して金を手に入れるという愚直に単純な強盗殺人であるが、これを裁く司直《しちよく》も、法制史上の過渡期とあって十分整備された刑法を持ち合わさず、できあいの罪刑に照らし合わせてさっさと死刑にしてしまった。

どうも異様に発達した女陰——特殊に発達した性欲——独特の犯罪気質というお手軽な図式が下絵にあったような具合なのである。

事実、その後明治文学の世界でお伝の名は一種記号化された形で何度も登場するが、それらの用例は必ず「毒婦」「悍婦《かんぷ》」の代名詞としてである。「若《も》し夫《そ》れ船虫《ふなむし》（『八犬伝』に登場する毒婦）の淫悪は、乃《すなわ》ち是れ高橋於伝なり。豈《あ》に、世、実に此の人無しと謂いて可ならんや」（船虫の淫悪は高橋お伝のようなものだ。世に、実際にはこんな人間はいないといえるだろうか）（原漢文、中村敬宇《けいう》「井上巽軒《そんけん》に与える書」年時不明、但し、敬宇は明24死）。また「高橋お伝もこの下牧《しももく》（地名）で生まれたそうだ。して見ると何処へ行っても女ほど恐いものはねへなあ」（金子春夢「清水越《ごえ》」明29）。

人々は実物のお伝をろくすっぽ知らずにただ「恐い女」の譬《たと》えとして引き合いに出していたのである。しかし、民衆の想像力の中では、それに明治初期に特有の世紀末的退廃のバイアスがかかっていた。

たとえば、処女作「刺青《しせい》」（明43）でデビューした谷崎潤一郎は、明治三十三年（一九〇〇）、十五歳になるまでは十九世紀末の人間である。その谷崎の「続悪魔」（大2）には、主人公が人目をはばかって講談本の「高橋お伝」を隠れ読みしている場面がある。主人公はそれを他人に知られてひどく狼狽《ろうばい》する。なぜか。お伝の物語がひそかにかき立てる淫靡《いんび》な快楽が、おそらくどこかで羞恥の感覚とつながっているからである。

谷崎の最晩年には幼少期の記憶が驚くべき鮮明さでよみがえる。「四季」（昭37）で細部の隅々までくっきりと再現されるのは、四代目沢村田之助《たのすけ》が扮する切られお富の夢魔的に凄惨な殺し場である。そのエッセンスは「濃艶《のうえん》な寝間着姿の女が血のしたたる剃刀《かみそり》を口に咬《くわ》え、虚空を摑んで足許《あしもと》に斃《たお》れている男の死に態《ざま》をじろりと眺めて、『ざまを見やがれ』と云いながら立って居る」(「少年」明44)という原画的イメージのうちに完全に圧縮されている。驚くなかれ、このシーンは、お伝の供述書で語られる吉蔵殺しの情景と寸分違わないではないか。

明治初期の民衆の想像力が、その核心部分に、残酷で畏怖すべき、いわばサロメ的蠱惑《こわく》で男の被虐的嗜好をそそりたてる女の原型を蔵していたのに対して、明治社会のエスタブリッシュメントの側は、「文明開化」「自然科学」への素朴な信仰に裏付けられてもっと四角四面な、融通のきかない、キマジメな、教条主義的な精神態度が支配的だった。

高橋お伝の事件をどう見るか一つをとってみても、両者の立場の違いは明白に現れるのである。

時代の指導的知識人が取った方向は――やがて明治三十年代に全盛期を迎える自然主義文学に長く痕跡を留めるように――人間をすべて遺伝と環境から説明できるとする、いわば生理学的決定論というべき思潮であった。清野博士の「犯罪者の醸し出される地位と境遇とは深い同情をもって観察すべき必要があると共に、その肉体的要素をも深く考察する必要がある」(「阿伝陰部考」)という信念もまた、このような思考方法の所産でなくて何であろうか。

自然科学は実証を重んじる。そしてまた、実証できないものをてんから信用しようとしない。こうした思考方法、あるいはむしろ、思考癖に固着しきった実証主義が選び取るデータは計量しうる数値である。

明治十二年（一八七九）のお伝解剖の剖検報告――だいたいそんなきちんとした書類は当時から存在していたかどうか――に満足しなかった昭和七年（一九三二）の清野博士は、自分の弟子である中留金蔵《なかとめきんぞう》医学博士（軍医学校病理解剖学教官）に依頼して、軍医学校に保存されていたお伝の局部の「実物記録」を再検査させたのであった。

この再検査を思い立つに至った心境を清野博士はこう書いている。

さるにても剖検の軍医殿は物数寄《ものずき》にもただ陰部だけを保存している。も少し詳細に云うと陰毛の付いたまま外陰部皮膚をくり抜いて、膣と子宮および子宮付属器に腎臓を付けたまゝ保存している。そして子宮と膣とは刀割《とうかつ》を加えられずに、完全な状態である。生殖器以外の臓器は今日では何処にも保存せられて居らぬようだ。（中略）

いずれにしても解剖した軍医殿の好奇心から我等《われら》は五十年後の今日に於て陰部の実物を親しく目撃し得られ、この短文を草する事ができる次第である。（「阿伝陰部考」）

ここで「剖検の軍医殿」と呼ばれているお伝解剖の実際の執刀者が誰であったかは次節で記すこととして、今は昭和七年度の「実物記録」が示す数値的なデータを検分することにしよう。

お伝の陰部は、「膀胱《ぼうこう》および腎臓の付着したまゝ、永い間、酒精《アルコール》およびフォルマリン液中で固定せられている」と清野はいう。なぜまったく系統の異なる膀胱・腎臓（共に生殖器ではない）が、一緒にされていたのかは不明。まさか漢方医学では腎臓が性欲を司《つかさど》る（たとえば性欲減退を「腎虚《じんきよ》」といった）と信じられていたからではあるまい？

問題は余計な器官がくっついていたことよりも、陰部がアルコール漬けになっていたことであった。博士がいうように「固定液中では軟部組織は収縮する」し、「固定液の濃度および液中に浸漬《しんし》した時間によって一様でない」から、残っている陰部のサイズは必ずしも実物そのままではないのである。博士にいわせれば、「お伝の陰部は生時よりよほど小形となっている」はずなのだ。

そのことを前提にした上で、清野は、「お伝の陰部は性的感覚に重要なる部分に於て固定後に於ても著しく発達して」（傍点引用者）いたと断言することをためらわない。しかも、お伝の生前にはそれが「さらに雄大なるものだった」ことを力説してやまないのである。

そのデータは以下の通りに整理できる。

①前大陰唇交連—肛門前縁間　距離一一・〇センチ
②両側大陰唇　最大距離　五・五センチ
③陰毛　主として陰阜《いんぷ》に密生す　最長六・五センチ
④大陰唇の長さ　左側　約八・〇センチ
　　　　　　　　右側　約八・〇センチ
　大陰唇の高さ　左側最高〇・五センチ
　　　　　　　　右側最高〇・二センチ
⑤小陰唇の長さ　左側　約六・〇センチ
　　　　　　　　右側　約六・三センチ
　小陰唇の高さ　左側最高二・五センチ
　　　　　　　　右側最高二・七センチ
　　　　　　　（日本人平均一・八二センチ）
⑥陰唇間の溝《みぞ》は著明《ちょめい》であり、左右とも前陰唇交連および後陰唇交連に連なる。
⑦陰核頭《いんかくとう》はやや大きく、半ばは包皮に蔽われ、下半分は露出。
⑧膣前庭《ぜんてい》は広くかつ長く、膣壁《ちつへき》は皺襞《しわひだ》に富む。膣外口上部より子宮口に至る距離

約一二・〇センチ
⑨陰核頭より尿道口に至る距離　二・二センチ
⑩子宮の形態ほぼ尋常、大きさやや大。
⑪右卵巣および輸卵管、形態尋常。
左卵巣および輸卵管、鳩卵《きゅうらん》大に腫大《しゅだい》、膿様物《のうようぶつ》が詰まっている（淋毒《りんどく》性輸卵管炎が存在するため）。

以上を要約して、清野博士は、「お伝の陰部の小陰唇が並外れに大きいことを感ずる。これはほとんど日本人放れした大きさである」と結論している。その感想はともかく、見られる通り、この剖検記録は通常では考えられないプライバシー侵害を医学の進歩のためとして、堂々と押し通している。あわれやお伝は、好きな男にもめったに見せない恥ずかしい場所を露出させられ、見世物にされているのだ。いくら極悪非道の犯罪人でも死骸を切り刻まれて衆目に晒されてよいものではあるまい。おまけに、死ぬまで人に隠していた既往の病歴まで暴露されているのだ。

清野博士は再三再四お伝の肉体的特徴——小陰唇の異常発達——と、犯罪気質との相関性を強調してやまないように見える。曰く、「幼時からの手淫常習者には時としてこの種の形跡が認められる。とにかくお伝の小陰唇は長さ高さに於て大きなものである」、また曰く、「この部の発育の佳良《かりよう》なるは性感覚の強大なるものを意味すると考えて差し支えない」、さらに曰く、「性的罪悪を行うにとってきわめて有力なる武器であったと同時に、彼女は性的に孤独でいることができなかった有力なる原因ともなった」。

こうした所見の根底を貫いているのは、もうテコでも動かぬまでに骨肉化した信念になっている生理学的決定論である。お伝を毒婦悪女という種属に類別し、けっきょくは人非人《にんぴにん》すなわち人間以下の存在と見なす立場は、ほぼ同時代のイタリアの精神医学者ロンブローゾの「犯罪人類学」「先天的犯罪者説」とも通じる医学上の実証主義の影を色濃く落としている。

明治社会における新しい成功者のグループをまとめる時代のスローガンに「立身出世主義」がある。「末は博士か大臣か」という流行語に示されるように、明治維新の結果新たに出現した支配層——政府高官・大名華族・政商ら——は、やがてその周囲に官僚、教授、法律家、経理専門家、事務職員などを培養・増殖させて支配階級・中間階級をもって任ずる人口集団を作り出していった。

だがこの階層マップはその補完部分として、はなから立身出世主義とは無縁の貧民層、社会落伍者、都市細民、虞犯《ぐはん》グループなどの存在をあらかじめ一種の社会的必要悪として想定しているところがある。そういう部分との対比によってこそ市民社会の

「健全さ」が確証されるのだ。

　お伝の解剖に当たった軍医たちの立場の微妙さはそんな歴史的背景から生じている。お伝のような公序良俗を脅かす犯罪者は、世の見せしめにしなければならない、とされるのだ。

四

　さて、その後、清野博士はさきの「阿伝陰部考」の「補遺《ほい》第二」（『ふまぬ影』所収）で、昭和十一年（一九三六）十二月十一日に、中留金蔵（当時の肩書は軍医正）が、「明治世相の一つ——妖婦高橋お伝を解剖した老軍医高田忠良翁《ただよしおう》の思い出」なる都新聞の切り抜き（日付不明）を送ってきたと記している。高田はもう八十二歳の老翁になっていたが、記憶力はたしかで、当時の模様を次のように語っている。

　お伝の死体を解剖に付したのは、法医学の研究のためなどではなくてお伝の裸体を見たかったからさ。仮名垣魯文だなんて連中が盛んに書き立て、例のお定さん（阿部定《あべさだ》。昭和十一年五月十八日に起きた陰茎切断事件の犯人）以上に世間を騒がしたものだったから喃《のう》。何せ首がないのでどんな顔の女だったかはわからないが、お伝の身体はまったく男のような体で、体から推察してそう良《い》い女だとは考えられなかったね。色も黒かったよ。我々はみんなで多情な女のことだからポリープがないかなと調べたが、それはなかったね。それからどうして一部を切り取って保存したかというと、それも研究資料のためではなく、誰かが冗談まじりにいったことがとう〳〵あんなことになったわけさ。

この回想談は図らずも明治十二年当時の医学界の楽屋話にもなっている。つまり、医学研究のためというのはたんなるタテマエであり、軍医たちのホンネはむしろ劣情と呼ぶに近い性的好奇心だったというのだ。多情な女の証しであるというポリープの発見を期待する心理もあったという述懐が、おのずとモチベーションの低劣さを語ってしまっているといえよう。お伝の解剖は、誰かが冗談に言い出したことがいわば「瓢簞《ひょうたん》から駒」になった結果だったというのである。

ところで高田のこの談話記事はかなりの反響を呼んだらしく、昭和十二年の文藝春秋社発行の雑誌『話』の一月号にもう一つの手記「高橋お伝の死体解剖に立ち会った私」が掲載されている。

ルポルタージュ作家大橋義輝の近著『毒婦伝説――高橋お伝とエリート軍医たち』には、この雑誌記事の冒頭部の写真を掲げ、その一部分を抜粋している。興味深いのは、解剖に関係した人名が列挙されていることだ。

お伝の解剖は千住の某寺（寺の名は失念）の境内にわざわざ板張りの小屋を急造し、解剖台を中央に置いて実施したのである。その時分の解剖は今日とちがい、一定の方式があるわけでもなく、ただむやみに丁寧なもので、たいてい一死体に数日間を費やしてやったものであるから、腐敗を防ぐには、ずいぶん苦心をしたようである。なぜ、特に千住あたりで解剖を実施したか、その理由はまだ下級軍医であった私には、どうも判断がつかない。

その解剖に参加した人は、執刀者としては二等軍医正原桂仙《はらけいせん》、同八杉利雄《やすぎとしお》、同阪井直常《さかいなおつね》、助手軍医松井順三、軍医副江口譲《じょう》。参観者としては、一等軍医正緒方惟準《おがたこれよし》、二等軍医正足立寛、二等軍医正小山内建《おさないたてし》、軍医小泉親正、伍堂卓爾《ごどうたくじ》、渋谷彦一、軍医補森正多太郎、同高田忠良であったと記憶する。ごく内密に行《おこな》ったのであって、一切他の者には見せなかったが、大学東校の別科生が、窓外から覗き見することを許された。その後ずっと経って、当時、別科生であった松本三郎（軍医監）君などにこの時の話をしたら、窓の外から見せてもらっただけであったのは、実に残念千万だったと笑って語られた。

列挙された人名はいずれも錚々《そうそう》たる顔ぶれである。黎明《れいめい》期の明治医学界をリードした面々だ。まず原桂仙は、旧幕時代、信州松代藩で代々藩医の家柄。はじめ江戸で幕府御典医だった松本良順《りょうじゅん》に付き、次いで長崎で西洋医学を学ぶ。明治三年にドイツへ留学し、帰朝後は日本の医学界をドイツ系統に一本化する中心勢力になった（星新一『祖父・小金井良精《よしきよ》の記』）。その頃の医学界は西洋医学に総切り換えの状況だったが、代々世襲する血縁や縁談で結ばれた姻戚関係で密度の濃い《医学一家》を形作り、明治社会の一有力者層を生み出しつつあった。

八杉利雄は、津和野藩の出身で軍医としては森林太郎《りんたろう》（鷗外）の上司にあたる。藩の貢進生《こうしんせい》（奨学生）として大学東校に留学。明治六年、オーストリア人フリントの「リューマチ論」を訳したのが認められて文部省出仕。明治十一年、大阪臨時陸軍病院で西南戦争の負傷兵の治療にあたり、陸軍軍医制度の大成者石黒忠悳《いしぐろただのり》と同僚になり、医学界での地歩を築く。西南戦争は医学官僚の造出《ぞうしゅつ》にきわめて貢献したのである。

参観者として名の上がっている緒方惟準は有名な適塾《てきじゅく》の緒方洪庵《こうあん》の次男で、のち軍医学校の初代校長になった人物。足立寛は第二代、ちなみに森林太郎は第七代だ。

この他、個々人の経歴などには立ち入らないが、要するにお伝の遺体解剖に関係していた連中はみな軍医学校の指導的メンバーだった面々なのである。解剖は「ごく内密に行った」と高田はいうが、その高田は別の談話（都新聞の記事）で「それも研究資料のためではなく、誰かが冗談まじりにいったことがとう〳〵あんなことになったわけさ」ともいっているように、決して極秘裏になされた解剖研究というものではなかった。むしろ医学知識も技芸《スキル》も有り余る優等生連中の悪のり、バッドジョークに近いものだったろう。

後味もあまりよくなかったに違いない。だからこそ、これら医学エリートたちは、みな口を拭《ぬぐ》ったように、この悪趣味ないたずらのことを頬被りしている。別に箝口令《かんこう》が敷かれたわけではない。ただ、あまり自慢にならない、不体裁なことをしてしまったので口が重いという感じである。森鷗外の『ヰタ・セクスアリス』には出て来ない。緒方惟準の回想記にも言及されていない。以下同じである。もしかしたら、これら医学界の大立者《おおだてもの》たちにとっては、お伝の死に恥などしょせんはその程度の小さなことでしかなかったのかもしれない。

とはいえ、軍医学校の内部でも主流になれず、中央で出世せず、のちに地方の開業医になったりした人士にとっては、お伝の死体解剖に立ち会えるなんてことは滅多に転がっていない眼福《がんぷく》の機会であり、敵討じゃないがまさに「盲亀《もうき》の浮木《ふぼく》、優曇華《うどんげ》の花」に出会ったような有頂天の心地であったから、もっと単純に大喜びだった。

さっきもいったように、別科生の松本三郎・小野寺三郎の二人は喜び勇んで小塚原の某寺へすっ飛んでいったのであった。

まだ朝の早い時間、市ヶ谷監獄からお伝の刑死体が荷車で運ばれてきた。死体は目立たぬように菰包《こもづつ》みにした座棺《ざかん》に納められていた。粗末な身なりの寺男が手早く板囲いの中に移す。内部ではさっきから待ちかねていたお歴々が死体を受け取って板敷きの部屋へ安置する。部屋の中央にはそれだけがぴかぴか光る舶来の手術台が置かれていた。

人々は平装の軍服姿から手術用の診療服に着替えていた。西南戦争の戦傷者の治療、とりわけ外科手術の経験が医療現場では生かされていた。西南戦争が発生させたおびただしい数の銃創《じゆうそう》は、まったく新しい種類の手術法を実施させた。弾丸の鉛毒《えんどく》による敗血症を防ぐため、腕の場合は肩口から、足は鼠径《そけい》部から切断するのである。当時「迷朦薬《めいもうやく》」と呼ばれたクロロホルムを嗅がせ、意識を失わせて手術するなどお手の物である（木村益雄「明治陸軍の制式小銃と戦傷者の治療」）。

今日の被験者は、しかし、もはやクロロホルムを必要としていなかった。刑場から引き渡された死体は、慣行にしたがって、胴体を蔽《おお》っていた衣服をすべて剝ぎ取られていた。腹部と臀部《でんぶ》はこざっぱりとした腰布だけに包まれ、奇妙な清潔感を放っていたが、それにはどこか不自然なまでの清浄さの印象があり、考えるだにおぞましい陵辱《りようじよく》を洗浄した跡と見えないこともなかった。

仮ごしらえの小屋では解剖が予定通り始められたようだった。松本・小野寺はあてがわれた採光用の窓にしがみついて少しでも内部の様子を窺おうとしゃかりきだった。

気が付けば、他にも、見学から閉め出されてあたりをうろうろしている手合もかなりいた。中にはまことしやかに、この度の剖検は機密を要するため、幹部職員でなければ参観を許されないと説く者もいた。事の真偽も定かではない。軍医は武官だから、大佐から少尉までの士官に相当する。今日の解剖に関係したのはエライさんばかりだ。別科生ぐらいの身分に許可が下りるはずはなかった。

だから二人は、二等軍医正足立寛の好意で得た見学許可の特権を人に渡すまいと窓枠にしがみつき、室内で進行しているお伝の解剖に全神経をそばだてていた。

「只今より刑死人高橋お伝の剖検を開始する。時間。明治十二年二月一日午前九時四十五分。場所。東京府南足立郡千住五丁目××寺境内」と、平板な声が厳粛に解剖の始まりを告げた。腰布が取り除かれた時、あーというような感歎の声が周囲から起こり、次いで押し殺したような沈黙があたりを支配した。

室内では、解剖台に横たえられたお伝の胴体が数人の軍医に囲まれていた。名前を知らない人物が何人か混じっていた。いちばん近くでメスを握っているのは誰だかわからないが、まだ若い男だった。ふと讃歎《さんたん》ともざわめきともつかぬ空気の動きが起こり、刃《やいば》が下って、どこかの皮膚を切り裂く軽い軋《きし》み音が広がってきた。血の流れ出る様子はなかった。

執刀者は、メスを揮《ふる》いながら、単調な声で解剖の現段階を実況し、自己の所見を口授する。何やらドイツ語の文章を暗誦しているような印象だったが、傍らで助手が逐一筆記していた。松本・小野寺も授業で頭に入れた単語の綴りを思い出しながら、せっせとノートを取った。残念ながら、解剖台の回りに寄り集まった軍医たちの体に隔てられて、切開された部位を視認することはできなかったが、聞こえてくる物音を一つでも聞き落とすまいと、二人はひたすら耳を研ぎ澄ませた。

皮膚が切り裂かれる柔らかな音が小さくなってだいぶ経ったと思われる時分、今度は何か水気を含んだ音が取って代わった。今まで嗅いだことのないほど腥《なまぐさ》い異臭が部屋中にたちこめた。が、ぴちゃぴちゃする弛《ゆる》んだ音響がするばかりで後はさっぱり埒《らち》が明かない。軍医たちの中から苛立ちの声が上がった。

「鋸《ゼーゲ》、鋸《ゼーゲ》！」

この言葉がドイツ語でいわれたのか、それとも日本語だったのか、二人とも記憶がはっきりしなかった。たぶん両方が入り混じって聞こえたのだろう。ただその急迫した声音《こわね》から、解剖の手順が行き詰まったことが充分わかった。

鋸《のこぎり》がすぐに運ばれてきた。西南戦争の銃創患者の手足の骨を切断するのに充分活用されていたから、外科用の鋸は軍医たちの常備品になっていたのである。しかし、この度は使用目的が若干異なっていた。どうやら軍医たちはお伝の頑丈な骨盤を取り除けるために、外科用の鋸を持ち込ませたらしかった。

そんな軍医首脳部の困惑までが松本・小野寺のような下っ端に伝わるわけはない。二人は日頃から医学的な常識として、手術にはその被験者ごとに特定の戦略があるものだと聞かされていた。解剖も対象が死体であるとはいえ同じことだ。戦略を誤ったなら、当初の目標は達成されず、貴重な死体をあたら切り刻んでしまう結果になる。そこで、お伝の死体に群がった軍医たちは解剖の目的を改めて問われることになったのだった。ただの好奇心でしたとは口が裂けてもいえない。「犯罪生理学の一資料を得るため」でもいい、何らかの名分が必要だった。そのためには、腹腔を全部かっさばいても何かのデータを得られるとは思えなかった。この際、骨盤を切り開いて局所に探求のメスを入れるしかない、と軍医首脳部は急遽判断をまとめたものと思われる。

その日の午後は、鋸の刃がガリガリ無名骨《むめいこつ》を挽き切る音、腸骨をギシギシ噛む音、恥骨をソクソクと削る音がいつまでも続いた。お伝の骨盤は思ったよりがっしりしていて、予想外に手強《てごわ》かったらしかった。その処置はかなり長い時間を要し、軍医たちのチームにも骨を切る作業は助手に任せっぱなしで、中だるみが生じているようだった。

松本・小野寺もこれ幸いとしばらく緊張をゆるめ、交替して用便に走る。すっかり冷え込んでいた。朝から覗き窓にしがみついていたので、溜りに溜ったものを放出したかったのである。寺の境内の片隅にやはり板張りの便所が作られていた。粗末な小便所の他にちゃんと扉の付いた仕切りも用意されている。

小便所に立って袴の前をくつろげた松本は驚いた。取り出した陰茎がすっかり硬直して屹立《きつりつ》し、とても放尿するどころではないのだ。輸尿管の先端から分泌した液体が褌《ふんどし》にこびりついて乾燥している。まるで糊が詰まっているような気分だった。隣に並んだ軍医の誰か――松本はつとめて顔を見ないようにしていたが長い間もじもじしているのもどうやら同じ理由らしい。ややあって、その軍医は意を決したように場所を替え、背後の仕切りの中に入っていった。松本は横目で、診療服を羽織った軍医の軍袴《ぐんこ》（ズボン）の前がしたたかに怒張《どちょう》しているのをたしかに見た。扉を荒々しく閉めて閉じ籠もった仕切りの中からは、やがてウッと息を詰める声と共に何かを放出する気配が伝わってきた。

その間にも、骨盤を切開する作業は黙々と続けられていた。とうとうその努力が酬われたと見えて、解剖室でどっと歓呼《かんこ》の声があがる。骨盤下口《かこう》がパカッと開いて豊満な下腹部の内景が露出できたに違いなかった。が、松本・小野寺にはそれが見届けられなかった。軍医たちのはしたないまでの喜びようにそう想像することしかできないのだった。

そうこうするうちに冬の短い日照時間はたちまち尽き、遺憾《いかん》ながら解剖に必要な明るさが確保できなくなったので、その日の作業はここまでだった。台上のお伝には何か強いにおいのする防腐処置が施され、白布をかぶせられた。数人の助手が不寝番に残ると決められ、一同はそそくさと寺を後にした。人力車が何台も軍医たちを乗せて走り去り、松本と小野寺は場末の町を息を白く凍らせながら歩いて帰った。

翌日は、二人が早くから定刻に遅れぬように解剖場へ出かけて待っていたにもかかわらず、軍医一行はまだ姿を見せていなかった。昨夜のうちに鋭い意見の不一致が生じたとかで、他の場所で緊急の会合を開いているという話だった。対立点はどこにあるのか、下っ端にはまるで見当がつかなかったが、お伝の体を開いて見て、さてそこで何を見届けようとしたのかという根本問題にあるらしかった。

昨日と同じ窓枠に陣取り、解剖室を窺って見ると、だだっ広い板敷きの部屋にぽつんと解剖台が置かれ、その上に横たえられたお伝の胴体が白布をかぶせられている姿は昨日そのままだったが、死体からにおってくる異臭は昨日よりはるかに強く、鼻を衝くような防腐剤のにおいを圧倒する存在感を放っていた。それはあたかもお伝の首のない胴体が、自然の摂理を味方に付け、医学界の大立者を頤使《いし》（アゴで使う）しているかのようだった。

話は何らかの形でまとまったらしく、午後には解剖の続きが何事もなかったように実施された。白布が取り除けられ、骨盤隔膜《かくまく》でふさがれたなりの腹腔内部の剖検がなされる段取りだった。執刀者が隔膜を切り開くと、助手がすかさず鉤《こう》を使って切開部を左右に拡げる。軍医たちはそれぞれに首を伸ばしてその箇所を覗き込む。松本・小野寺も窓際から亀のように精一杯首を長くしてみたが、わずかに淡紅《たんこう》色をした粘膜の一部が見えただけだった。

さてそれから以後は解剖室で何が進行しているのかとんと摑めなかった。軍医たちも話の内容を聞かれたくないのか、首を集め、ひそひそ声で相談している。何かがうまくいっていないようだった。しかし、故障のタネが何であるのかまでは下っ端にはさっぱりわからなかった。こうして二日目は空しく終了した。二人は不満だった。二人ばかりではない。軍医のうち、何人かは現在のやり方に不服を申し立てているようだった。声を殺した議論にも時々険悪な語調が混じって聞こえるのだった。

三日目になった。解剖室に澱《よど》む臭気は、ますますひどくなっていた。それはもはや腐臭そのものであり、文字通り酸鼻《さんび》な死臭であった。「酸鼻」とは呼んで字のごとしであって、鼻腔が強い酸で灼《や》けたような状態に感じられることである。さしも肉付きのよさを驚嘆され、生前には何人もの男を蕩《とろ》かし、狂わせたお伝の胴体は、今や紫色の死斑《しはん》を浮かべた腐肉の塊と化していた。それを蔽っている白衣も何日か経つうちに、死体から滲み出る液汁のせいで、何とも名状しがたい色合いの汚点《しみ》が広がっていた。

三日目の午後、解剖室で急にあわただしい動きが起こった。いつまで待っても軍医たちは姿を見せない。それどころか、お伝の死体がどこかに持ち去られた。

このことは前からは言われていなかったと見えて、大部分の軍医学校関係者も驚いたと見えて、一同は狼狽を隠せなかった。

そして日程では四日目に当たる二月四日、解剖場に参集した一同の前に現れたお伝は変わり果てた姿になっていた。なんと、陰毛の付いたまま外陰部の皮膚をくり抜いて、アルコールだかホルマリンだかの液中に保存されて、瓶詰《びんづめ》にされていたのである。膣・子宮および子宮付属器（卵巣や輸卵管）に前述のように腎臓を付けたまま保存してあったそうだ。そして「子宮と膣とは刀割を加えられずに、完全な状態である」（「阿伝陰部考」）という。当時の技術水準のせいか、母性にそれなりの敬意を表したせいか理由は不明。

松本や小野寺のような真面目な学生の義憤も通じなかった。陰部はその後長い間軍医学校に保存され、性的好奇心の対象として好事家《こうずか》の見世物にされていたという。その際大義名分になったのは、お伝が「世に毒婦と謳《うた》われても、遺骸は医学上に貢献し」（前出「高橋阿伝と髑髏」）たという論理であった。実録、実談、実物実証――およそ「実」と名の付く世界では、実在したお伝はミゼラブルな女でしかない。

しかし、ひとたび土俗的な伝承の世界に居を移すと、お伝の形姿はいっぺんに豊《ほう》饒《じょう》になる。幸い日本の常民《じょうみん》文化の伝統には、生前の不運と不遇を償却《しょうきゃく》させずには気が済まない詩的正義――「判官《ほうがん》びいき」の心情――が脈々と流れている。刑死したお伝は、その凄惨な断末魔の姿ゆえに、たちまち土俗信仰の中に蘇生《そせい》したのである。思えば、くだんの瓶詰になったお伝の標本にしてからが、いわゆる性神《せいしん》信仰のハシリであった。それは一見、野卑な劣情と分かちがたい猛烈な好奇心の対象であるが、それを見たがる心情の底には、いじらしいくらいひたむきで純粋な女陰憧憬《どうけい》が息づいている。明治初年の一般大衆は、一部の医学エリートのようにお伝の「実物」を見る機会もコネもなかった。その代わり、混じりけなしの想像力を働かせて、集合意識の天空に遍満《へんまん》する宇宙的な女陰を幻想したのである。

フロイトは「不気味なもの」（1919）という高名な論文で、「もし夢の中で『これは自分の知ってる場所だ、昔一度ここにいたことがある』と思うような場所とか風景などがあったならば、それはかならず女の性器、あるいは母胎であると見ていい」（高橋義孝訳）といっている。明治初年の男たちはこれと正反対の過程をたどり、お伝の陰部という「秘め隠されているべきはずのもので、しかもそれが外に現れたなにものか」と定義される《不気味なもの》を回路として、あのどこかものなつかしい安息感に浸ろうとしたといえるだろう。

高橋お伝の墓は、谷中《やなか》墓地の入口近くにある。位置は碑甲2号1側と表示されている。なぜだか墓地公園の公衆便所と、春には爛漫《らんまん》と開花する古木の桜の間に挟まれた位置である。何にあやかろうというのか、いまだにかなりの参詣客があるという。現代風ギャルが墓前に並んで、無邪気にはしゃぎながらVサインで写真を撮ったりしている。くだんの標本は、昭和二十年に終戦のどさくさ紛れに廃棄されたとも、現在、某国立大学の法医学教室に秘蔵されているともまことしやかに囁《ささや》かれ、幾多の都市伝説に包まれているが、その真偽は杳《よう》として知れない。

木像流血

一

京都から大坂をめざして鳥羽街道を南に下って行くと、やがて宇治《うじ》川が木津《きづ》川、桂《かつら》川をあわせて大河淀《よど》川と名を変える三川合流点にさしかかる。北から標高二百七十メートルの天王山《てんのうざん》、東南から百四十三メートルの男山《おとこやま》に挟まれたこの一条の隘路《あいろ》は山崎《やまざき》地峡と呼ばれ、昔から何度も歴史に名を残してきた。古くは南北朝時代の一三五二年（北、文和《ぶんな》元年、南、正平《しょうへい》七年）に楠木正儀《くすのきまさのり》らと足利義詮《よしあきら》らが戦った「男山合戦」。それから天正十年（一五八二）の「山崎合戦」は、豊臣秀吉と明智光秀が雌雄《しゆう》を決した古戦場として知られる。江戸時代二百六十年の幕を閉じた鳥羽伏見の戦いもこの界隈《かいわい》を戦場として展開された。止《とど》めの一撃になったのが山崎の高台から淀川越しに撃ち込まれた藤堂（津藩）の裏切りの砲撃であったことは有名だ。

この地が古来戦場として名高いということは、もちろん、山崎の地形の特殊性によっている。東から西へ、あるいは西から東へ、敏速に人員および物資を移動させねばならない軍事行動のような場合、山崎地峡はどうしても通過することが避けられない咽喉部《いんこう》だからである。現在でも天王山の麓《ふもと》は天王山トンネルが貫通し、新幹線・東海道本線・名神高速道路が隙間《すきま》なく並行している東西交通の大動脈だ。一九九五年に阪神・淡路大地震が起きた時、天王山トンネル付近の交通麻痺《まひ》が自動車産業界への部品提供をストップさせたことはまだ記憶に新しい。

男山の山頂には、男山八幡宮《はちまんぐう》あるいは石清水《いわしみず》八幡宮と呼ばれる古雅《こが》な神社が鎮座する。八幡神を日本の八幡の本山宇佐《うさ》神宮（豊前《ぶぜん》国）から勧請《かんじょう》したのは、平安時代前期の貞観《じょうがん》二年（八六〇）と伝えるから、千年以上の長い歳月にわたって、日本人の信仰を集めてきたわけである。いわゆる「三大八幡」の一つとして、宇佐神宮、九州の筥崎宮《はこざきぐう》と並んで今も参詣人が絶えない。

ところが、明治維新の直後、この神域にはもう一つの争闘が起こって、人々の心を乱した。その出来事はそれ以前の戦乱とは違って大規模な流血を伴いはしなかったが、相争う二つの勢力があり、強い方が強制的に自分たちの意志を押しつけたのだから、これはやはり深刻な争乱だったといえるだろう。クーデターだったという人もいる。実際に血が流される場面もあったのである。

今では石清水八幡宮への参詣路には山麓から男山ケーブルの登山電車が利用される。終点の「男山山上駅」へ降り立ち、徒歩で西ケーブル参道をたどって行くと唐破風《からはふ》造り、朱塗りの南総門に達し、回廊の奥に八幡宮の社殿が見える。社殿は正面から順繰りに舞殿《まいどの》、幣殿《へいでん》、本殿と連なり、その背後に若宮神社がある。八幡神応神《おうじん》天皇の御子神である仁徳《にんとく》天皇（オオサザキノミコト）を祀《まつ》っている。

しかし、今日見る神域のこうした景観は幕末の男山ではだいぶ違っていた。その時代まで石清水八幡宮はまだ石清水八幡護国寺と呼ばれる神仏習合《しんぶつしゅうごう》の宮寺《みやでら》（神宮寺《じんぐうじ》）であり、寺域の主要な伽藍《がらん》は、これから語ろうと思う騒動によってことごとく取り払われてしまって影も形もなくなっているが、大塔、八角堂、愛染堂《あいぜんどう》、鐘楼《しゅうろう》、経蔵《きょうぞう》、元三堂《がんさんどう》などの由緒ある建造物が数多く立ち並び、参拝する善男善女の目を和ませていたのである。

神仏習合とは、平たくいえば、神と仏との平和的な共存共栄である。神々はおおむね地域的・土着的な信仰の対象であるが、仏教はもっと大きな国家とか社会を視野に入れた鎮護《ちんご》や護持をめざす。そこにはおのずと担当範囲の分業があり、一種の住み分け共棲《きょうせい》関係が成立してきた。が、つねに一定の力関係の支配があったことも事実であって、宗教思想としての体系性・論理整合性がより強い仏教の方が、いつも神道《しんとう》を押し気味であったと言わざるを得ないだろう。

たとえば平安時代から有力になる本地垂迹《ほんじすいじやく》説《せつ》は、日本の神々を衆生《しゅじょう》の救済のために仏・菩薩が化身（権現）として跡を垂れたものと説明する。この説によれば、八幡神の本地仏は阿弥陀如来であり、その神号《しんごう》が八幡大菩薩であって、応神天皇（ホンダワケノミコト）と同一視されることになる。

そもそも八幡神を豊前国宇佐から男山に勧請したのは、奈良大安寺《だいあんじ》の僧行教《ぎょうきょう》であったと伝えられる。大安寺は南都七大寺の一つで、高野山真言宗。かつては東大寺、興福寺と肩を並べる巨刹《きょさつ》であり、「南大寺」と呼ばれるほどだったが、寛仁《かんにん》元年（一〇一七）の大火で焼失してからは衰微した。行教は山城守紀魚弼《きのうおすけ》の子といわれ、大安寺で法相《はっそう》・三論《さんろん》・真言を学んで頭角を現し、天安二年（八五八）惟仁《これひと》親王（のちの清和《せい わ》天皇）の即位祈願のため、即位後は天皇護持のため宇佐八幡宮に参籠《さんろう》し、八幡神から我を勧請せよという神託を受けて石清水に神社を創建した。その由来についての記述が『石清水八幡宮護国寺略記』（伝行教筆）や『今昔物語』巻十二にある。

まず『略記』によれば、八幡大菩薩に参拝することを願っていた行教は、貞観元年（八五九）念願叶って宇佐八幡宮に参着する。そこで大乗経《だいじょうきょう》の転読（要所略読をもって全巻を読誦《どくじゅ》したことに代える）、真言密教の念誦《ねんじゅ》、三所《みところ》大菩薩（八幡宮の応神天皇・神功《じんぐう》皇后・比咩大神《ひめおおかみ》）の回向《えこう》で一夏九十日を過ごした行教は都へ帰ろうとしたある日の夜半、「都近くに移座《いざ》し、国家を鎮護したい」という託宣《たくせん》を受ける。そして山崎近辺に帰って来た夜、「移座すべき処は石清水男山の峰である」と告げられたとある。驚いていてその方角を見ると、山頂が光り輝いているではないか。ただちに工事を始めて六《ろく》宇《う》の宝殿を建て、三所大菩薩の尊霊を安置したという。
また『今昔物語』の伝えるところでは、八幡大菩薩の前生《ぜんしょう》は応神天皇であった。その神霊が最初大隅《おおすみ》国に八幡大菩薩と現じ、次に宇佐の宮に遷《うつ》り、とうとうこの石清水に垂迹することになったのである。さてそれから、

多くの僧俗の神人《じんにん》をもって、員《かず》知らぬ生類を買い、放しめ給うなり。然れば公《おおやけ》もこの御託宣によりて諸国に放生《ほうじょう》の料を充てて、その御願を助け奉らせ給う。（僧俗いろいろの大勢の神職たちが数知れず夥《おびただ》しい生き物を買い集め、放してやる。朝廷からも諸国に放生のための予算を割り当てて、八幡大菩薩の御願を助けられた。「石清水にして、放生会《ほうじょうえ》を行える語《こと》」）

放生会というのは、本来狩猟や漁撈《ぎょろう》で捕獲した鳥獣や魚を野山・水に放って「殺生《せっしょう》」を戒《いまし》める仏教儀式であったが、神仏習合と共に神道にも取り入れられ、全国の寺院・神社で行われるようになった。特に八幡神宮系の社寺では盛大に開催され、宇佐宮はもとより筥崎宮・石清水宮などでは儀式厳重に執り行われる。

その起源に関する記述は『今昔』のこの部分が本文破損のため不明であるが、ふつう、平安時代の法制書『政事要略《せいじようりゃく》』巻廿三「年中行事」の記載と一致するものと考

えられている。時代ははるかさかのぼって養老四年（七二〇）、八幡大菩薩から豊前守宇奴首男人《うぬのおびとおひと》に、「日向・大隅の隼人《はやと》の乱を鎮圧するために多くの敵を殺生したので、その供養のために放生会を執り行うべし」という託宣があったとするのである。

石清水放生会はこうした起源を持つ宇佐放生会から伝えられ、八幡宮として不可欠の重大な儀式になった。毎年八月十五日（旧暦）に、法会《ほうえ》という仏教的な式典が神前で催され、生類が放たれるのである。貞観五年（八六三）から幕末まで、室町時代に中絶はしたものの千年以上にわたって連綿とつづいたこの伝統行事のうちにこそ、日本という宗教的寛容の風土、神と仏が互いに他を憎悪も白眼視もしない精神の特質がよく見られたというべきだろう。

この和気藹々《あいあい》たる空気が急激に変わったのが、明治元年（一八六八）三月十三日のことだった。この日、太政官《だじょうかん》政府は王政復古、神武創業の始めに戻って祭政一致の制度を回復するため、この度、神祇官《じんぎかん》を再興するという布告を下したのである。

作七には、お山に起きていることが、何が何やらまるでわからなかった。

生まれた時から男山で育ち、物心つくようになった年齢の頃からずっと寺男を務め、開山堂で厄介になって、衣食住の心配はない代わりに、堂房《どうぼう》の年長の僧たちの言い付けには何でも「はい、はい」と言って従ってきた。そりゃたまには理不尽な要求に耳を貸さなければならないこともあったが、だいたいは我慢がついた。兄貴株の僧侶たちもそう非常識に振舞うこともなかったのである。

しかし、今度ばかりはふだんとだいぶ様子が違っているようだった。

神祇事務局からは布告が矢継ぎ早に出た。三月十七日には、これまで諸国の神社で「別当《べっとう》」とか「社僧《しゃそう》」とか自称していた輩《やから》は、従来の僧位僧官をすべて返上して還俗《げんぞく》（一度出家した者が俗人に戻る）する、衣服は僧衣《そうえ》でなく、浄衣《じょうえ》（白布）を着用の上勤《きん》仕《じ》することと通達してきた。

さあ、男山では大騒ぎである。

社僧はみな還俗すべしというので、こぞって俗名に改め、たとえば今まで僧行弁だった者が藤谷公高と名前を変えて、急に妻帯するというようなことが盛んに起きた。山上には多くの僧坊《そうぼう》があり、社僧はたいがいその坊主であって、放生会などには代わる代わる別当を務め、神主を脇役として祭式に奉使させていた。しかしこの日の布告は社僧・別当僧を廃止したものだから混乱は避けられなかった。

これだけでも充分にドタバタしているところに追い討ちを掛けるように、三月二十八日、今度は「本地仏」の礼拝禁止を通告してきた。「仏像をもって神体と致し候は、以来相改め申すべく候事」というのである。仏像を社前に展示し、鰐口《わにぐち》・梵鐘《ぼんしょう》・仏具などの類を飾ってあるのは、早々に取り片付けを命じられることになった。

それで済めばともかく、続く四月二十四日には、石清水八幡護国寺をほとんど名指しにする「太政官達《たつし》」が通告された。

この度大政御一新につき、石清水・宇佐・筥崎等、八幡宮大菩薩の称号を止めさせられ、八幡大神と奉称《ほうしょう》し候よう仰せ出され候事

こうしてこれまでの石清水八幡護国寺は神仏混合的要素をすべて取り除き、純粋に神道的な石清水八幡宮に生まれ変わったのである。放生会も神式に復活し、明治十六年（一八八三）に当社が勅祭社《ちょくさいしゃ》（天皇が勅使を遣わして奉幣《ほうへい》する神社）となったため「男山祭」「石清水祭」と改称して現在も行われている。

すべてこうした事柄はいっさい作七の理解を超えていた。何かとてつもなく大きな事件が身の回りで起きているらしかったが、それは上の方の「お偉いさん」が苦労してくれればよいことだった。一介の寺男ふぜいが心配したとてどうなることでもなかった。

二

しかしだんだん、その作七もこれを他人事《ひとごと》として放ってはおけない事態が発生した

のである。

ある日のこと、見慣れぬ人々が突然どやどやと開山堂に入ってきた。開山堂には、もう千年ぐらいの期間、石清水八幡護国寺開山の祖といえる行教和尚の古い木像（現八幡市曹洞宗神応寺《じんのうじ》所蔵）を安置していた。その木像はいつ彫られたとも知れずたいへん古いもので、ゆるやかな袈裟《けさ》をまとい、胸をくつろげている。結跏趺坐《けっかふざ》して両足を降魔座《ごうまざ》の形に組み、上品下生《じょうぼんげしょう》の印《いん》を現す両手には法灯《ほうとう》を示すかのような法具がある肌や露頂《ろちょう》部の黒磨きさながらのくすみからも時代色が滲《にじ》み出ているが、何よりも印象深いのは尊像の目もとにただようえもいわれぬ柔和な表情だった。そのどこか超然とした、慈愛に満ちた温顔《おんがん》は、たっぷり千年もの間、人間同士の大小となく浅ましいいさかいや争いごとを目にしてきたに違いなかった。

三月十七日の布告以来、僧官は法衣の着用を禁じられたので、白無垢《しろむく》の浄衣を着込んで尊像に勤仕していたが、その恰好は、雑務を普段着でまかなえば用の済む寺男の目から見てもひどく落ち着きが悪かった。山内《さんない》の神職者連から、御開山様の御尊像の取扱いについて御相談したい儀がある、という申し入れがあって、四月十日に談合が開かれた時、実はいちばん頭を悩ましたのは、当日着用に及ぶ服装の問題だった。

その日、群をなして開山堂を占拠した連中は神人たちのグループで、みな一様に、神主や禰宜《ねぎ》の服装をして、ひどく気取ってめかしこんでいた。位によって服装にも差《さ》等《とう》があると見えて、さすがに衣冠姿の礼装こそなかったが、いずれも正装・常略装の装束に身を包み、神職の身分に応じて上位の者は赤袍《ほう》や藍袍、下位の者は無紋白袍の水干《すいかん》・指貫《さしぬき》に身なりを調えて、どうやら衆《しゅう》の力でこちらを圧倒する魂胆らしかった。

押し掛けられた側の元僧職の面々はただの浄衣姿だったから、どうも最初から旗色《はたいろ》が悪いのである。これらの人々も神祇官の一連の強圧的な布告が出る前は、男山の神仏習合の宗教社会の中でそれなりの地位も身分も保障されていた人士であった。僧職はいずれも世襲であった。常備の役職には、検校《けんぎょう》・別当・権《ごんの》別当・俗《ぞく》別当・神主・公文所《くもんじょ》・判官・御殿司《ごでんす》などがあった。このうち御殿司である松本坊・杉本坊は本社内陣のことを司《つかさど》り、特に内陣の鍵も預かっていたので、隠然たる実力を持っていた。本社の勤行《ごんぎょう》には社僧の諸坊が当たり、毎月一日・十五日・二十八日には本社の玉垣の前で真言陀羅尼《だらに》を読誦した。

これが、石清水八幡護国寺がそうであった神仏習合の実態であった。そこでは誰一人として神だの仏だのと我を張らず、双方それぞれの職分に応じて与えられた役割を果たすうるわしい慣習が長く続いていたのである。

幕末の男山には二十三の諸坊（子院《しいん》）があり、みな真言宗であったが、特にそれらを束ねる本山というものはなく、独立した僧坊であり、その住職はすべて肉食・妻帯をしない清僧《せいそう》であった。たいがいは京都の公卿の次・三男が入山して相続した者である。諸坊にはいずれも諸大名からの祈禱《きとう》料が定期的に納められていたので、質素に暮らしていれば経済的に不自由することはなかった。豊蔵《ほうぞう》坊などは幕府の祈願所であったから、朱印三百石のお墨付きがあり、実収入はその数倍あるといわれてたいへん富裕であったといわれる。そうしたさまざまな縁故のせいで、住職たちにはゆとりがあり、そのためかおっとりした性格の者が多かった。

そんな結構ずくめの環境が今回の神仏分離令で急変してしまった。徳川慶喜の大政奉還の結果、まず幕府が廃止され、諸大名の経済力も衰弱したので、諸坊の収入は途絶することになった。加えて、僧職者は還俗を強制されて大急ぎで妻帯しなければならなかったから、僧坊の清雅な空気はたちまち脂粉《しふん》臭くなり、なにやら腥臭《せいしゆう》さえたちこめ始めた。

それにひきかえ、神職者たちは上向きになってきた運に乗じて勢いがよかった。他《た》姓《しよう》、六位、大禰宜、小禰宜、神宝所以下全部で百戸ばかりの神職はいずれも貧窮していて、みな山下に住み、山上の裕福な僧職とはあまり仲がよくなかった。逆境にある者、日の当たらぬ場所にいる者のうち、負けん気の強い輩はシャカリキになって勉強するのが世の常である。ちょうど山上の恵まれた社僧たちに学問も気力もないのとは好対照だった。神職者には、普通なら目のカタキにする漢学まで修めている者がいた。六位の森本信徳や神宝所の谷村光訓のように日頃から神職者の子弟を集めて『論語』の講席を開いたり、現状の改革を叫んだりする者もあった。

開山堂は生前の行教が住んでいた関係から宮本坊の社僧が管理を担当していた。神仏分離令の布告以来、時勢の変化に四苦八苦していたが、いやしくも開山の師の尊像を安置した堂である以上、簡単に神道者流の軍門に降るわけにはゆかない。日頃は争論を好まぬ別当を始めとして、社僧の面々はみな押っ取り刀で談合の場に臨んでいた。おたがいに相手を折伏《しゃくぶく》してやろうと闘鶏場のシャモのように羽根を逆立てていた。

作七が議論ではものの役に立たないのはわかりきっていたが、相手が数に物を言わせるなら、こちらも数で対抗する外はない、お前でも屁のつっぱりぐらいにはなるだろうというので作七も談合の席への出席を命じられたのであった。

一座につらなってみてわかったことだが、相手も全部が全部、論客でも雄弁家でもなかった。向こう側もこちらと同じで屁のつっぱり組がだいぶ混じっているようだった。特に一目で服装による位の上下がわかってしまうのが相手の弱点だった。作七はすぐ、相手側の末席に顔見知りの仕丁《しちょう》（雑役夫）が座り、いかにも落ち着かない様子でモゾモゾしているのに目を止めて妙な安心を感じた。

一番最初に、作七は名前を知らないが、禰宜の服装をした男が口を開いた。一団の中でも弁が立つのだろう。

「エー、本日こうして僧職の皆様にお集まり願いましたのは、他でもない、御開山様の御尊像につきましての御相談でございます」

変に勿体《もったい》ぶった、切り口上《こうじょう》の挨拶だった。

こちらは黙りこくって、重い無表情でこれに応じる馬耳東風《ばじとうふう》と聞き流す風情だ。無視されたと感じたのか、男の顔がさっと紅潮した。

「畏れ多くも、天朝におかせられてはア、この度イ、王政復古、神武創業の始めにかえらせられエ、諸事御一新、祭政一致の御制度を回復遊ばせられ候について、まず仏法は御廃止のことと決定致しました」

「エエーッ？　それじゃあ、国中の寺は残らず潰されますんで？」

頓狂《とんきょう》な声を上げたのは作七だった。「仏法御廃止」が現実のこととして身辺に迫ってきたのを初めて実感したかのようだった。男はいかにも予期した質問に応じるような具合に辛抱づよく答えた。

「御心配には及びません。世の僧たる者が、袈裟《けさ》・衣《ころも》を着用し、経文《きょうもん》を読んで世を送り、仏法を国中に弘通《ぐずう》（広める）させたことは、それぞれの時代に意義のあったことでござる。じゃがこの度、神武創業の始めにかえらせられ候とあって、格別に御改革遊ばされ、仏法のなかった時代の通りにお直し遊ばされる御意向であるから、皆の衆は、万事その御触書の通りに心得て、仏法弘通を止めればよいだけのことでござる」

「天子様が仰せ付けられたから、四の五のいわずにただ服せばよい、とおっしゃるので？」

「その通りじゃ。天子様が信仰遊ばされぬ仏法を信心するのはあさはかじゃ。天子様のお言いつけ通り、仏信心はお止めになるのが順道《じゅんどう》と申すものでござる」

「其元《そこもと》はそう申されるが」と宮本坊の別当がようやく口を挟んだ。「国中の諸寺諸山には格別に仏法御入魂《じっこん》の公家衆もあれば、武家衆もござる。そのお歴々はいかがされるおつもりか」

「御意見はもっとものようなれども、しょせんは通常の料簡《りょうけん》と申すもの。仏法御廃止の儀は、いやしくも天子たる者が一度御決心の上で仰せ出されたことでござる。臣下の諫《いさ》めなどでお止め遊ばされるようなことではござらぬ。それに、其元たちの言葉で《一切法皆是仏法《いっさいほうかいぜぶっぽう》》とか申すではないか。十方法界《じっぽうほうかい》のあらゆる諸法ことごとく仏法とあれば、あれこれ差別せず、唯一神道の法もすなわち仏法なりと悟ればよいことではないか」

「ソリャまたご無体《むたい》な！」

別当が実に腹立たしげに呟《つぶや》いて頭を振った。居合わせた僧官たちも異口同音《いくどうおん》に同意の念を表した。作七も心の底から禰宜の屁理屈を憎む気持でいっぱいになった。

この神職の装束で身なりを調えた輩は、けっきょくは時勢に便乗しようとする一握りの下司《げす》な連中に過ぎないではないか。

作七は憎しみを籠めて向こうの一団を見やった。よく見れば先方は辛うじて神職らしい外見を備えてはいるものの、装束は方々の神社から掻き集めたものと一目でわかる不揃いさでお粗末も甚だしかった。仕丁の八五郎に至っては、才槌頭《さいづちあたま》に金壺眼《かなつぼまなこ》というおよそ神職らしからぬ風采《ふうさい》をしていて、狭い額の上にむりやり烏帽子《えぼし》を載せている。しかも水干の袴が身の丈に合わないと見えて、毛むくじゃらの向こう脛《ひざ》が剝き出しになっている始末。その御面相が精一杯威儀を取り繕《つくろ》おうと厳しい表情になっているのがどうにもおかしくて作七は吹き出さずにはいられなかった。

つられてあちこちで失笑する声が聞こえた。自分の珍妙な恰好が注目の的になっているらしいと気づいた八五郎も照れ臭そうに笑ってしまっていた。

「これ！　何がおかしい。不謹慎であるぞ！」

「笑うでない、笑うでない。だいじな話ぞ」。神仏双陣営のリーダーたちから叱責の声が飛んだが、一度途切れた緊張の糸はもうどう繕いようもなかった。神職者たちはこうなったらいっそお上の権威で事を運ぼうと、こんな論理を持ち出して説得しようとかかった。

天子様は下《しも》万民の親であるから、国中の僧にとっても親ではないか。この度、その親が、仏法はいらぬものだから止めろとおっしゃっているのだ。それを強情にいやだと申せば、親の意に背く道理ではないか。親不孝のきわみであるぞよ。

こういう無茶な論法をもって、ひどく理不尽なことを押しつけてくる相手に対しては、ただ沈黙してこれを無視する外はない。宮本坊の僧官一同は相手のどんな言葉にももっぱら不機嫌に黙りこくって一言も応じず、相手がいきりたてばいきりたつほどそれが作戦成功の証しと知れるほくそ笑みは以心伝心で仲間に伝わり、この戦術でゆこうという黙諾《もくだく》がおのずと成立した塩梅《あんばい》で、一同はそれからの時間を牡蠣《かき》のようにキッチリ殻を閉ざしてやり過ごした。

しまいにはさしもの神道者流もこれはマズイと悟ったと見えて、いずれ近いうちにと捨て台詞を残して退散していった。残った面々はただちに対策会議だ。人々の話では、ここ男山に限らず、神仏分離という没義道《もぎどう》な沙汰は国中の諸寺諸山で持ち上がっているらしかった。今、日本中で仏教の法灯《ほうとう》が途絶えようとしている。どこの寺でも、神道者流は仏教を潰そうとさっきのようなエゲツナイ攻勢に出ており、手口は全国画一のようであるが、寺々ではどこも孤立していて相手のなすがままになされているのが現状だ。たとえばの話、ここからすぐ近くにある近江坂本《おうみさかもと》（現滋賀県大津市）の日吉《ひよし》大社。この全国日枝《ひえ》神社の総本社では御一新後、神道派の勢いが凄まじいが、一方、延暦寺の僧兵の伝統を引く僧職者たちもしっかり反撃して、たがいに殺気立っているそうだ。向こうもなかなか手強《てごわ》いから応援の衆が必要だということで、助っ人を求めてきた。こちらも人手は足りないが、おたがいの危急は黙止《もくし》しがたい。この際、身軽に動ける者として、寺男の作七が適任だと思う。別当は何から何まで自分一人で判断すると、鶴の一声で事を決めてしまった。まあとりあえず様子を見てこいということらしかった。

三

作七は言われた通りに山を下りた。日頃、参詣人がいっぱいの参道も今日は人気《ひとけ》がなく、石造りの一の鳥居までの山道はいたってさびれていた。人気がないのは参道ばかりではない。門前町の八幡にもいつもの人出はなく、あちこちにまだ真新しい焼け跡ができていた。この辺が鳥羽伏見の戦いで最後の戦場になったのは、一月六日だからもう三ヵ月も前のことで、さすがに余燼《よじん》はくすぶっていなかったが、焼け焦げた人家の跡がまだ生々しかった。神道者流の手が回っているのを警戒して用心しいしい道をたどる。伏見までの舟運《しゆううん》はすべて止まっていたので、道中は寺者同士の気安さで野末《のずえ》の荒れ寺を木賃宿代わりに宿泊した。同宿の回国《かいこく》巡礼から聞いた話では、大坂城が落ちて二、三日たつと、元兵士がたくさん逃げてきた。そうして百姓家へ逃げこむと、百姓家で着物をもらって百姓に身なりを変えると、鉄砲をカタにおいて、国の方へ帰って行った。百姓家では飯を炊いて食わせたり、握り飯を持たせてやったりしたそうだ。伏見からは妙心寺《みょうしんじ》御用の高瀬舟に便乗して京二条まで。ここまで来れば、後は雲母坂《きららざか》をたどって比叡山《ひえいざん》の内ぶところに入り込むのに造作はなかった。

それにしても、明治初年の仏教者はなぜにまたこんな迫害にさらされることになったのだろうか。その経緯の全体図はとうてい作七の理解の及ぶところではないが、道中あれこれと考えながら歩いたおかげで、作七にも何とかだいたいの見当はつくまでにはなっていた。

事の起こりは「王政復古」にあった。

明治維新の目標は徳川封建制の打破であり、それに替わる政治権力として、京都朝廷を頂点とし、総裁・議定《ぎじょう》・参議の「三職」を最高政治機関とする新政府を樹立した。この新政府は執行機関として太政官を設置していたが、その一分野に「神祇官」という官庁があった。古代律令制の神祇官の復活という触れ込みである。この神祇官が曲者《くせもの》だった。少し張り切りすぎたのである。

明治政府はなぜ神祇官の設置にこうも熱心だったのか。国政を神武の昔に復古することとは「祭政一致」の古代政治を明治の今によみがえらせることだとするイデオロギーが現実的な政治勢力として役に立つ一時期があったからである。できたての維新政府は権力基盤の強化のためになら何でも利用された。たとえば岩倉具視《ともみ》や西郷隆盛などの維新指導者は、祭政一致を叫ぶ神道者流のグループをどれだけ官軍の先遣隊・別働隊に動員したか知れない。

神祇官の人選もそのような計算でなされた印象である。中心部局である事務局の督《とく》（一等官）に白川資訓《しらかわすけのり》（神祇伯、白川流神道家元）、事務局補（二等官）に亀井茲監《かめいこれみ》（津《つ》和野《わの》流神道）、事務局判事（三等官）に平田銕胤《かねたね》、矢野玄道《はるみち》、谷森善臣《よしおみ》（以上平田派神道）などの著名な神道家を網羅《もうら》していた。これらの人士はみな祭政一致の理想を儒仏二教を排して神道の勢力が伸張する絶好の機会と見た。維新政治家と神道家との間にはしばらくの期間、利害関係の一致があった。

そしてそれ以上に、「神仏分離」が、長い間因習的に「神人《じんにん》」「社人《しやじん》」と蔑視されて社僧の下位に置かれ、下役に使われてきた人々の憤懣《ふんまん》・鬱憤《うつぷん》が一度に晴らされる機会と受け取られたことが大きかった。「神仏分離」が「廃仏毀釈《きしやく》」にまで突き進んでしまったのである。各所の混淆《こんこう》社寺で、社人と僧侶の軋轢《あつれき》が表面化し、神人の台頭が始まった。下級神職、御師《おし》、職人、雑役夫、芸能民などの連中である。待遇や態度はおろか、住む区画まで差別され続けてきた人々の私憤は公憤と区別が付けがたく、不平不満は絶える時がなかった。それが廃仏毀釈で一挙に噴出することになったのである。

作七が応援を頼まれたのは、社僧が神人を蔑むことが特に甚だしかった比叡山日吉大社からだった。慶応四年三月二十八日に「神仏分離令」（正しくは「神仏判然令」）

が発せられ、同三十日に大津《おおつ》裁判所（旧幕大津代官所の後身、のち大津県となって滋賀県に編入）から布告されるや、時機到来と小躍りしたのが日吉大社の祝《はふり》（禰宜の次職）だった樹下茂国《じゆげしげくに》以下の神官だった。樹下は当時神祇官事務局権判事だった権限を生かして、延暦寺の代表に対し、山内七社神殿の鍵をすみやかに引き渡せと要求する。寺側もおとなしく受け入れるわけにはゆかない。平安時代には白河法皇を嘆かせた僧兵の本山のことだ。一山の衆徒が呼び集められて気勢をあげ、談合はおのずと激昂《げっこう》して殺気を孕《はら》むまでに至った。

樹下らは、四月一日、神主たち、壮士三、四十名、麓の坂本村の人夫数十名と語らって一隊を編成し、槍・棒をたずさえて山王権現の神域に乱入。神殿に駆け上り、御神体の仏像・経巻・仏具を運び出して一ヶ所に集めると、土足で踏みにじり、槍の石突《いしづき》や棒の先で突き砕き、最後に火を掛けて焼き払った。仏教ではナマグサモノは禁物だが、この徒党はゴクロウサンでしたと功をねぎらわれる宴席で魚肉を供されたという。

作七が坂本に着いた時はすでに遅く、混乱はあらかた静まっていた。四月十日、作七が現地に着いたのと入れ違いになったかのように新しく発された太政官布告が到着していた。政府の上層部も、諸寺諸山での「神仏分離令」の実行が思わぬ事態を引き起こしたのに気づいてあわてたらしかった。

旧来、社人・僧侶相善《あいよ》からず、氷炭《ひょうたん》のごとく候につき、今日に至り、社人共にわかに威権を得、陽は御趣意と称し、実は私憤を霽《は》らし候ようの所業出来候ては、御政道の妨げを生じ候のみならず、紛擾《ふんじょう》を引き起こし申すべきは必然に候。さよう相成り候ては相済まざる儀につき、厚く顧慮《こりょ》せしめ、緩急よろしきを考え、穏やかに取り扱うべきはもちろん、僧侶共に至り候ても、生業の道を失わざるべく、益々国家の御用相立ち候よう精々《せいぜい》心掛くべく候。

(昔から社人と僧侶とは仲が悪く、まるで氷と炭のようであったが、最近、社人たちが急に威権を手に入れ、うわべはお上の御趣意と称しながら、じつは私憤を晴らすような所業をしている。こんなことでは御政道の妨げになるばかりでなく、紛争のもとになるのは必定《ひつじょう》である。そうなっては困るので、慎重に考え、その場の状況に応じて物事を万事穏やかに取り扱うように。僧侶たちも生業の道を失うことがないように、今後ますます国家の御用に立つよう心掛けること)

つまり明治政府は「神仏分離令」の布告後わずか一ヶ月もしないうちに、この布令が社人・僧侶の感情的対立を険悪化しかねないことに気が付いて、さりとて法令の撤回はできないものだから、せめて対立を緩和しようとしたのは見え見えである。だから右の布令でも、わざわざ「もし以来（今後）心得違い致し、粗暴の振舞いなどこれあらば、きっと曲事《くせごと》（違法行為）に仰せ出さるべく候こと」という一ヶ条が付け加えられたほどだ。

四月十日の布告は少なくとも緩衝《かんしょう》材ぐらいには役立ったらしく、仏僧への報復もさほど露骨には行われなくなったらしい。

今話題にしている日吉大社でもその後は深刻な対立は表面化しなかったと見えて、作七のような助っ人はいつまでも逗留《とうりゅう》していても仕方がないので元の寺へ戻された。

これはずっと後になってからの話だが、作七が聞いたことでは、比叡山をめちゃくちゃにした樹下茂国はさすがにやり過ぎたと叱責されて解職された。晩年は岩倉具視の世話で内閣の修史館に勤務したそうである。晩年になってもかなりの奇人変人で、仙術《せんじゅつ》を修行すると言い出して穀食《こくしょく》を絶ち、サツマイモだけを食べて暮らすようになったので、当直の同僚は夜っぴてクサイ放屁《ほうひ》に悩まされ続けたという話だ。

帰り道は坂本まで下って、そこから大津へ舟に乗った。大津はまだ彦根藩の武士の管理下にあったが、同藩は岩倉具視に見込まれて「勤王藩」としての実績を稼がねばならず、明治元年一月には朝敵桑名藩征討の軍に、二月には有栖川宮熾仁《たるひと》親王を大総督に頂く東征軍の出発に際して東山道を進軍する先鋒軍に、相次いで出兵を命じられるといった多忙にかまけ、とても調整に手が回るような状態ではなかった。

作七が大津から逢坂山《おうさかやま》を越えて京都の町へ向かう途中でも、いろいろな旗や幟《のぼり》を押し立てて、槍・鉄砲を持ち出した浪士隊や有志隊の集団とすれ違った。寺に居る間はさっぱり気づかなかったが、世の中ではまだ戦乱の雰囲気が漂っているようだった。そういえば通りすがりに拝見した公家町の一帯もすっかりさびれて人の住んでいる気配がなかった。蛤《はまぐり》御門《ごもん》の変の時火災に罹った屋敷にもいまだ無人の所があり、敷地は桑畑に変わっていた。御所のあたりはさすがに足を伸ばすのは控えられたが、小耳に挟んだことでは、天子様が近々都をお捨てになられるようだという噂も囁《ささや》かれていた。あちこちの公卿屋敷の門屋《かどや》石垣が代銀いくらいくら匁《もんめ》で売りに出ているという話も出ていた。

伏見から大坂方面に向かう水路でも、今度は東海道を江戸に流れる人と物資の動きが波のように感じ取れた。三十石船《さんじっこくぶね》はまだ運行していなかったが、何か素性の知れない小舟がたくさん旅客や荷物を満載して大坂へ急いでいた。淀の水車は回っていなかったが、大橋は戦火の名残から早くも復旧して、舟から見える人々の行き来にも活気がよみがえっていた。風に草木がなびくように、国中の陽気がこぞって春の来る方角に向かおうとしている印象だった。

今年の桜の季節は戦火の余燼《よじん》がまだ燻《くすぶ》っているうちにあわただしく去っていた。両岸の土手も雑木の木立ちも浅緑から深緑へと徐々に色づきつつあった。

淀川を挟んで向かい合う天王山と男山の悠久《ゆうきゆう》の双姿はいつに変わらなかったが、八幡の渡しで舟を下りて、いざ男山山麓の門前町に入ってみると、途端に何やら異様な空気が作七を押し包んだ。留守をしている間に男山界隈は神道一色に塗り潰されていたのだ。まず目に飛び込んで来たのはあちこちにひるがえる白幟だった。それらには一様に「八幡大神」と墨書してあった。そしてとりわけ、普段着のままでただ甲斐甲斐しく白鉢巻を結んだだけの人々の群。方々から人数を急いで呼び集めたと見えて、人々の身なりは揃わず、鉢巻だけ締めて徒党の数を誇示しているらしかった。

だが、作七がこりゃ敵わんと直感的に思ったのは、集められた人間の顔立ちに見られる名状しがたい下司っぽさだった。日頃見下している八五郎の顔付きなどこれに比べれば春のそよ風みたいなものだ。この連中ときたら、眉はゲジゲジ状、鼻は粘土をこねてぺっちゃりとくっつけたよう、目はどれも三白眼《さんぱくがん》で、額はあくまでも狭く、生まれてこのかた物を考えたことなど一度もないような手合だった。こういう連中が神主や禰宜の尻馬に乗って、「そや、そや」とゲラゲラ笑いながら賛同したり、「ソリャチャウデ、反対や」とみな一斉に抗議の声を上げたりする。そんなふうに付和雷同する叫びがその場の多数意見と見なされて物事が強引に運ばれてゆくのだった。

この連中は口々に「これは白川出入りの仕返しや」と言い合っていた。「白川出入り」とは、旧幕時代の慣わしで、神仏混淆の社寺でずっと仏僧の下風《かふう》に立っていた神官たちがひそかに京都の白川家（白川神道の宗家）へ不平不満を訴えに行ったことをいう言葉だそうだ。仏僧は当然これをひどく嫌って制止しようとし、神官側もその習慣を改めようとしなかったのでいつも悶着《もんちゃく》が絶えなかったが、白川家としては特に手の打ちようはなく、放置しておく外はなかった。それが今回力関係が逆転して、全山を神官が支配するようになったつもりになり、感激のあまり涙を流す者まであったということだ。

四

作七が男山に戻ってからは連日地獄のような日々が続いていた。何しろ、神官側には政府の神祇官、つまりお国が後楯に付いていたから滅法鼻息が荒かった。だいたい鳥羽伏見の兵火に罹災《りさい》したお蔭で地元は困窮し、僧侶たちを扶助する人々も減ったので、仏僧たちの離散は激しかった。その人員不足を穴埋めする恰好でお山になだれ込んできたのが、自分でも思いがけなく仕丁や馬飼《うまかい》、宮大工から成り上がってきたにわか神官たちだった。

これまで権威者に卑屈に黙従《もくじゆう》していた連中が不意に諸般の権限を手に入れた時、いかに機会をとらえてはプチ権力を揮《ふる》おうとするかは読者もよくご存じの通りである。男山では今まで下積みで苦労してきた六位の森本信徳、神宝所の谷村伊織（光訓）ら二、三人が一同の中心になって大勢《たいぜい》をリードした。まず最初にしたことは、本社の仏教関係の堂舎《どうしゃ》や仏具等を売却することであった。

神仏分離以前の石清水八幡護国寺には大要次のような寺宝《じほう》類が安置されていた。

本社内陣

阿弥陀如来御尊像一体　丈一尺八寸

七社宝殿　高さ二尺余、幅一尺八寸余、奥行一尺八寸余、内惣滅金《めつきん》（金メッキ）

僧形《そうぎよう》御影一幅《いつぷく》　八幡大神御本地

愛染明王《あいぜんみようおう》御影一幅　神功皇后御本地

愛染明王曼荼羅《まんだら》一幅　幅九尺余

行教筆梵網菩薩戒《ぼんもうぼさつかい》教二巻　紺紙金泥《こんしこんでい》

行教筆般若心経《はんにやしんぎよう》一巻　紺紙金泥

他

これら千有余年の間本社内陣に安置された重宝が売り立てられ、安売屋・島屋など大坂の古物商人たちを呼んで入札させた。ところが仏教勢力の間には伝統ある寺宝の拡散を惜しむ声が上がったと見えて、元御殿司の松本坊（還俗して松本親雅《ちかまさ》と改名）が内陣の寺宝全部を一手に引き受けて護持したいと申し出、冥加金《みようがきん》（神仏の利益にあずかったとして寺社に納める礼金）を納付したりしたので、解決が長引いたが、けっきょく松本親雅が預かることになった。

が、その他の堂宇《どうう》（堂の建物）や寺宝は比較的抵抗も摩擦もなく売り払われたようである。たとえば大塔・八角堂・愛染堂などは奈良や京都の寺社へ売り渡し（代金不明）。宋国版一切経《いっさいきょう》は八百五十両で江州《ごうしゅう》（近江国）商人某の手に入り、鐘楼そのものの値段は不明だが、そこで撞《つ》き鳴らされていた鐘は、大小二面のうち、大の方は百八十両で、小の方は八十五両で落札された、等々。なおその際、二面の鐘は外国へ売り払われ、兵庫港から船に積み込まれたが、途中で難破して海中に沈没したという言い伝えが残っている。

他にもいろいろあるが、これらの売立《うりたて》金約千両は、そのうち百両が非常用として貯蓄され、残りの九百両はいったん神庫《ほくら》に納入されてプールされ、長年窮迫していた神人たちの生計を支援するため、無利息の貸与金に使われた。社務以下、宮仕えの神人・仕丁・警固の社士に至るまで一家につき十両ずつを拝借させ、来たる明治三年（一八七〇）から十年年賦で返上させるつもりという破格の好条件である。これは明らかに、今まで僧職者の手に独占されていた利権を露骨に神職者の側に奪い返そうというものだったから、僧侶とていつも仏顔《ほとけがお》ばかりはしてもいられず、連日の談合もいきおい殺伐になるのは避けられなかった。

男山の神道者流は本社内陣の抵抗が意外に強いと見たのか、ここ開山堂の攻略に特に力を集中してくる方針と見えた。

開山堂に持ち伝えられている貴重な寺宝がこれら心ない卜司男たちの手で売り捌《さば》かれてゆくのを、作七は、腸が煮えくりかえるような思いで見ていなければならなかった。

御開山様筆の法華経八巻・無量義経《むりようぎきよう》一巻・観普賢経《かんふげんきよう》一巻がひっくるめてわずか六十両で落札されていった。

明治元年五月には、神祇官から「石清水八幡大神。右大菩薩号廃止候につき、魚味奉供《ほうぐ》の旨仰せ出され候事」という布告があった。殺生禁断の仏教では、僧侶がナマグサモノを食べないのを旨とする。ましてや、法事の席に刺身や膾《なます》を提供することなど沙汰の限りである。ところが、神仏分離このかた、この禁止は廃止された。神への供物は「神饌《しんせん》」と呼ばれるが、そのうち、生のままの食物を「生饌《せいせん》」という。魚介類も含まれるのである。血さえ出ていなければ鹿・猪などの獣肉も構わない。この風習が是認されると、今度は逆に魚肉を食さないのが蛮行視されることになる。ある寺では、僧侶が古来の習慣に従って刺身を口にしないのに憤った神道者流が無理矢理口にねじこむといった事件が起きたほどだ。

そんな気の休む暇のない日々がそれから毎日続いた。閏《うるう》四月四日の「太政官達」では、「別当・社僧の輩は還俗の上、神主・社人等の称号に相転じ、神道をもって勤仕致すべく候」と布告された。ノーとは言いにくかった。布告には右に続けて「もしまたよんどころなき差し支えこれあり、且《か》つは（または）仏教信仰にて還俗の儀心得ざる輩は、神勤め相止め、立ち退き申すべく候事」と付記してあった。

意に反して還俗した者は、好むと好まざるとにかかわらず誰でも神職用の衣服を着せられた。風折烏帽子《かざおりえぼし》（頂《いただき》が風に吹き折られた形の烏帽子）・浄衣・白の差貫《さしぬき》着用というでたちである。心ならずもこんなお仕着せをあてがわれた作七は自分の恰好がいやでいやで堪らなかったが、なんとか我慢して毎日これに耐えた。文句を言ったら立ち退かなければならないのである。

神道者流の中には乱暴、というより横暴なやつもいた。その場にいる者の多くが元僧侶であったことを知りながら、わざわざ酒宴の席に仏像を持ち出し、煙管《キセル》で仏像の頭をはたき、「こいつめがわれらの御先祖様の上座《かみざ》にいた無礼者だ」などと罵《ののし》ってみせるのである。比叡山では例の樹下茂国が仏像の顔に矢を射立てて痛快がったということだ。

明治元年七月二十四日には、伝統ある「放生会」が廃止され、改めて「仲秋祭」として開催されることになった。神祇官からその旨を達する奉書が届き、その達書を受領するために、森本信徳は麻裃を着用して出頭しなければならなかった。

　こんな具合に、男山山内では僧職者の地歩《ちほ》は明治元年から翌二年にかけて日一日と失われていった。それと逆比例してどんどんのさばりかえってゆくのが浄衣を着込んだ下司男たちであった。

　情けないことには、時世が時世だから葬式ももっぱら神葬で行われるので、僧職者は従来のたつきの業《わざ》を失い、すっかり食いっぱぐれて生活にも窮する者が出、神祇官の下役に使ってくれと神道者流にせがむ連中も現れるようになった。宣教使《せんきょうし》の仕事にありつこうというのである。宣教使というのは明治二年七月八日に設置され、同年十月九日に神祇官の所管になった部局で、長官は中山忠能《ただやす》（明治天皇の母方の祖父）、次官は岩倉具視に近く「祭政一致」をめざす「津和野派」国学者の福羽美静《ふくばびせい》であった。神道の宣教をさせるつもりだったが、やらせてみたら神道家はからきしダメで、説法で鍛えた元僧侶の方がうまかった。とりわけ真宗の坊さんあがりが達者だったというのには笑わせられる。

　そしていよいよあの日がやってきた。忘れもしない明治二年十二月十八日である。

　この日は以前から「行教祖師復飾《ふくしょく》の慶賀《けいが》」を執り行う旨が神祇官から通告されていた。開山堂を神殿に造り替えるから清祓《きよはらい》の儀を行うようにとの通知もあった。「復飾」とは出家・剃髪《ていはつ》して僧形になった者が「還俗」することであるが、まさか平安初期の名僧をどうすることもできまいとは思うが、いったいどうするつもりか不安な気持を抱きながら、作七はとうとうその日を迎えた。

その当日、開山堂には朝から大勢の人間が詰め掛けて異様な活気に満ちていた。大勢、といっても大部分はいつもの下司男たちであり、本堂と濡《ぬ》れ縁《えん》とを占拠して気勢をあげていた。普段の法会や法事なら、衆僧《しゅうそう》が語彙豊かな法華経を誦読《しょうどく》する聞き慣れた声が響くはずなのだが、今日ばかりは平和な読経の声は聞こえず、その代わり、単調な祝詞《のりと》を奏上する濁声《だみごえ》が聞かれるだけだった。奏し終わる度ごとに拍《う》たれる柏手も不揃いで、ひどく殺伐に山中にこだました。

開山堂前の空き地には昼間だというのに焚火《たきび》が赤々と燃えさかり、目に沁みるような刺激的なにおいのする白煙が立ち昇っていた。神道者流が大麻を焚いているらしかった。早くもその成分を深々と吸い込んで酩酊《めいてい》し、昂揚《こうよう》した気分になっている連中もあるようだった。何人かは目を血走らせ、両手を上下に小躍りさせて跳ね回っていた。何か意味不明な言葉を大声で叫んでいる男もいた。

正体の知れぬ不安感が作七を襲った。「連中は何か企んでいる」「何かよからぬことが御開山様の御身に起ころうとしている」——そんな直感が身体を走り抜けた。

そのとき、開山堂の奥の院からすきとおった旋律が響いてきた。篳篥《ひちりき》を吹き鳴らす音色である。荘厳《そうごん》な雰囲気だった。何かが出現してくるらしい。思わず、音のする方に目が吸い寄せられる。開山堂の内部には型通りの須弥壇《しゅみだん》が置かれていたが、行教和尚の尊像は特別の厨子《ずし》に収められて奥の院に秘蔵され、千年以上もの間、年に一度の御開帳の時以外には参詣人の目に触れることはなかった。その御尊像が今日はお出ましにでもなるのだろうか。今聞こえた玲瓏《れいろう》たる楽の音がきっかけになって、人々が立ち騒ぐあわただしい動きが伝わって来た。

大勢がむらがって白木の板輿《いたごし》を担ぎ出している。その上には、屋形の代わりに行教和尚の木像が剝き出しのまま厨子から持ち出され、不安定に載せられていた。結跏趺坐した両足や上品下生の印を示した両手もそのままに端然と坐しているその姿は、インド風のゆるやかな袈裟を身に纏《まと》ってはいるものの、普段の奥深い闇に包まれた安息の中から一気に衆目《しゅうもく》に晒されて居心地の悪いような、照れ臭そうな、苦笑を浮かべているようだった。

木像を載せた板輿が須弥壇の前に据えられ、担いできた一同が所定の席に著座《ちゃくざ》し、その場が静まりかえると、かねて定められていたのか、純白の袴を付けた身なりのいい服装の神主が一人前に進み出た。名を梅谷通善といい、今日の儀式のため特に宮司《ぐうじ》に任じられた神祇官事務局の偉いさんだった。元の寺坊《じぼう》の一つ、善法寺が還俗して菊大路纓清という男が禰宜にしてもらって傍らに控えていた。

宮司は威儀を正し、榊《さかき》の枝をかざす。それから一同起立して、宮司が言辞不明瞭な口調で祝詞を読み上げる間、うやうやしく頭を垂れた。作七は我慢をしきれず、「もういいだろう」と何度も頭を起こしかけて、その度に仲間から目顔で叱られた。しかし、祝詞の中でこれから行教和尚を還俗させる式典を執り行うと告げた語句だけは耳さとく聞き流さなかった。

「やれ、かかれ！」

下知《げじ》の声が飛んだと思ったのは空耳だったろうか。たちまち、勢い込んだ若い者がわらわらと立ち上がり、板輿の上に置かれた木像のもとへ寄ってゆく。みんな尋常の顔立ちではない。額の面積が狭い奴、反っ歯が鼻よりも前に出ている奴、顎を押さえなければ口が閉まらない奴。よくもこんな顔をそろえたものだと感心するほど下劣な御面相をした連中が嵩《かさ》に懸《か》かって前へ進み出る。

何をするのかと思ったら、「還俗だ、ゲンゾクだアー」と騒ぎ立てる声のかたわら、白い衣服一式を勝手に用意している様子だった。どうやら法体《ほったい》の上から浄衣をお着せするつもりらしい。神職同然の身なりにしてしまおうというのだ。

もったいない。そんなことをさせてなるものか！　血気盛んな仏徒の若い者がそうはさせじと止めに入る。作七も仲間に加わって渦中に躍り込んだ。しかし多勢に無勢。たちまち屈強な腕に押し退けられた。口惜しい。腸が引きちぎられる思いだった。

「お上人《しょうにん》さま、面目《めんぼく》ないことでござります。あっしどもに力がないばっかりにこんな目にお合わせします。御免なされて下さりませ」。口の中でこう呟き、心の中で手を合わせて、作七は涙に咽《むせ》んだ。いくら切歯扼腕《せっしやくわん》したところで、今はもう手の施しようがなかった。下司男たちは昂奮してはしゃいでいた。歯を剝き出してゲタゲタ笑っている連中もいた。そんな奴等が寄ってたかって、行教和尚を手ごめにしようとしていた。

連中は尊像に狩衣と指貫袴を着せ付けるつもりらしかった。上品下生の形の両腕も結跏趺坐した両脚もうまく衣服をかぶせられて隠れたけれども、納まりの悪いのは立《たて》烏帽子で、いくら行儀よくかぶせようとしても、僧形に丸めた頭でツルリと辷《すべ》ってどうにもおとなしく乗っかってくれないのだ。焦った連中がチッチッと舌打ちした。誰かが苛立った声でいった。

「仕方がない。釘付けにしよう。おーい。釘を持ってこい」

血が逆流する思いだった。作七は屈強な男の万力のような腕に羽交い締めされた身体で藻掻《もが》いてあらがったが、どうしても身動きが取れなかった。それでも力の限り藻掻きに藻掻いて、しまいには疲れ切って目がぼうっと霞《かす》んできたほどだった。その耳にガーン、ガーンと金槌で釘を打ち付ける音が、痛々しく響いてきた。

と見ると、坊主頭におよそ似合わぬ烏帽子をかぶせられ、胴体を狩衣と指貫袴で蔽《おお》われた珍妙な風体の行教和尚のお顔がすぐ目の前にあり、そして、おお！　おいたわしや！　そのお頭《つむ》にかぶせられた立烏帽子の縁の部分には無骨な釘が打ち付けられていて、その額から鼻筋にかけて、作七の目にはありありと血潮が筋をなして流れるのが見えた。ぐっと胸が迫った。

しかし「お、お上人さま」と咽喉《のど》から出かかった言葉を制したのは、その時作七の目に映じた柔和な、限りなく柔和な木像の表情だった。「作七、何もするでない。じっと耐えよ。忍辱《にんにく》じゃ。ひたすら忍辱の一心じゃ」と木像の目が静かに言っていた。

作七は心が和んだ。

一座の元僧職者たちは総員《そういん》頭を垂れて沈黙した。自己の無力さに激しい嫌悪を感じながら長い儀式の間じゅうその座に座り続けた。やがて宮司は、行教和尚に「紀の中《なか》津御祖《つみおや》の神」という称号を贈り、開山堂を神殿に造り替えて「継弓社《つぎゆみのやしろ》」と名づけた。

赤毛の人魚

一

海峡の藍色の潮は、いつも穏やかにゆっくりと西から東へ流れていた。時々白く泡だって遠く日本海の沖の方で時化《しけ》が荒れ狂ったことが知られるのだった。そんな日など、浦人《うらびと》は浜辺に群れ集って海の贈り物を待ち受けた。時化の後の海は、いつも決まって、難破船のマストや竜骨《りゅうこつ》、嵐のさなかに海へ投げ込まれた船荷、乗客や乗組員が日頃親しんだ船室の調度品などがまとまって漂い着くのだった。

半島の浜辺にある小さな村の外れに、この藩を支配している殿様が海岸警備のために設けた粗末な番小屋が建てられていた。

藩では西北方はるか遠くの藩境にある熊石《くまいし》や在郷の江差《えさし》村に番所を設けて、常時何人か複数の番人を置き、鰊《にしん》漁やその他産物の交易に賑わう浜を管理させていた。毎年春から夏にかけては仕事が忙しいのである。秋・冬は閑散とするので人数を引き上げたり、「給人《きゅうにん》」と呼ばれる現地人に仕事を任せたりして事務を簡素にしていた。だが、この土地ではそれほど人員を必要としないので、番人はたった一人しか派遣されず、浜の村に居たっきりになって庶務万端を押しつけられていた。

　番人の名は式之丞《しきのじょう》といい、年齢は二十五、六のまだ若い武士で、眉根《まゆね》は秀で、鼻筋は通り、唇は赤く、世にいう女好きのする顔立ちだったので、浜の若い娘たちの間でも評判が高かった。だがあいにく、式之丞にはもう定まった許嫁《いいなずけ》がいて、ここからだいぶ離れた城下町に一軒家を構えている将来の妻女の実家は藩の寄合格《よりあいかく》（上席）家老の家筋で、式之丞が無事浜番の任期を勤め上げた暁《あかつき》には先の出世が約束されているので、身持ちは堅いという噂だった。娘たちも容易には側へ近づけなかったのである。

　この藩には、昔から蝦夷地《えぞち》交易のため南部領船、秋田領能代《のしろ》の船、庄内領酒田の船などが七、八百石から千石の荷を積んで、毎年全部で十八艘《そう》ほどが行き来していた。取り引きされる品物は鰊・昆布・干し鮑《あわび》・干し海鼠《なまこ》・材木などであり、たまにラッコの毛皮などが加わった。安政六年（一八五九）に箱館（函館）が国際貿易港として開港してからは大型の外国船も海峡を通過するようになった。

　たいがいの場合は、はるか沖合を航行する船舶を見送るだけだが、たまには嵐に遭った商船が難破することがある。船から流れ出す積荷類には高価な蝦夷錦や青玉《せいぎょく》、磁器、漆器などが混じっていることもあった。どれも浜辺の貧しい村では無視できぬ収入源になるのだった。

初夏のある日のこと、日本海にまた大きな時化があったと見えて、浜辺に金目《かねめ》の船荷がたくさん流れ着いたことがあった。早くもその情報が広まったと見えて、もう夕方近かったが、多数の浦人が集まって来ていた。

こういう場合の習わしどおり、浦人は、浜の棟梁《とうりょう》の下知《げじ》に従って、砂山のほとりに荷物を集めたり、万一不心得者が品物を拐帯《かいたい》してゆかないように手回しよく松明《たいまつ》を用意して見張ったり、きびきびと働いていた。海上法規ができるはるか以前には、遭難船から流失した漂流物は「寄物《よりもの》」といって捕獲してもよいという慣習があった。後世でも難破船の救援はカネになった。とりわけ船主のいない船荷は拾得物扱いで一定の比率で分配されることになっていたから、浜の浦人も整然と海の秩序を守ったのである。

ところがこの日は、浦人が浜辺で総出になって働いているのをよそに、式之丞の姿はどこにも見当たらなかった。日頃はきちんと役目を果たすこの男が浜を見回る仕事もしていないのは、滅多にないことだった。

浦人が出盛《でさか》っている浜からちょっと離れた所に小さな岬があり、その突先《とっさき》の岩陰に静かな入江が憩《いこ》っている。見れば、式之丞は入江の岸に突っ立って岬に漂着した小舟の主と向かい合っているところだった。

小舟といっても、それは見れば見るほど奇妙な恰好をした舟だった。たとえていえば香箱《こうばこ》のようで形は丸く、長さも幅も五メートルばかり。上部にはガラス障子（窓ガラス）をめぐらし、接続部は松脂《まつやに》で塗り固め、底には鉄の板金を何枚も重ねて張り、暗礁《あんしょう》にぶつかっても砕けないようにされていた。ガラス越しに内部を覗いて見ると、中には異様な姿の女性が一人いた。

頭髪と眉毛は白く見えるほどの金色だったが、後になってそれは鬘《かつら》であり、長く伸ばして背中に垂らしているとわかった。ほんとうの地毛は赤髪だった。顔の皮膚は乳色をまじえた桃色だった。金髪が白く見えたのも白い打ち粉をふりかける風習のせいだったのかもしれなかった。

真水が二リットルほどギヤマン（ガラス製品）の瓶に詰めてあった。干菓子のような物もあった。肉を練ったような物もあった。乳を固めたような猛烈に臭い物もあった。漂流中に飢える心配はなさそうだった。

言葉が通じなかったのでどこの誰とも確かめようもなかったが、この女性は六十センチ四方ぐらいの箱を大切そうに抱えていて、寸秒も放さなかった。人手に渡すどころか、人が手に触れることさえ激しく拒絶して許さなかった。よほど大事な物らしかった。

式之丞が何となく気押《けお》されてひとり鼻白《はなじろ》んでいるうちにも、噂を聞きつけた浦人が岬に集まって来ていた。みんな異人の女性を見て素朴に驚き、口々に評議しているのを女はただおおどかに微笑して眺めていた。自分が話題にされていることがわかっているようだった。

浦人の中から土地の古老じみた年寄りが進み出て口を開いた。

「この蛮女は蛮国の王の娘ではございますまいか。変わった恰好の舟は《うつろ舟》といい、土地の言い伝えに、何十年も前にこういうことがあったと申します。いったんひとりの男に嫁《か》しながら密夫《みそかおとこ》を作ったことが露顕《ろけん》し、密夫はただちに刑《けい》されましたが、女の方はさすがに王の娘なれば殺すに忍びず、うつろ舟に乗せて海へ流しやり、生死を天にゆだねたとか。しからばこの蛮女もそのためしに従って海に流されたのがわれらの浜辺に漂着したものでござろう。身から離そうとせぬくだんの箱の中身も、さしずめ密夫の首でござろうて」

浦人たち一同はみなこの話にうなずき、意味ありげに式之丞の顔を見た。集まっている人々の中で武士は式之丞一人だったからこんな場合も率先して判断を下さなければならないのである。

式之丞は迷った。この土地では何百年も伝わってきた仕来りの力は強い。習わしには従わなければならない。このうつろ舟をそのまま沖へ引き出して突き放せば簡単に済むことである。櫓《ろ》も櫂《かい》もないうつろ舟は波と風にさらわれてどこかへ押し流されて行くであろう。そしてその後、浦人たちは何事もなかったように昔ながらの暮らしに立ち帰るに違いない。式之丞はそう判断した。ここで一言下知を発すれば、すぐに屈強な男が二、三人進み出て舟を引き出す手伝いをするだろう。しかし、いざ下知の言葉を口にしようとした時、式之丞は思わず蛮女の方を見てしまった。蛮女は、まだガラス張りの船室の中にいたが、外で自分の生死を左右する決定が下されかけているのも知らぬげに、無邪気ににこにこ笑っていた。式之丞は自分に向けられた笑顔をことさら愛らしく見せている純真に澄んだ目に惹かれていた。その瞳を囲む虹彩《こうさい》は式之丞が初めて見るこの世ならぬ青緑色をしていた。あの深い青緑の奥にはいったい何があるのだろう、と式之丞は考えた。海の向こうの、誰もまだ見たことのない未知の世界の秘密がそこには比類ない密度で詰まっているように思われた。その真ん中の瞳孔《どうこう》がいたずらっぽく動いて式之丞の眼差しにひたと合わされた。

この時、式之丞の心の中で何かが決した。式之丞はやおら歩を進めてうつろ舟に近づき、岸へ上がって来いと身振りで示したのである。浦人たちは一瞬怪訝《けげん》そうな表情を浮かべたが、誰も反対の声を上げなかった。何しろ式之丞はこの場でたった一人の武士であり、ふつう領民は武士のすることに異を唱えなかったからである。

式之丞の身振りは相手にすぐ通じた。蛮女は目を瞠《みは》って式之丞を見つめ、それから嬉しそうに相好《そうごう》を崩してにっこりするとと承諾の印かうなずいて見せた。ばかりか、内側から自分の手でガラス障子を開いて身を乗り出した。舟から足元危なく岬の岩場に降り立つのを、式之丞が猿臂《えんぴ》を伸ばして助ける。見る間に、二人はごく自然に寄り添って岸辺の砂浜を歩いていた。

いつ側へ行ったのか、年齢不詳のアイヌ女が蛮女にくっついて歩いていた。女は口の周りに文身《いれずみ》をし、独特の幾何学的な文様を施した単衣の衣裳を左前に着込んでいるので、日本人とは違うと一目でわかったが、ちょこちょこした足取りで短軀《たんく》を運び、何やら異様な響きの言葉を片言で喋《しゃべ》っていた。アイヌの種属はこの地方ではどこの町や村でも群がって住んでいて、時々鮭《さけ》や熊の皮を米と交易したりして生計を立てているようだった。この浦でもこの女ともう二、三人が一緒に生活しており、浜の仕事の手伝いなどをしていた。片言とはいえ言葉が通じるのだから、蛮女は、この土地のはるか北の涯《はて》にあって「西蝦夷」と呼ばれる広大な地方を管轄するオロシヤの国人なのかもしれなかった。だとするなら、二十年前の「薪水給与令《しんすいきゅうよれい》」このかた、海上で遭難した外国人に対しては親切に接しなければならないのが国の定めになっている。土地の殿様の頭を越えて江戸の公方様《くぼう》からそう命じられているのである。式之丞の振舞いもあるいはその布令を思い出したからかもしれなかった。

しかし、布令に従ったとしたら、不思議なことに、式之丞の行動には矛盾が多かった。すぐ浦人に命じてうつろ舟を沖に流させたし、みずから蛮女の手を取らんばかりにして、アイヌ女ともども番小屋に連れて行った。番小屋は浦人の住まう村からは少し離れて岬を回り込んだ所にあった。海岸近くまで半島の尾根の山脚が伸びて来ていて、谷川の水が海に注ぎ込んでいた。番小屋ではそこから樋《とい》で水を引き、炊事場と風呂場に利用していた。式之丞は自分の住居を兼ねたその番小屋へ蛮女を伴うつもりらしかった。

蛮女の方でも式之丞と同行するのがさほど厭《いや》そうには見えなかった。そういえばさっき、今は海に流されたうつろ舟の内と外で視線を交わし、瞳がからまった瞬間、二人は何の言葉も必要とせずに、二人にしかわからない黙契《もっけい》を結んでいたのかもしれない。二人と供にしゃしゃり出たアイヌ女の三人の姿が番小屋さして消えていった後、浦人たちは顔を見合わせ、何かしたり顔に頷《うなず》き合いながら思い思いの方角に家路をたどり、いくら夏の夕刻は日が長いといっても、そこは北国のこと、太陽は急速に角度を傾けてぐんぐん日本海に沈んで行った。この日も世界が燃え落ちるかと思うほど華麗な夕焼けが海と空を染めた。逆光線で照らし出された三人の影法師は、遠近感のない陰画じみて実在性を失い、薄っぺらいシルエットになって視野から去って行った。

二

アイヌ女は宵《よい》のうちに体《てい》よく追い返され、式之丞と蛮女は番小屋で二人きりになっていた。

上弦の月が粗末な軒端《のきば》を洩《も》れて差し入り、部屋に点《とも》された魚油《ぎょゆ》の灯火の乏しい光量よりも明るく薄暗い土間の地面を照らしていた。

土間の床几《しょうぎ》には式之丞が腰を下ろし、深く思いつめた表情で奥の畳間に目を凝らしていた。まるで誰かを不寝番で守ろうとしているかのようにぎごちなく強《こわ》ばった姿勢を崩さない。斜めに差し掛ける月光とちらちら揺れる灯火の明かりに浮かんだ式之丞の顔には、期待とも逡巡《しゅんじゅん》ともつかぬ不思議な不決断の苦渋が浮かんでいた。奥の畳間には薄い蒲団が延べられ、その上に、夏用の薄物をまとって蛮女が横臥《おうが》し、すやすやと規則正しい寝息を立てていた。

決して沈まぬ工夫はされていたとはいえ、どのくらいの日数かわからないが、うつろ舟の狭苦しい空間に閉じ込められていたのだから、きっと手足も自由に伸ばせなかったに違いない。蛮女は思い切りのびのびできる安堵感からか、横たわるとすぐさま寝入り、多少の物音では目を覚ましそうではなかった。女は完全に式之丞に心を許し、安心しきって眠り込んでいるようだった。

式之丞は正直困惑していた。この女は、いったいどのように扱ったらよいのだろうか。

律義にお定めに従うならば、丁寧に応対し、充分な米と水と薪《まき》を与えた上で、国元に帰せばよかったのだ。なるほど布告の文言には「異国船と見受け候わば、とくと様子相糺《あいただ》し、食料薪水など乏しく帰帆《きはん》成りがたき趣候わば、望みの品相応に与え、帰帆致すべき旨申し諭《さと》し、もっとも上陸は致させまじく候（外国船と判明したならば、事情をよくたずね、食料・薪・水などが不足していて帰国の航海ができない場合には、望みの品を適当に与えて帰国するように説得しなければならない。但し、上陸させてはならない）」と書いてはある。だが今の場合、実際に起きているのは一々文言があてはまらないことばかりだった。漂流したのは間違いなさそうだが、別に食料や水に不足している様子はない。帰国するように説得せよというが、舟はもう流してしまったので今更帰国するもヘチマもない。決して上陸させてはならないという禁令も、相手が屈強な船乗りであっての話だろう。かよわい女性一人だったらこうしろという指示は何もない。無我夢中で上陸させてしまったのはたしかに自分の責任だが、さりとて、あの場合あする他にどうしろというのか。式之丞にはどうしても自分が間違ったことをしたとは思えないのだった。

とはいえ、式之丞が困った立場になったことはたしかだった。

この話は人々の噂を通じて浦から浦へ、町から町へと広まり、やがて藩庁の役人の耳に入るのは疑いなかった。遠からず、城下町からこの浦里へ僉議《せんぎ》の役人がやって来て、あれこれ聞き糾すに違いない。その時はああ言おう、こう言おうとさまざま弁明の言葉を考えているうちに、式之丞も目の前で無防備に眠っている女につられて自分もいつしか眠りに落ちてしまった。

ハッと眼が覚めたら、もうすっかり朝になっていた。番小屋の荒れ果てた障子窓から朝の日ざしが射し込んで、土間も畳間も普段と同じ姿で明るく照らされていた。日頃の小屋の景状《けいじょう》と違っているのは、ただ一つ、昨日連れて来た女が、一晩ぐっすり眠って元気を回復したのか、昨日よりもいっそう晴れやかな顔をして一緒にいることだった。

女は式之丞よりも早く目を覚まして、簡単な身繕《づくろ》いを済ませ、式之丞が起き出すのを待っていたらしかった。張りのある高頬《たかほ》にうっすらと臙脂《えんじ》を刷《は》き、唇にはくっきりと口紅を塗った痕が鮮やかだった。昨日あんなに大切そうに身から離さなかった箱は女の傍らで無造作に開けられ、櫛《くし》だの刷毛《はけ》だの細々した物が取り出されていた。化粧箱らしかった。

言葉は通じなかったが、女が心から気を許して自分を信じているのがわかった。いそいそとしきりに気を使っている様子に、式之丞も気を利かせ、手真似で風呂場と厠《かわや》の場所を教えた。女もすぐに察したと見えて、恥じらったような微笑を浮かべて、納戸《なんど》色の暖簾《のれん》の向こう側に消えた。

しばらくして物陰から出て来た女は、こんな衣裳をどこにどうやって持っていたものか、さっきまでのよそ行き姿とは打って変わってこざっぱりした普段着に着替えていた。それから式之丞が何も意思表示をしないうちに甲斐々々しくクルクル働き、二人の食膳を用意した。昨夜居なくなったはずのアイヌ女もどこからか戻って来ていて、蛮女の手助けをしていた。……女の住む家庭の日常のような具合だった。

こうして、式之丞の奇妙な同棲生活が始まったのだった。

同棲といっても、二人は夫婦になったわけではない。狭苦しい番小屋には座敷といっても名ばかりの畳間が一つしかなかったので、二人はけっきょく一つ部屋に薄い蒲団を敷いて枕を並べて臥《ふ》せる他はなかった。毎晩、隣の床にまだ若い女を寝かせているわけだから、式之丞にそれを意識するなといっても無理な話だ。時にはまんじりともしがたく、寝苦しい夜が訪れたことも事実である。

しかし式之丞がずっと身を正しく持ち、道に外れた行いをすることがなかったのは、この若い武士が幼年時代から受けている厳しい儒学教育の影響というよりは、藩の浜番として身を律しているストイックな治者意識のせいであった。今自分が預けられているのは処分未決の外国人である。糺問《きゅうもん》次第では日本に潜入をたくらむ不逞《ふてい》な国事犯の女であるかもしれないではないか。

お役目大事の役人根性とも言わば言え、ともかくも御公儀の御用を務めているからには恣意《しい》的な個人感情、ましてや意馬心猿《いばしんえん》の劣情をもって公務をおろそかにするようなことがあってはならなかった。

夏の盛りのある暑い夜、式之丞は明け方近い時間にふと寝苦しくて目を覚ました。実をいうと、自分が目を覚ましたといえるかどうかもおぼつかなく、それ以前の時間からずっと起きていたのかもしれず、その前後はすべておぼろげで自分でもはっきりしなかった。ただ、一つだけくっきり覚えていることがある。隣に横臥している蛮女が声を忍んで泣いていたのだった。故郷と離れているのが淋しいのか、遠い異国の地にいることが心細いのか、それとも、想像されているようにみずからの淫奔《いんぽん》ゆえに夫を刑死させたことを悔やんでいるのだろうか。女の涙の理由は式之丞の理解を超えていた。

だが何にもまして、いちばん式之丞の耳に付いたのは、女の泣き声に篭《こ》もっている何ともいえない官能の響きだった。

それは望郷とか慙愧《ざんき》の念とか何らかの後天的な理由による悲哀ではなく、もっと先天的な、女の官能そのものが発している叫びのように聞こえた。女はうつぼのように何か中空の存在であり、何であれ自己の空虚を埋め合わせてくれるものを全身的に欲しているかのようだった。

ことによったら、この女は、生き別れか死に別れか真相は杳《よう》として知れないが、仲を引き裂かれた男の肌の記憶だけを持ち抱えていて、それが夜な夜な女の官能を苦しめ、忍び泣きの声音《こわね》を洩らさせていたのではなかろうか。

またひょっとして、そうした一種先天的な欠乏感はいわゆる「閨怨《けいえん》」に似た思いをつのらせ、毎夜、床を並べて眠ってはいるが、指一本差そうとしない式之丞へのわりない想いになっていたのではあるまいか。

とにかくその夜、不思議な胸苦しさを覚えて目覚めた式之丞が目にしたのは、物狂おしく身悶えしながら床の中でしきりに寝返りを打っている蛮女の姿だった。何か夢でも見ているのか、女はまるで幼女のように頼りなげに泣きじゃくっていた。その形《なり》姿《かたち》はいかにも無防備で、触れたがっているみたいで、男の保護本能をそそった。

とりわけ式之丞の目を一瞬釘付けにしたのは、女が眠っているうちに露《あら》わにした双の胸乳《むなぢ》だった。寝苦しい夏の夜の暑さがそうさせたのか、女は上半身を肌脱《はだぬ》ぎにして、腰から下だけを不思議な形の裳《も》で蔽《おお》っていた。あわてて目を逸らせたのでよくは見届けなかったが、それは柔らかに豊満な腰の曲線をなぞっていて、式之丞がこれまでに会った日本娘の間ではついぞ見かけないものだった。

人魚の寝姿を見た、と式之丞は思った。

見られていることに気づいた女はすばやく胸を隠し、恥じらいの色を浮かべて顔をそむけた。その時はそれだけで終わった。しかし、その時以来、二人の間で何かがはじけ飛んだ。言葉が通じないのは前のままだった。が、その後は二人ともたがいにもじもじすることが多くなり、約束したことを目顔で確かめ合っているのを楽しむ日々が凪《なぎ》のように訪れた。

北国の夏は短い。

岬近くの海流を真っ黒に染めるほど豊饒《ほうじょう》な夏鰊《にしん》の魚群は沖の方に遠ざかり、やがてたっぷり卵を孕《はら》んだ冬鰊として回遊してくるまでにはまだ間があった。

夏の終わりには海峡の景色も淋しくなる。はるか東の方角で冷たい親潮が流圧を強める気配がして、心なしか目の前を通過する津軽暖流の勢いも穏やかだ。夏の間じゅう、海中の岩に着生《ちゃくせい》して鬱蒼《うっそう》たる藻場《もば》を作り上げていた昆布の林もいつしか艶《つや》を失っていた。

海岸の松林で毎日夕方まで降るように聞こえていた蟬時雨《せみしぐれ》も、「ギーギー」と鋸《のこぎり》の刃を挽《ひ》くように鳴き立てるエゾゼミや「ミョーキンミョーキン」と合唱するエゾハルゼミからツクツクボウシへと主役が替わっていった。

朝夕の肌寒い日が続く。そんなある時、式之丞と蛮女とが自然なぬくもりを求め合うかのように契《ちぎ》りを交わしたとしても誰も責めることはできまい。

裳をめくり上げると、白い腹が現れ、そこに一ヶ所、赤褐色の海藻が濃く繁茂《はんも》した部分があり、茂みを掻《か》き分けて間近にたしかめる珊瑚《さんご》色の裂け目からは強く海の匂いが立ちこめた。

自分は今、人魚を抱いていると式之丞は感じた。

奇怪な音声を発して事が果て、満足した人魚はひそやかに身仕舞《みじま》いを済ませると、鱗《うろこ》を閉じ、長い脚を裳でくるんで元の魚身に戻った後、またぐっすりと深い眠りに落ちたようで、人魚は軽い鼾《いびき》を立てていた。

それから二人の間柄は、一度切れてしまった堰堤《えんてい》の水の手のように、制御しようもなく何度も何度も決壊した。二人には共通の言葉はなかったが、特に人間の言葉を必要ともしなかった。二人の間にはいつとも知れず、ただ二人だけで想いを通じ合わせる手だてができあがっていたのである。交わし合う笑顔と若干の手真似と、それに睦《むつ》び合いを求める鼻声と悦楽を訴える咽喉声で構成される片言の嬌声《きようせい》ならぬ嬌語さえあれば充分だった。式之丞が浜の仕事を終えて小屋に帰り、謎を掛けるような微笑を湛《たた》えた人魚と視線をまじえると、そのまま食事も後回しにしてまず蒲団を延べるといったことが日々の営みになっていった。

番小屋の内部もごく自然に人魚の好みに合わせて変えられていった。式之丞が留守にしている間、アイヌ女が入り込んでいていろいろ世話を焼いているのに違いなかった。隙間ばかりだった小屋は、開口部という開口部が芦《あし》や白樺《しらかば》の樹皮で塞《ふさ》がれ、土間の中央に炉《ろ》が切られ、土間の隅には松薪《まつまき》の束がきちんと四角に積み重ねられていた。女たちは早くも冬支度を始めているのだった。

中でも式之丞の目を引いたのは、「クワヒル」とかいう鉄格子付きのストーブであった。本来は石炭を焼《く》べるのだが、薪用に改造したらしい。こんな器具は初めて見た。部屋全体を暖める仕掛けである。板敷の上に断熱用の石を置き、鋳鉄《ちゆうてつ》製の胴が載せてあり、椀形の蓋を開閉して薪を入れるようになっていた。用意よく、土管《どかん》をつないだ長い煙突までが作りかけてある。

たしかに冬は身近に迫っていた。雪は九月頃から降り出し、だんだん深く積もるようになる。それにつれて浜からは人数が減っていった。四月五月、鰊漁の盛期《せいき》には大勢いた出稼ぎの人夫がそれぞれの村里へ散るのである。漁獲した鰊は、腐敗を防ぐため、頭と内臓を取り除いたものを「身欠《みが》き鰊」という干し鰊にして北前船《きたまえぶね》で上方《かみがた》に運ぶ商品にする。しかし式之丞が派遣されている浦には大きな船が入れないので、十四丸にまとめて問屋に納入する。一丸は干し鰊を二百本ずつ結んだものをいう単位である。その過程でさまざまに必要とされる労力を提供した出稼ぎ人口がこの季節にはめっきり見られなくなる。

その代わり、人影もまばらになった海岸で目立ち始めるのが、釘を使わず丈夫な縄で船板《ふないた》を綴じたアイヌの小船の活動だった。この季節になると毎年行われる鷹《たか》の捕獲に出かけるのである。鷹はこの藩の名産品として将軍に献上される。鷹を捕獲する場所は「鷹打場《たかうちば》」と呼ばれ、領内に三百九十箇所余りもあった。狩猟に用いられるオオタカの若鳥を、羽毛が抜け代わる以前の羽色によって、「黄鷹《きだか》」と呼ぶ。成長しきった鷹を「兄鷹《しょう》」と称するが、黄鷹の方が若くて仕込んだ芸をよく覚えるので珍重され、五両ぐらいに値段が付くという。物によっては殿様が三十両でも買い取るそうだった。

鷹打ちは、八月末から十二月、翌年の一月頃まで雪の中で行う。

また、鷲《わし》の尾羽《おばね》を取って売る仕事もあった。海上に竹簀《たけす》など水に浮く物を浮かべ、その上に餌鳥《えとり》を置く。アイヌは水中に身を潜めていて、鷲が餌を取ろうと舞い降りて来るところを手取りにする。そして素早く尾羽だけを抜き取って鷲は空に放つのである。鷲の尾も蝦夷地の土産物の一つだった。鷲と鷹とは別種ではなく、大型の鷹を鷲というのだとする説もある。いずれにしても、鷲は狩猟用には使えない。

こうした鷹打ちを管理するのも式之丞の仕事のうちだった。

このように浜の番人には年がら年中、雑用の絶える間がなかった。多忙な式之丞は毎日外へ出て何かの仕事をこなし、疲れ切って家に戻る。小屋ではいつも人魚がいそいそと出迎えた。

季節はもう冬になっていた。

小屋の内部はすっかり模様替えされ、クワヒルが据え付けられて、真っ赤な火が中でガンガン燃えていた。

一歩戸外に出れば、厳寒な大気が待ち構えていて式之丞の肌を刺す。身体をすっかり冷え切らせて小屋に帰れば、入口の引き戸を開くや否や、充分暖められた家内の空気が式之丞の皮膚を包み、手を引かれるままに襖《ふすま》の奥の寝間《ねま》に入ると、そこにはもっと温かく柔媚《じゅうび》なものを覆い隠している尾鰭《おひれ》が脱ぎ捨てられ、こんもりした赤毛の茂みが艶を帯びて潤っていた。

重なり合って規則正しく律動する。そうすると、男の身体はゆっくりと深く女の水に沈み、ぬらぬらする表面積を持った昆布の巨大な胞子体や叢生《そうせい》するイソギンチャクの触手の密生を肌に知覚しながら辷《すべ》りぬけ、みずからも嬉々《きき》として裂開《れっかい》し、海のホウセンカのように種を八方にふり蒔《ま》くのだった。いっときの、何の苦痛もない灼熱《しゃくねつ》。直後に二つの肉身《にくしん》を訪れる水死の後のような平穏さ。しばらくとろとろと睡《ねむ》ってからの清新なよみがえり。

何ヶ月も雪に降り込められたつらい冬の季節も、この二人にはそれほど長いものとは感じられなかった。

そしてこの浦里にも、毎年のように春がめぐってきた。

今まで見えても遠くほの白く雪気《ゆきげ》を帯びていた駒ヶ岳《こまがたけ》が、ある日いやにみずみずしく見えてきたと思ったら、いきなり押し寄せるように春が来た。土地者の目にも、渡《お》島《しま》半島の春はまぶしいばかりに明るかった。暗がりから急に光の中に出たような印象だ。

このあたりの地形では海岸にすぐ近く山々の尾根が裾《すそ》を延ばしている。冬の間も黒ずんだ常緑の枝葉を張って雪と厳寒に耐えていたエゾマツの周囲でミズナラ・ハリギリ・カシワなどの広葉樹も競って芽を膨らませはじめる。砂浜には森や林の飛び火のように可憐な海浜植物の群落がにわかに繁茂すると、もう夏の日が近づいているのだった。ハマナスの薔薇色の花が風に揺らぎ、ハマダイコンが目立たず地面を這い、イチモンジセセリとシジミチョウが白や紫の頭状《とうじょう》花序《かじょ》につきまとってせわしなく飛び廻った。

その頃から人魚の身体に異常が生じたのは、めぐり来る夏の季節のいたずらだったのだろうか。

ある日の朝、式之丞が役目に出る前のあわただしい食事の時、人魚は不意に立ち上がり、転がるように水場へ走り、何か桃色の物を音を立てずに吐いた。

それからしだいに食欲を失い、式之丞が気を付けて見ていると、時々物陰に行っては透明な水のようなものを口から出していた。

日ごとと夜ごとの交歓《こうかん》は相変わらずだったが、男には女の腹が少しずつせり出してくるように感じられて、近づきがたく思われるようになった。目を凝らして視線を注ぐと、尾鰭を取り除けた後の腹や太腿の生白い皮膚に、葡萄蔓《ぶどうづる》のような静脈管の陰影が透き通って見えていた。

三

式之丞が藩の役所から城下町へ呼び付けられたのは、五月も中旬になったある日のことだった。

式之丞は、今では婢《はしため》女同然に役に立っているアイヌ女に留守中の世話を言い含めて数日間の旅に出た。浦から浦へと便船も定期的に発着していたが、今は年に一度の稼ぎ時で漁場を廻る交易商人や出稼ぎ人の往来が繁《しげ》く、人でいっぱいだったので、街道を馬で行く道筋を選んだのである。途中の町々や村々にはアンズ・サクラ・ツバキ・レンギョウ・ツツジなどの花木が色とりどりに一斉に開花していて、すれ違う人々の足どりも浮き浮きしていた。

役所に出頭した時、式之丞を待ち受けていたのは意外に厳しい取調べだった。二人の年輩の役人が座敷に待ち構えていて訊問《じんもん》を始めた。一人が取調べにあたり、もう一人が後ろで筆を執った。予想もしていなかったことだが、役人の改まった言葉遣いから推察するに、式之丞はどうやら重大な罪の嫌疑を受けているらしかった。が、当人には何一つ身に覚えはなかった。浜の割り当てをするのに金品と引き換えに手心を加えたとか、運上金の上前《うわまえ》をはねたとか、浦役人にありがちな役得で利殖したことなど一度もなかった。式之丞はその点潔白な男なのであった。

「役儀によって言葉遣いを改める。その方、これまで職務上、世間からうしろ指を指されるようなことを致した仕儀《しぎ》はないか？」

「これは心外なことを仰せられる。身不肖《ふしょう》なれどもこの式之丞、これまでお役目大切と職務をまっとうしてきたと存ずる。人から指を指されるいわれなど金輪際ござらぬわ」

「そうであろう。そうではあろうが、人の口には戸は閉《た》てられぬ。現に、その方を名指しで物申している声があるのじゃ」

「なんと！　この式之丞を指弾《しだん》する者がいると仰せらるるか？」

「思い当たらぬか？」

「ゆめゆめ思い当たりなどあり申さぬ。どこの誰がそのようなことを申すのじゃ？」

「もとより名は申せぬ。というより、知らぬ。しかし、その方の名を挙げて、好ましからぬ所業ありと告発する投書が何通もあったと聞いておる」

「匿名の投書か！　卑劣なことだ」

「まあまあ、まずは気を鎮められよ。……そこでその方に尋ねるが、その方、人に指を指されるようなことをしておらぬと天地に誓って断言できるかの？」

「できまする」

「たとえば、生活が乱れているようなことはないかの？」

「乱れている、と申しますと？」

「たとえば身持ちの悪い女と一緒に暮らすというようなことじゃ」

「さあそれは」

式之丞は胸にギクリときて、思わず口ごもる。役人はそこへ畳みかけて、「なんと式之丞、その方、思い当たることがないでもないのではないかな？　イヤサ言い抜けはできまいがの」

「何を言われる？　拙者、金輪際そのような覚えはござらぬ」

「ぬけぬけと申すか。あからさまな証拠があることを」

側で問答を筆記し、今まで何もいわなかったもう一人の役人が口を挟んだ。

「その方、お上からお預かりする番小屋に、異国の女を連れ込んだりしてはおらぬか？」

「さあそれは」

じっと畳に手をついたまま差しうつむいている式之丞の額から脂汗《あぶらあせ》が滴《したた》った。返答に詰まってかっと上気した頭にいろいろな想念が駆けめぐる。そうか。やはりわれらは見られていた。いや、見張られていたのだ。たしかに、見慣れぬ女の人魚が過去何百年も同じようにつつましい暮らしをしている漁村で奇妙な同棲生活を始めたのだから、考えるまでもなく、人々の口の端《は》に上らないわけはなかった。

　二人はずっと人々の好奇の眼差しに晒《さら》されていたに違いない。迂闊《うかつ》だった。人の噂に上るくらいはもちろん覚悟しているつもりだったが、まさかいきなり藩の上の方まで告げ口されようとは思わなかった。人魚との日々の暮らしはこの世のこととも思えなかったが、いざこうしてそれを破廉恥《はれんち》な行為として指弾されてみると、自分のしていることの反響の大きさは空恐ろしいほどだった。

　意地を張って否定することなどできそうにもなかった。式之丞はただ黙って平伏した。その様子を見守っていた役人たちは、顔を見合わせ、満足げに頷《うなず》き合うと、主だった役人がここぞとばかり乗り出して言った。

「いろいろ事情はあろう。情の小綱が絡みもしよう。しかし今は武士らしくきっぱりしてもらいたい。これ以上不都合な間柄が続いていると、ちと面倒なことになりそうじゃてのう」

「と申されると？」

「されば、である。これは内々の話じゃが……」

　どうやらそれから先は極秘事項になっているらしかった。二人の役人は慎重に言葉を選び、話す口調も急にひどく重くなったが、言葉の端々から洩れてくる情報を繋ぎ合わせると、式之丞と人魚の一件は、当人がまったく知らずにいる間に方々に伝え広められ、とんでもない大事件に発展してしまっているようだった。——北方の蛮国で、ある淫奔な女が行方不明になり、夫の手でひそかに始末されたという話もあるが、真相は日本に拉致《らち》されたのだという噂が信じられている。日本に押し懸けて行って取り返そうとする動きもあるそうだ。

蛮国にそんな騒ぎが本当にあったのかどうか真偽のほどは知りがたいが、その風説がわが国に届くとさらに一回り話が大きくなって、北方の蛮国が攻め寄せるのに備えて松前の藩を幕府の直轄地にすることが検討されている。事実、松前藩は過去に何度か領地を天領（幕府領）にされたことがあり、その間現地の物産も交易も自由にできない不如意《ふにょい》を味わったことがある。それだからよけい、二度とあんな目に遭うまいと藩の上層部が幕府の動きに神経質になるのも無理はなかった。殊《こと》に、安政六年（一八五九）に箱館が開港してからはその後背地《こうはいち》として繁昌したから、松前藩は支配関係の成り行きにとりわけ敏感だったのである。

「そんな事情であるから、その方も、事の軽重さをよくよく判断して振舞うように」

ハッと胸を衝《つ》かれ、唇を噛んで平伏している式之丞に向かって、もう一人の役人が諭すようにいった。

「その方も若い身体だから、いろいろ未練もあろう。しかし、国家の大事である。きっぱり私情を捨てよ。な、わかるな」

謎を掛けるような言葉を残すと、二人の役人はそそくさと奥へ消えた。後に残った式之丞は顔面蒼白《そうはく》になり、額に青筋を立てた凄まじい形相に変じて、しばし沈思黙考していたが、やがて意を決したようにひとりうなずくと立ち上がった。

その晩、式之丞の姿は、城下町の武家屋敷の奥まった一角にある国家老の邸宅にあった。小奇麗な客間に案内され、型通りの茶菓・煙草盆《たばこぼん》の接待の後、思いがけず、立派な食事の膳が運ばれてきた。役所での待遇とは打って変わった丁寧な歓迎ぶりであった。銚子も出た。主《あるじ》の国家老も手ずから酌《しゃく》をせんばかりのもてなしぶりだった。

一献二献と酒が勧められ、しばらく頃合を見計らったように次の間を隔てる襖が向こう側からするすると開かれ、一面《めん》の琴を前にし、畳に指をついて深々と頭を下げて礼をしている若い娘が目に入った。まだ引き合わされたことはないが、この屋敷の家付き娘で、親同士が許嫁と言い定めている女性《にょしょう》らしかった。

式之丞は急に動悸《どうき》が激しくなるのを感じた。娘はつれな顔を粧《よそお》っていたが、式之丞に向ける眼差しは真剣だった。つぶし島田に髪を結い、初夏らしく水色地に「波間に撫子《なでしこ》」の模様をあしらった振袖を着て、太鼓帯を胸高《むなだか》に締めた未婚の武家娘に似合わしい姿恰好を見せられると、やはり心が乱れるのだった。式之丞は瞑目《めいもく》し、何か寓意《ぐうい》を籠めたのか、娘が爪音《つまおと》もけなげに奏《かな》で始めた「想夫恋《そうふれん》」の曲に聞き入るふりをした。許嫁の指さばきは可憐だった。わたしと添い遂げてくれとひたむきに訴えているかのようだった。

夜分、式之丞が宿泊所に戻ると、二人の青年武士が厳しい顔をして帰りを待っていた。二人とも顔見知りだった。藩校明倫館《めいりんかん》で一緒に学問や剣術を習った仲間である。出された座布団を敷かず、粗末な畳に正座して膝《ひざ》の前に大刀を横たえている。見るからに剣呑《けんのん》な表情をしていた。

「おい。お主《ぬし》のことでさんざん悪い噂が立っているぞ。悪い女に引っ掛かっているそうじゃないか」

式之丞の顔を見るなり、一人が式之丞にいった。顔中に誠意が溢れていた。抗弁するいとまもなくもう一人が

「さっさと手を切った方がいいぞ。お主のためを思えばこそいうんだ」

「聞けば、相手は異国の女ということじゃないか。桑原、々々」

「異国では昔から、色仕掛けで男に取り入り、秘密事項に近づく手を使っているそうだ」

「身を売ることなど屁とも思わないらしい」

「お主まさか、すっかり尻の毛を抜かれたわけじゃあるまいな？」

「そ、そんなことはない」と言いかけて、式之丞は口を噤《つぐ》んだ。人魚とのことはいつ

までも内緒事にしておきたかった。人魚と過ごしているあの玄妙《げんみょう》な時間の秘密をこの手合を相手に語っても始まらなかった。よそう。よそう。話せば話すほど馬鹿になるだけだ。

二人の青年武士は、黙りこくってしまった式之丞の様子から、未練たっぷりと見て取ったらしかった。

「お主が未練を断ち切れないのなら、俺たちが手伝おうか」

「牝狐《めぎつね》め、一刀両断にしてくれる」

「真っ二つにしてやる」

「お主がグズグズするようだったら、同志を募って、番小屋に押し懸けるぞ！」

「国家の危難に際しては、大義親《しん》を滅すという。いわんや、女への私情においてをや！」

夫が妻に対して成敗権（私的制裁権）を持っていた時代の話である。ましてや、人魚には身分も国籍もないのだ。青年武士たちの激昂《げっこう》ぶりには手の付けようがなかった。義憤を感じているようなのでよけい始末が悪かった。何もしなかったら、押し寄せてくるに違いない。そうしたら何もかも明るみに出て、藩内で約束されている家老の家への養子入りも、花々しい栄達もすべてフイになるだろう。式之丞は切羽詰まった。

五月も下旬のある日の夕方、太陽はまだ海峡の西に沈みきらず、夕凪に涼気《りょうき》が海岸一帯に去りやらずたゆたう時間、式之丞は人魚を浜辺の散歩に連れ出した。

人魚は露わな肩を柔らかな日差しにさらし、長い脚を尾鰭《おひれ》のような裳で包んで、久しぶりに屋外へ出たのが嬉しいらしく、異国の言葉で何やら呟きながら、しっかりした足取りで歩を運んだ。

波に打ち上げられたまま干潮で置き忘れられたワカメやホンダワラの切れ端や、乾き切ったヒトデが砂浜に散らばり、なまぐさい潮の香が漂っていた。人魚の足はヒョイヒョイと器用にそんな物の堆積《たいせき》やら流木やらを避けながら、式之丞の前方を進んでいった。

二人はだんだん砂浜の外れの小さな岬に近づいて行った。

その岬は、今からほぼ一年前、人魚を乗せたうつろ舟が漂着した場所だった。なつかしさの感情が二人によみがえる。二人のうちどちらが行先にこの場所を選んだのかわからない。そもそも二人を結び付けた数奇な運命が始まったこの場所から何か誘導電波のようなものが発信されて、二人を引き寄せたのかもしれない。あるいはもっと現実的に、式之丞にはある計算があって、人魚をこの地点に誘い出したのかもしれなかった。

人魚は岬の突っ先の巌頭《がんとう》に立って海を眺めていた。安心して甘美な追憶を呼び戻しているような風情だった。その姿態は何の疑いもなく、一途に連れを信頼しきっていて、背後にそっと忍び寄った式之丞が力をこめて刀の柄を握りしめている動作に気が付きもしなかった。指の節が白くなっていた。

気合は発されなかった。抜き放たれた白刃《しらは》は、斬り手の心弱さそのままに、きえーっと空気を断ち切る代わりに、力なくゆるやかな放物線を描いて、人魚を後ろ袈裟《げさ》で肩口二十センチばかりを切り裂いて、小さな血煙《ちけむり》を虹のように立てさせただけだった。すさまじい絶叫が上がった。

血の噴き出す肩を手で押さえて振り向いた人魚は、これが本当のこととは信じられないという表情で式之丞の顔を見た。幼子の過失を叱るような顔つきだった。しかし、式之丞が血の滴る刀を下げ、真っ蒼になって唇を震わせているのを見、隠しきれない害意を見て取ると、世にも淋しそうな色がその目に浮かんだ。

式之丞は人魚が一声啼《な》いたと思った。

ありようは異国の言葉で「パチェムー・ジェ(なぜなの?)」と叫んだのだったが、聞き慣れぬ式之丞の耳には海鳥の鋭い悲鳴としか聞こえなかった。しかしその声は深く式之丞の耳に突き刺さり、さらに二の太刀を揮《ふる》うのをためらわせた。いや、実際に式之丞の次の行動をひるませたのは、いつから二人の近くにいたのか、すぐ側でにわかに騒ぎ立てはじめたアイヌ女の敏捷《びんしょう》な動作だった。

「あれえ。お武家様が女を斬りまするう」

大声で呼ばわると、アイヌ女は素早く式之丞と人魚の間に割り込み、身を挺《てい》して二人を分け隔てると、なんたる大胆さ、いきなり巌頭の人魚を海に突き落とすと自分も続いて飛び込んだ。

水煙《すいえん》が上がった。

それはすぐに静まったが、海面には人魚もアイヌ女も浮かび上がってこなかった。しばらくすると大きな泡と血の翳《かげ》りが水面下に広がり、二つの体がもつれあって岸から遠く流れていった。

岬の先方に少し離れて岩礁《がんしょう》があり、その岩陰にアイヌの男たちを乗せたコンブ採りの小船がもやってあった。アイヌ女の叫び声で危急を察知したと見え、おそろしい速さで漕ぎ寄せると、水中で藻掻《もが》いている二つの身体を助け上げ、それから舳先《へさき》をめぐらして急速度で沖に向かって逃れて行った。

式之丞は全身から力が失《う》せてその場にしゃがみ込んだ。肺から泣くような響きを発する呼気が洩れた。目の先で小船に這《は》い上がり、どこかへ連れ去られる人魚と一瞬だけ目が合ったような気がした。

だがその青緑色の瞳は石のように無表情で、見ず知らずの他人に向けられる無関心さを示していた。ついさっきまで保たれていたぬくもりも、暗くあたたかい欠損部をいつも涙目のように潤わせていた透明な粘液も、これきりもう二度と永劫《えいごう》に戻ってこないと、式之丞にははっきりわかっていた。悔恨《かいこん》の大波に洗われる頭の中で、なぜだか「ほとびる」という古語がしきりに思い出された。

文庫版あとがき

筆者が本書を単行本第一版として刊行したのは、二〇一三年（平成二十五年）十二月のことだった。『薔薇の武士』以下すべて七篇の作品集である。いずれも一八六八年（慶応四年／明治元年）を挟んで前後十年の歳月に起きた異事・奇事・怪事・珍事のたぐいを蒐集《しゅうしゅう》してある。ただ変事というばかりではない。これらはみな維新変革期という特別な季節でなければ起こらないような性質の事件なのであること請け合いだ。

それから四年半経った。ざっと千六百の日と夜である。日数は同じでも、幕末／明治初年のような社会の激動期に比べると、なるほどこの歳月は、変化の速さというか、歴史の流量が乏しいという印象を受けるかも知れないが、それは表層のことで、歴史の深部ではこの期間も何かの不可逆的な過程が進行しているに違いない。

現代日本が何らかの形で大きな代わり目を迎えていることは多くの人々が肌で感じ

ている通りだろう。明治維新は日本にともかくも「近代国家」を成立させた。それ以来現代の日本人にとって、お手本にしたい歴史の理想は明治維新ということになっている。近代国家とは、タテマエ上、人間個人の権利と自由が保障される社会制度のことだ。法の支配のもとですべての個人は無差別平等とされているが、現実にはそううまくはいかない。世には、貧富の問題をはじめとして実にさまざまな「格差」が横行している事実は見ての通りである。

今や最初の二十年が尽きようとしている二十一世紀の日本は、近々のうちに、来《きた》るべき歴史の曲がり角を回らなくてはならないであろう。もし近代日本の歴史を、フランス政治史から用語を借りて、①一八六八年から一九四五年までを第一帝政、②一九四五年から現在までを第一共和政と見るならば、二〇一九年に予定されている天皇退位・新元号の制定に続く政治過程の進行方向はすこぶる微妙である。もしかしたら、国家にとっての基本問題——誰が究極の権力を握るか——が見え見えの経過をたどるかも知れない。

さて、こうした波瀾をタップリ孕《はら》む日本の現瞬間にあって、われわれは明治維新をどのように「おさらい」したらよいのだろうか。

二通りのルートがある。一つは、明治維新によって権力の座に就き、それを何とか維持・増強しようとしている現・支配権力者が盛んに行っているパフォーマンスだ。

現行政治を歴史的な栄光に満ちた維新政府の延長上に位置づける演出である。あたかもいろいろな政治家が揃って、明治維新の仮面劇を上演しているかの感がある。

まず既成政党は与党野党を問わず、「政権交代」「二大政党制」の幻想に浮かれて議席確保に狂奔し、その間実質的なデモクラシーの空無化と腐食――大衆文化におけるポピュリズムの氾濫や潜在的なファッショ待望――が進んでいることにとんと無関心である。それどころか、政府与党の領袖たちは自分が明治の功労者の「血筋」を引くことを誇示するまでに至っている（首相は長州閥であり、副首相はさしずめ薩摩閥だ）。

要するに支配権力者の知的レベルでさえ、歴史知識は大衆読物並みなのである。おまけに、既成政党のこんな現状にあきたらぬ民衆の支持を集めているのが「維新の会」を名乗ると来ている。

もう一つは、明治維新という巨大な歴史のうねりから弾き出された人々による、自前の――多くは「異端」の――シナリオの数々である。幕末から明治初年代にかけての時代を眺め渡して見ると、自分のしたいこととしていることとの間に引き裂かれてバランスが取れなくなった人々の群の出現だ。政治的現実と乖離《かいり》するばかりでなく、社会的にも生活感覚の上でも、周囲の世相風俗とはまるでそりが合わないのだ。自分が主観的に思い込んで目論見はやたら壮大だが、いざ実行してみるとわが身の卑小さを思い知らされることもあったに違いない。

もちろん当事者があまりのスケールの違いに当惑しっぱなしになるケースもあるし、その落差を感じないばかりに多様な悲劇や喜劇を生み出す場合もあるだろう。各篇それぞれの要旨については「はしがき」を参照されたい。

本書中の七つの事件の背後に広がる歴史の過渡期には、しているうちに何が目的であるのか分からなくなってゆく行為がふんだんに転がっている。二十一世紀初頭の現代にもやはり同じことが繰り返されるだろう。そんな状況への確実な予感がする。歴史の平時には社会の「一般的」意志と調和させられていて、ふつう齟齬《そご》を感じない個人的欲望——権力欲・物欲・色欲等々——が、公共性の支えを失うことでいよいよ私的・恣《し》意的に執着せざるをえないものになる時代が再度到来しようとしている。

＊本書は二〇一三年に当社より刊行した著作を文庫化したものです。

草思社文庫

異形の維新史

2018年6月8日　第1刷発行

著　者　野口武彦

発行者　藤田 博

発行所　株式会社 草思社

〒160-0022　東京都新宿区新宿1-10-1
電話　03(4580)7680(編集)
　　　03(4580)7676(営業)
　　　http://www.soshisha.com/

本文組版　有限会社 一企画

印刷所　中央精版印刷 株式会社

製本所　加藤製本 株式会社

本体表紙デザイン　間村俊一

2013, 2018 © Takehiko Noguchi

ISBN978-4-7942-2337-1　Printed in Japan

草思社文庫既刊

野口武彦

幕末不戦派軍記

慶応元年、第二次長州征伐に集まった仲良し御家人四人組は長州、鳥羽伏見、そして箱館と続く維新の戦乱に嫌々かつノーテンキに従軍する。幕府滅亡の象徴する〝戦意なき〟ぐうたら四人衆を描く傑作幕末小説。

仁科邦男

犬たちの明治維新

ポチの誕生

幕末は犬たちにとっても激動の時代の幕開けだった。外国船に乗って洋犬が上陸し、多くの犬がポチと名付けられる…史料に残る犬関連の記述を丹念に拾い集め、犬たちの明治維新を描く傑作ノンフィクション。

渡辺尚志

百姓たちの幕末維新

幕末期の日本人の八割は百姓身分であり、彼らを見ずして、幕末の時代像は見えてこない。幕末～維新期の百姓たちの衣食住から、農への思い、年貢騒動、百姓一揆や戊辰戦争をたどる新しい幕末史。

草思社文庫既刊

氏家幹人
かたき討ち
復讐の作法

自ら腹を割き、遺書で敵に切腹を迫る「さし腹」。先妻が後妻を襲撃する「うわなり打」。密通した妻と間男の殺害「妻敵討」…。討つ者の作法から討たれる者の作法まで、近世武家社会の驚くべき実態を明かす。

氏家幹人
江戸人の性

衆道、不義密通、遊里、春画…。江戸社会には多彩な性愛文化が花開いたが、その背後には、地震、流行病、飢饉という当時の生の危うさがあった。豊富な史料から奔放で切実な江戸の性愛を覗き見る刺激的な書。

榊原喜佐子
徳川慶喜家の子ども部屋

最後の将軍の孫に生まれ、高松宮妃殿下を姉にもつ著者が、小石川第六天町の三千坪のお屋敷での夢のような少女時代を回想。当時の写真と共に戦前の華族階級の暮らしを知ることができる貴重な記録。

草思社文庫既刊

渡辺惣樹

日本開国

ペリーが迫った開国の目的は、日本との交易ではなく、中国市場を視野に入れた「太平洋ハイウェイ」構想だった――。今日に至るまでアメリカの対日・対中政策の原型を描き出した「新・開国史」。

チャールズ・マックファーレン　渡辺惣樹＝訳

日本 1852

ペリー遠征計画の基礎資料

天皇と将軍、宗教、武士道、民族性、ルーツ――米英は1853年のペリー来航以前に、日本と日本人について恐るべき精度で把握していた。大英帝国の一流の歴史・地史学者が書いた、驚きの〝日本の履歴書〟。

鳥居民

横浜富貴楼お倉

明治の政治を動かした女

明治初め、新宿の遊女だったお倉は横浜の活気に魅せられ、料亭富貴楼を開く。そこには伊東博文、大久保利通、井上馨などが集い、近代日本を創る舞台となる。名女将お倉の活躍からたどるもう一つの明治史。

草思社文庫既刊

中村喜春
江戸っ子芸者一代記

コクトー、チャップリンなど来日した要人のお座敷で接待した新橋芸者・喜春姐さん。銀座の医者の家に生まれ、芸者になったいきさつ、華族との恋、外交官との結婚と戦前の花柳界を生きた半生を記す。

中村喜春
いきな言葉　野暮な言葉

やらずの雨、とつおいつ、色消し、下駄をあずける——花柳界や歌舞伎に伝わる言葉、江戸言葉160語を収録。響きのいい言葉に洒脱で気風のいい江戸っ子の心意気が浮かび上がってくる日本語お手本帳。

中村喜春
ころし文句　わかれ言葉

男と女はもちろん親子、友人の間柄だって相手をホロリとさせたり、気持ちよくさせる言葉は大切。喜春姐さんが艶っぽい「ころし文句」、切ない「わかれ言葉」を披露。知っておきたい粋な言葉の使い方。

草思社文庫既刊

出久根達郎
隅っこの昭和

私のモノへのこだわりは、結局は昭和という時代への愛惜である（はじめにより）。ちゃぶ台、手拭い、たらい、蚊帳、えんがわ…懐かしいモノを通じて、昭和の暮らしと人情がよみがえる、珠玉のエッセイ。

髙橋大輔
12月25日の怪物
謎に満ちた「サンタクロース」の実像を追う

サンタクロースのルーツをたどると、そこには、想像を絶する〝異形の怪物〟の姿があった——。「物語を旅する」異能の探検家がサンタのルーツを求めて世界各地を訪ね、その素顔に迫るスリリングな旅ノンフィクション。

穂積和夫
着るか 着られるか
現代男性の服飾入門

日本におけるアイビーの先駆的存在である著者がイラストと文章でメンズファッションの極意を説いた、伝説的バイブルの復刻版。オンオフに応用できる、時代を超えたスタンダードの着こなしが身につく一冊。